LA BÊTE NOIRE

Collection dirigée par Glenn Tavennec

L'AUTEUR

Pour Thibaut Solano, le fait divers est une passion. Après des études de cinéma à Poitiers, il travaille comme journaliste au quotidien *La Montagne*, à Clermont-Ferrand, puis rejoint la presse nationale, d'abord le magazine *Ebdo*, puis *L'Express*, où il se spécialise davantage dans la chronique judiciaire, et enfin *Marianne*. Il est l'auteur des *Disparues* (Les Arènes, 2016), récit captivant de son enquête sur la disparition et le meurtre de jeunes femmes à la gare de Perpignan (affaire jugée), et de *La Voix rauque* (Les Arènes, 2018 ; Pocket, 2019), chronique glaçante de la genèse de ce qu'on appellera « l'affaire Grégory ».

En 2021, Thibaut Solano se tourne vers la fiction et donne vie à un héros fait-diversier dont la première enquête s'intitule *Les Noyés du Clain* (Éditions Robert Laffont, collection « La Bête noire »), suivie en 2023 de celle des *Dévorés*, chez le même éditeur.

THIBAUT SOLANO

LES DÉVORÉS

LA BÊTE NOIRE
Robert Laffont

ISSN : 2431-6385
ISBN : 978-2-221-20208-1

Dépôt légal : janvier 2023
Éditions Robert Laffont – 92, avenue de France, 75013 Paris

À mon fils, mon « ourson », et à sa tendre mère

L'Éclair, édition du 1er novembre 2018

Loup ou chien errant ? Le mystère demeure après l'observation rapportée par deux randonneurs au Mont-Dore, le 29 octobre dernier. Il était environ 9 h 30 lorsque ces deux habitués du secteur ont aperçu un animal, à une quarantaine de mètres d'eux, à hauteur des premiers téléskis, hors service en cette saison. S'ils ont eu le temps de saisir leur téléphone portable pour immortaliser la rencontre, leur cliché s'est avéré trop flou pour trancher avec certitude sur la nature de la bête. Des empreintes retrouvées dans la terre sont en cours d'analyse par l'Office national de la chasse et de la faune sauvage.
Si la présence du loup reste possible, d'autant qu'une précédente apparition dans le massif du Sancy avait déjà été recensée en février dernier, l'observation constituerait une première : jamais, en effet, l'animal ne s'est aventuré aussi près des habitations.

PREMIÈRE PARTIE
MIGUEL

1

1er décembre 2018

JAUDE GROUILLAIT DE DOUDOUNES, bonnets et gros sacs chargés de cadeaux que portaient les bras de Clermontois, pressés de boucler les commandes de Noël. Depuis un mois déjà, des publicités à la télévision les abreuvaient matin, midi et soir de sapins scintillants et de quartiers résidentiels enneigés. Non seulement on devenait tous, dans nos têtes, des Américains de téléfilms de M6, mais en plus on finissait par penser qu'on était en retard dans nos emplettes, tellement l'offensive marketing débutait tôt. Les décorateurs de Santa Claus avaient aussi sévi sur la place de Jaude, où le blanc minéral de la dalle (l'été, ça vous éblouissait au point que vous étiez pris d'une série d'éternuements en la traversant) s'était recouvert d'un carrousel meublé de mini-locomotives et de chevaux à l'ancienne, pris d'assaut par les gosses, dans l'ombre de la grande roue où du haut de ses cinquante mètres, pour douze balles, vous pouviez apercevoir le sommet enneigé du puy de Dôme. Plus loin, un sapin monumental prélevé dans une forêt corrézienne culminait en majesté avec ses boules dorées et argentées grosses comme des têtes d'enfants. Même la fière statue de Vercingétorix paraissait rabougrie à côté.

Je vous joue le numéro de l'anticonsumériste de service, mais, à vrai dire, je préférais Clermont à cette période de l'année. La ville semblait prendre la place qui lui convenait le mieux. Un petit cocon familial protégé par les volcans blanchis, comme un chalet de montagne réchauffé au feu de bois. Et si, à trente-cinq ans, je n'avais pas construit de famille pour me sentir en communion avec ces Clermontois du samedi après-midi, au moins, je partageais leur confort.

14 h 06. Peut-être ne viendrait-elle pas. Celle qui, sait-on jamais, finirait par me donner une progéniture se laissait désirer. Oh, bien sûr, jamais je ne me serais permis de lui parler de ce projet, elle aurait détalé dans la seconde. Et pour cause, je ne la connaissais pas. Seulement par Internet, au rythme d'une conversation chaque soir depuis le dimanche précédent. Soit environ quatre heures de messages mis bout à bout. D'elle, je ne savais que peu de choses : elle était prof de français, mère célibataire, locataire du centre de Clermont, elle aimait les films de Woody Allen « malgré tout » et courait un week-end sur deux. Que des bons points, si l'on exceptait un probable manque de disponibilité pour cause de vie familiale, justement.

Mais depuis deux ans que je traînais sur Internet, c'est-à-dire depuis mon emménagement à Clermont, je savais qu'aucune rencontre de ce genre n'était idyllique. Il y avait presque toujours une déception à l'arrivée : soit la photo était mensongère, soit la conversation ne « prenait » pas en face-à-face, soit la fille était givrée. Et s'il n'y avait rien de tout cela, c'est moi qui dépitais.

14 h 10 et pas un SMS pour s'excuser du retard. Mauvais signe, ça sentait la carapate honteuse. Elle était peut-être passée devant la devanture de ce lounge bar dans lequel je

l'attendais, sans que je m'en sois rendu compte. Peut-être avait-elle jeté un œil curieux à travers la vitre, puis avait conclu, désenchantée en voyant ce type moche engoncé au fond de son siège, qu'elle n'avait pas de temps à perdre. La blessure, l'humiliation. Mieux valait ne pas savoir.

Sur la petite table circulaire devant moi, la carte des glaces industrielles me faisait de l'œil. J'hésitais à héler le serveur que j'avais congédié quelques instants plus tôt d'un « J'attends quelqu'un ». En vrai, j'attendais quelqu'un depuis bien plus longtemps que les cinq dernières minutes.

Sur la banquette voisine, un couple de quinquas se contait fleurette, lui des rides de malice au coin des yeux, elle de longues bottes de cuir sexy. Ils étaient peut-être amants ou époux, en tout cas il y avait entre eux au minimum de l'affection et une joie de vivre commune, une complicité qui rendait à la fois jaloux et plein d'espoir. Il n'était pas trop tard.

Peu à peu, la petite boule d'excitation qui irradiait mon ventre jusqu'à l'extrémité de mes doigts, balançant entre le trac et la peur de déplaire, perdait de sa vigueur, bientôt remplacée par la sécheresse du rien. Du tout ça pour ça. Il ne va rien se passer, elle va juste te planter. L'ennui dans le crissement abrutissant d'un percolateur.

À force d'errer, mon regard a fini par se croiser lui-même, à travers un miroir au fond du bar. C'était qui ce type avec ses gros cernes et son bide gonflé par les plats préparés engloutis à la chaîne ? Mauvaise nouvelle : c'était moi. Surtout ne pas oublier de reprendre le footing, et de s'y tenir. Je m'étais laissé aller ces dernières semaines, trop de boulot, trop de célibat.

14 h 14, connasse, j'ai saisi mon téléphone d'un geste agacé, et j'ai commencé à rédiger un message, avant de le supprimer, sans oser l'envoyer. « Tu m'as oublié ? » Non, ça faisait trop Calimero. « Petite Maman Noël, quand tu descendras du ciel… » Trop lourdaud. « Je suis au bar, tout va bien ? »

Pourquoi pas. C'était prévenant et ça signalait mon attente, d'une pierre deux coups. J'ai hésité, mais mon gros pouce a pressé trop vite la touche « envoyer ». Merde.

Tiiing.

Le bruit d'une sonnerie de SMS reçu. Qui résonnait tout près. J'ai levé les yeux : elle était là.

Elle me regardait. Sourire un peu timide, juste un peu plus prononcé que celui de Mona Lisa. Impossible de déduire si c'était de la politesse ou de la satisfaction.

— Salut !

— Salut.

Elle s'est assise dans le siège face à moi, a enlevé son caban bleu marine, dévoilant un chaud pull à rayures noires et blanches. Elle n'était pas épaisse et ses cernes plus prononcés que sur les trois photos visibles de l'appli de rencontre. Normal, on se masque tous à coups de filtres pour séduire.

— Désolée pour le retard. Ma fille a mis une plombe à s'habiller…

— Pas de problème… Tu l'as laissée garée en double file ?

Elle m'a regardé avec des yeux ronds.

— Non, c'est une blague.

— Ah.

Premier service, premier échec.

— Désolé.

— J'avais pas compris, désolée aussi. Non, elle n'est pas garée en double file ni attachée à l'entrée du bar, elle est chez son père.

— D'accord… C'est chouette que tu aies pu te libérer.

— J'essaie de m'occuper de moi, dès que je peux…

Chaque rendez-vous commençait toujours par des banalités. L'avance prise lors des discussions en ligne fondait comme neige au soleil. Il fallait briser la glace deux fois : sur Internet, puis dans la « vraie vie ».

Le serveur s'est pointé.

— Qu'est-ce que je vous sers ?

— Un demi cerise, a-t-elle répondu.

À 14 heures ? Original. Je l'ai suivie.

Elle a bu vite cette mixture trop sucrée. J'ai pensé deux secondes qu'elle avait un penchant pour la picole. Mais quand j'ai voulu reprendre un verre, elle a dit « pas moi » et j'ai renoncé. On a un peu parlé de son boulot – j'ai compris qu'elle était fatiguée, « sûrement à cause de la fin d'année », et puis « les gosses sont chiants en ce moment, ils n'écoutent rien ». Elle s'est montrée plus bavarde sur sa fille. Un peu dissipée à l'école, elle mettait ça sur le dos de sa séparation avec son ex.

— Ça date de quand ?

— Deux ans.

— Et depuis… Tu as eu d'autres histoires ?

— Rien de sérieux.

Elle avait additionné quelques rencontres sur Internet, ça durait rarement plus d'un mois, surtout de son fait, elle devait être exigeante, je croyais d'autant moins à mes chances. Elle m'écoutait parler de mon quotidien, mon boulot de journaliste, les après-midi au tribunal, les règlements de comptes entre Gitans et Arabes, les agressions de minuit quand le centre-ville se vide, les bastons de sortie de boîte qui dégénèrent en un éclair. Elle prêtait une oreille, écarquillait parfois les yeux, mais promenait trop souvent son regard vers la place de Jaude, comme si elle voulait s'échapper.

— Tu as fini tes courses de Noël ? ai-je demandé, à court d'inspiration.

— Non, ça me fout le cafard.

— Ça ne réveille pas la petite fille en toi ?

— Si. C'est pour ça que ça me fout le cafard.

— Pourquoi ?

— Parlons d'autre chose.

J'ai tenté de le faire, vingt bonnes minutes encore, et tu sors où, et tu vas au ciné, et tu lis quoi… J'ai ramé jusqu'à ce que je finisse par trouver le sujet qui sonne *tiiing* dans le fond de ses yeux noirs : non pas les criminels auvergnats, ni les bonnes adresses de restos bougnats, mais… les films d'horreur.

— J'adore ça, m'a-t-elle confessé, le corps soudain tiré par un ressort dans son siège. J'ai vu dix fois *L'Exorciste* et autant *Massacre à la tronçonneuse*.

Elle est devenue intarissable et m'a demandé :

— Tu préfères les films d'horreur de gauche ou les films d'horreur de droite ?

— Heu… Comment on les reconnaît ?

— Ben c'est simple ! Les films de zombies dénoncent le racisme et la société de consommation. C'est nous qui nous zombifions en allant faire nos courses de Noël début novembre. C'est de gauche, ça ! Alors que les croque-mitaines, Freddy, *Vendredi 13* et compagnie, c'est toujours des jeunes qui couchent avant le mariage et qui du coup se font punir par le grand méchant loup… C'est de droite !

— Ah… En fait, j'ai toujours trouvé les films de zombies assez chiants. Mais ça m'ennuierait de ne pas coucher avant le mariage !

Elle a ri, un peu. Première petite victoire.

— Et ça te fait pas peur ?

— Bien sûr que si, mais c'est ça qui est bien… Quand j'étais ado, je me passais les VHS en accéléré pour repérer les passages difficiles avant de regarder à vitesse normale. Mais avec les films téléchargés maintenant, c'est plus compliqué…

— C'est quoi ton film d'horreur préféré ?

Elle a marqué un temps, tourné la tête à droite vers le couple de quinquas qui se bécotait puis :

— Comment s'appelle déjà ce film où un petit vieux veille sur sa femme qui a fait un accident cérébral et se transforme en légume ?

— Mais c'est pas un film d'horreur, ça…

— Tu plaisantes ? À la fin, il l'étouffe avec un oreiller. Y a pas plus terrifiant comme histoire…

Elle a souri, fière de sa trouvaille, puis a jeté un œil à son portable.

— Déjà 15 heures… Je dois filer, j'ai plus rien à manger dans mon frigo.

Elle a fait mine d'insister pour payer son verre, mais j'ai réglé la note. C'était le moment où on tente de mettre un pied dans la porte, de savoir si on se reverra.

— La prochaine fois, c'est toi qui m'inviteras ? ai-je glissé en souriant.

Mais elle n'a pas répondu et Mona Lisa a réapparu.

On a cheminé ensemble sur un bout de trottoir de l'avenue Julien, elle s'en allait vers le centre commercial sur le trottoir d'en face.

— Bon ben… C'était sympa, ai-je bredouillé d'une voix d'autant moins audible qu'elle se perdait dans le brouhaha des voitures.

Mona Lisa s'est assombrie.

— Tu me trouves ennuyeuse ?

— Moi ? Non ! Non, non pas du tout…

— Ah…

— Pourquoi tu me demandes ça ?

— Moi, je me trouve ennuyeuse…

— Et moi, comment tu me trouves ?

Elle a marqué un temps, la mine de plus en plus sérieuse. Un supplice.

— C'est dommage cette tache de gras sur ton pull, ça fait négligé.

Je me suis pétrifié. Puis j'ai regardé mon pull sous mon manteau d'hiver. Effectivement, il y avait une tache près du col. Petite, mais une tache quand même. La honte.

— Désolé.

— Ciao, a-t-elle soufflé dans ma direction d'un sourire plus taquin.

Sa fine silhouette s'est estompée dans la foule de chalands. J'ai marché comme un automate vers l'arrêt de tram le plus proche. Elle s'appelait Lucie.

2

— Ça pèle dehors, hein ?

Albert ne disait jamais bonjour, ou plutôt le commentaire de la météo faisait office de salutation. L'été, c'était : « Ça tape, hein ? » L'automne : « Ça se rafraîchit. » Et au printemps : « Ça va pleuvoir, j'ai l'impression. »

Derrière la banque de l'accueil, dans le hall d'entrée du journal, c'est son visage un peu rougeaud, son début de goitre et ses cheveux gras plaqués en arrière que les visiteurs apercevaient d'abord, avant d'aviser le logo *L'Éclair*, en bleu ciel et en grosses lettres d'un mètre de hauteur, accrochées au mur derrière lui. Aux Journées du patrimoine, où les portes étaient ouvertes à nos abonnés, on surprenait parfois un gosse chuchoter à sa mère une phrase blessante : « Il est moche, le monsieur. » Heureusement, l'entreprise ne recrutait pas au physique – auquel cas on aurait été quelques-uns à pointer à Pôle emploi –, et si Albert était là, c'était parce qu'il pouvait rester des heures le cul vissé sur son siège sans se plaindre, qu'il n'avait jamais créé de problèmes en accueillant les livreurs, en orientant le public ou en distribuant les clés des voitures de service aux journalistes partant en reportage.

Selon la rumeur de la machine à café, il avait d'abord été embauché pour livrer les journaux aux abonnés, au volant d'une de ces camionnettes de la boîte qui quittaient avant l'aube l'imprimerie pour parcourir la région de hameau en hameau. Mais sa ponctualité variable et, ajoutait-on, son goût pour le pinard avaient contraint la direction à le placardiser. C'était une époque où le journal tenait encore sa réputation d'entreprise familiale : on ne virait personne, on recasait. Même un ouvrier du livre débarqué un jour aux rotatives avec un fusil pour dessouder un collègue, accessoirement l'amant de sa femme, avait échappé à la radiation. Comme il n'avait pas appuyé sur la détente, on avait collé l'« incident » sur le dos d'une petite déprime saisonnière. Aujourd'hui, pour un mot de trop avec le directeur de la publication, on pouvait prendre la porte. Une sévérité accrue qui coïncidait tout de même sacrément bien avec le souci de faire des économies et de dégraisser du personnel, les ventes n'étant plus ce qu'elles étaient.

— J'ai un petit côtes-de-boudes au frais, si vous avez envie de faire des heures sup', a enchaîné Albert.

Si on regardait le verre à moitié vide, on concluait que notre agent d'accueil se donnait beaucoup de mal à accréditer la rumeur de son alcoolisme. Mais s'il était à moitié plein, on se réjouissait que le bonhomme honore une tradition de convivialité qui se perdait. La génération de journalistes juste au-dessus de la nôtre tirait les bouchons chaque soir après le dernier article rédigé.

— Je transmets le message, ai-je souri en empruntant l'ascenseur conduisant au quatrième étage, celui de la rédac'.

Le week-end, l'open space se vidait de ses deux tiers par rapport au reste de la semaine. L'actualité se ramollissait, sous la domination de la chronique sportive. Chaque samedi et dimanche, nos lecteurs fanas du club de rugby local, l'ASM, en avaient pour leur argent et, à l'exception de quelques réfractaires dans mon genre, la population de cette ville vivait au rythme de l'ovalie.

De temps en temps, une autre discipline piquait la vedette aux armoires à glace de l'équipe auvergnate : les faits divers. Mon rayon, depuis mon entrée dans la profession, douze ans plus tôt.

— Albert a du côtes-de-boudes pour ce soir.

— Je dis oui ! J'ai fini le reportage à la station de ski à minuit hier soir, je suis éclaté, j'ai besoin d'un remontant.

Martin répondait toujours banco à un apéro avec prolongations, mais je ne l'imaginais pas finir alcoolo. Un peu moins âgé que moi, à peine trente ans, il buvait comme un bon vivant, pas comme un tourmenté. À mon arrivée ici, il avait été le premier à m'inviter à déjeuner, dans un resto du centre-ville, pour goûter une truffade. Il avait rejoint le service photo deux ans plus tôt et s'était coulé dans le moule de *L'Éclair* comme s'il avait toujours tenu les murs. Faut dire qu'en plus d'être très talentueux, avec un sens du cadre et une réactivité au poil, il restait le seul dans son service, moyenne d'âge cinquante ans, à ne pas tirer une gueule longue comme un dimanche de pluie.

— Présent aussi !

En face de Martin, droit comme un I devant son ordinateur, Juan suivait toujours le mouvement, bien que ce soit du bout des lèvres pincées. Il avait l'alcool un peu plus sombre, mais la descente plus rapide. À nous trois, célibataires, on avalait les mois au rythme d'une cuite hebdomadaire, parfois doublée d'un apéro traître en milieu de semaine.

— Elle bosse aujourd'hui, Chloé ? a enchaîné Martin.

— Pas vu de la journée et je suis devant mon ordi depuis 10 heures, a répondu Juan.

— Dommage. On aurait pu lui proposer de se joindre à nous…

Juan s'est marré :

— Tu t'accroches toujours, toi. Elle parle de son mec toutes les cinq minutes comme si elle allait gagner 100 balles chaque fois qu'elle cite son nom, mais toi tu t'accroches…

— Aucun couple n'est insubmersible, a bluffé Martin, comme s'il avait des atouts dans sa manche.

— T'es un grand malade.

J'ai allumé mon ordinateur pour boucler une petite enquête sur le trafic de stups à la campagne – les accidents de voiture et les agressions nocturnes me laissaient le temps d'un papier plus long, plus fouillé, tous les deux mois, mais j'avais la tête ailleurs.

— Vous savez d'où je viens les gars ?

— Du commissariat ? a tenté Martin.

— Non. D'un rencard Internet.

— Fais-nous rêver…

— Trente-deux ans. Brune, fine. Jolie. Prof.

— Ça te change des esthéticiennes, a sifflé Juan qui refusait – officiellement – de s'inscrire sur ce genre de sites, estimant qu'on y trouvait « que des filles à problèmes », voire « des cas sociaux ».

— Et alors, vous avez prévu de vous revoir ? m'a demandé Martin, qui, lui, se hasardait parfois à tenter sa chance, mais se désinscrivait trois jours plus tard au motif qu'il « attendait la vraie rencontre, pas celle conditionnée par les algorithmes ».

— J'espère qu'elle va pas faire la morte. J'attends un peu pour envoyer un SMS du genre « Merci pour ce moment »…

— Ah si tu calcules comme ça, c'est que t'attends du sérieux, toi…

— C'est à elle de le faire en premier, faut la laisser venir, a tranché Juan.

— Y a juste un frein, quand même…

Les deux m'ont jeté un regard interrogatif, j'ai savouré mon petit suspense.

— Elle a un gosse.

En chœur, les deux ont lâché un « oh » long et appuyé, comme deux supporters de rugby voyant le ballon passer à côté des poteaux.

— Que des emmerdes, lâche l'affaire, a balayé Juan.

— On verra.

Trois heures sont passées ainsi, à peine troublées par les commentaires de Juan qui adorait partager son autosatisfaction quand il était fier d'une phrase accouchée de sa plume.

— « Hausse du carburant : le trop-plein de colère ». Qu'est-ce que vous pensez de mon titre ? Pas mal, non ?

— Moui, tu l'as pas déjà faite l'année dernière celle-là ?

— Ah merde, tu me mets le doute.

Juan s'occupait de la « consommation », c'est-à-dire les magasins qui ouvraient, ceux qui fermaient, les restos à découvrir, les bilans des soldes et l'inépuisable « combien ça coûte ? ». Clairement, les rubriques les plus lues avec les avis d'obsèques, les sports et les faits divers. Mais si vous vouliez vous fâcher avec lui, il y avait un moyen simple et rapide : lui reprocher de faire de la communication des commerçants plutôt que du journalisme. Environ un an plus tôt, lors d'un de ces apéros traîtres, un collègue chargé de couvrir les concerts, désinhibé par trois verres de blanc, lui avait balancé une méchanceté à ce sujet. Le visage de Juan avait traversé en trente secondes trois gammes de rouge : le rouge de la honte, celui de la colère, puis celui du sang. Si aucun coup n'avait été échangé, les deux s'étaient tout de même accrochés par le col de leur polo et Juan était ressorti du duel avec des griffures dans le cou. C'est ce jour-là que son côté obscur m'était apparu. Il complexait d'autant plus sur son travail que son père, emporté par une crise cardiaque six ans plus tôt, avait dirigé le service « France et monde » et signé des éditos sur les grands conflits internationaux à une époque où il nous arrivait d'être cités dans la revue de presse de France Inter. Il passait pour le fils non seulement pistonné, mais en plus indigne.

— Merde, t'as raison, je l'ai déjà faite. Bon, faut que je trouve autre chose.

Il était maintenant 19 heures, l'heure de l'apéro pour ceux qui assuraient la permanence du samedi. Comme un seul homme, Juan, Martin et moi avons quitté nos ordinateurs pour gagner l'ascenseur, puis le hall d'accueil où nous attendait Albert. Notre tavernier venait de fermer les portes d'accès au public. « Allez les gars, on y va », a-t-il lancé, comme s'il sifflait le début d'un match, en se faufilant dans un cagibi pour en ressortir avec une bouteille de rouge à la main. Martin a suivi ses pas pour ramener quatre verres.

— Alors, grosse journée aujourd'hui ?

— C'était calme, mon Bébert… Même pas une petite manif à se mettre sous la dent, a répondu Martin du tac au tac.

— Faut aller aux ronds-points des zones commerciales pour les trouver, a rebondi Juan.

— Et merde, toujours aucun petit cul à ces apéros ?

La voix qui venait de résonner derrière nous était celle de Caubin. Le patron de la technique, c'est-à-dire celui qui s'assurait que les articles soient bien envoyés en temps et en heure pour ne pas compromettre la parution du journal, qui vérifiait que la publicité achetée par nos annonceurs aille au bon endroit dans les pages prévues. Et qui passait des journées plutôt tranquilles, par ailleurs. Il avait dû signer quelques reportages, des années plus tôt, mais dépensé le plus clair de son temps dans un bureau, en commençant notamment au service des petites annonces que les gens venaient déposer à l'accueil ou confiaient par téléphone. Si, pour certains, les 35 heures étaient un mythe pulvérisé chaque semaine, pour lui – et pour quelques autres vieux de la vieille de la rédaction –, ces horaires relevaient plutôt de l'extrême limite. Il était rare qu'il l'atteigne. Mais on aimait ses blagues chamboule-tout : avant ou après le vin rouge, il était celui qui allait trop loin, qui sortait le jeu de mots vaseux auquel tout le monde avait pensé sans oser l'articuler, ou la blague de cul sortie de nulle part, même quand les grands chefs étaient là. Juan réfrénait ses rires et le qualifiait de gros beauf dès qu'il avait le dos tourné. Martin s'esclaffait sans même attendre la fin de la phrase. Et moi, tout en estimant qu'il rabâchait toujours les mêmes vannes, j'avais plaisir à voir son sourire espiègle et son œil vif alors qu'il approchait les soixante berges.

— C'est quand même un vrai scandale, a-t-il poursuivi. On nous force à faire des permanences et en plus on doit faire ça entre couilles, mais qui s'occupe du planning dans cette putain de maison ?

— M'en parle pas, on s'emmerde comme des rats morts, a approuvé Albert en allant chercher un cinquième verre dans le cagibi. Où sont les femmes, nom de Dieu ?

— J'ai cherché Chloé partout, sans succès…, a osé Martin, confiant dans l'ambiance virile.

— Ah oui, la petite blonde, là… Pas mal… Et comment s'appelle la brune au teint mat ?

— Dans quel service ?

— Aux sports, je crois.

— Faudrait que je passe une tête plus souvent à cet étage.

— Ils ont souvent de bonnes recrues.

— Ça me dit quelque chose, a tenté de participer Albert. Avec un manteau rouge, non ?

— Je sais pas, je regarde pas le manteau, a ajouté Caubin, en frisant de l'œil.

— Il te les faut toutes..., a sifflé Juan dans une allusion à sa réputation.

Réputation qui commençait cependant à dater : on racontait que, chaque été, il réussissait à emballer au moins une stagiaire, même si elle avait trente ans de moins. Mais, aujourd'hui, la différence se chiffrait plutôt à quarante et ça commençait à faire beaucoup pour que la renommée se vérifie.

— C'est une légende totale, a surjoué Caubin. Totalement en dessous de la réalité.

On a ri et, sans surprise, on s'est resservi un verre.

— C'est toi la légende, a ponctué Albert.

— On m'appelle la panthère du Sancy.

Tout le monde a ri de nouveau... Sauf moi.

— J'ai pas compris ?

— Tu connais pas la panthère noire du Sancy ?

— Ben non.

— Bouge pas..., m'a dit Albert en filant vers un deuxième cagibi, voisin de la cave à vin clandestine.

— Tous les Auvergnats connaissent cette histoire, a entamé Juan en trempant les lèvres dans le côtes-de-boudes. C'était quand ? Y a dix ans ? Quinze ans ?

— Ça dépend de quelle version tu parles, a répondu Martin. Ça revient régulièrement ce truc... Mais je crois que l'affaire la plus connue, c'était en 2004.

— Ouais, c'est ça, a poursuivi Caubin. Des randonneurs qui se promenaient dans le massif du Sancy ont dit qu'ils avaient aperçu une panthère noire se pavaner. Une panthère noire, tu imagines. Mais au lieu de les prendre pour des illuminés, la rumeur s'est propagée. Et, bientôt, de plus en plus de gus ont cru voir la panthère noire. Parfois dans le Sancy.

Parfois même à cent bornes de là, dans le Cantal ! En tout cas, toujours dans une montagne.

— C'était dingue, s'est amusé Martin. Tous les week-ends, le journal publiait un nouvel écho. La panthère noire aperçue ici, la panthère noire aperçue là. Moi j'étais adolescent, mais je suivais ça comme un feuilleton avec mes parents. Plein de monde a été mis sur le coup : des vétérinaires, des gardes forestiers, des zoologues... Chacun estimait plus ou moins probable qu'une panthère noire puisse survivre dans nos petites montagnes.

Caubin a fini son deuxième verre de pinard, l'a reposé sur la banque de l'accueil d'un geste vif qui signifiait « un autre ». Puis il m'a regardé.

— Mais surtout l'autre question, c'était : qui a bien pu ramener une panthère noire ici ? On disait que ça devait être un châtelain du Massif central qui aurait fait d'elle un animal de compagnie. Et puis le gros félin se serait échappé. Alors forcément, le châtelain se serait fait tout petit et n'aurait pas réclamé sa bête...

— Y a même des rumeurs qui disaient que la panthère était parfois vue à côté d'un homme...

— Ah ah, quelle connerie !

— Mais tout ça, c'est plus vieux encore ! a dit Martin avec impatience, passionné par le sujet à voir comme les mots s'entrechoquaient en sortant de ses lèvres rougies par les tanins. L'histoire du noble qui ramène un félin, ça date pas d'hier dans la région. Regardez la Bête du Gévaudan qui a bouffé des dizaines de gosses pas loin d'ici, aux portes de l'Auvergne, à la fin du XVIIIe siècle. Déjà, on racontait que c'était l'animal d'un noble... En fait, c'est toujours la même histoire qui revient. Les nobles qui font des misères aux ploucs du coin...

— Et comme on est des gros ploucs, on marche toujours ! a tranché Juan, avec ce petit accent de mépris dans sa voix.

Albert est revenu avec un vieux journal à la main, qu'il a déplié à la page 4 sur la banque. L'exemplaire était daté du 7 mars 2004. Le titre choc disait : « Est-ce la panthère noire du Sancy ? » Mais ce qui attirait l'œil, c'était la photo, en fait la capture d'écran d'une vidéo de très basse définition. On y voyait une forme noire, assurément féline, dans un coin du Sancy encore blanchi de quelques congères – même si la neige de l'hiver avait largement commencé à fondre.

J'ai regardé l'image, presque hypnotisé.

— Franchement, ça pourrait aussi bien être un gros chat, a balayé Juan.

— Moi, j'ai toujours eu un doute, a dit Martin. Ça serait pas délirant que des givrés ramènent des animaux exotiques, c'est même devenu à la mode…

Je me suis penché au-dessus du journal pour mieux voir. Le félin semblait s'être immobilisé devant l'objectif, même lointain, du randonneur. Sa tête était orientée vers lui, c'est-à-dire vers nous. Dans cette masse floue, pixélisée, je tentais de discerner ses yeux. Peine perdue. Quoique…

— BOUH !

J'ai sursauté. Caubin venait de me brailler à l'oreille en me pressant la hanche. Évidemment, tout le monde s'est fendu la poire et je me suis senti con.

— N'empêche, a continué Martin. Y a trois ans, près du lac d'Aydat, y a encore des types qui ont cru voir une panthère noire…

— Et ils ont encore vu un loup dans le Sancy près des télésièges le mois dernier, a ricané Juan.

— Ouais, mais ça j'y crois, le loup, c'est pas une panthère ! s'est offusqué Martin.

— Oh, tu parles, un loup si près des habitations ? Mon cul !

— Je saurais pas arbitrer entre vous les gars, est intervenu Caubin d'une voix soudain très sérieuse. Mais dans toute cette histoire, il y a quelque chose de vraiment flippant…

Surpris par son ton, on l'a tous regardé avec nos globes exorbités.

— Vous vous marrez, mais j'ai un truc à vous dire… Et, jusque-là, j'ai encore jamais osé le dire.

C'était bien la première fois qu'on le voyait comme ça. Il n'y avait plus un bruit dans la pièce.

— La bouteille est vide, putain.

Il a éclaté de rire. Nous aussi, mais à retardement.

Il n'était pas loin de 21 heures quand on s'est décidés à lever le camp – sauf Albert qui devait rester deux heures de plus pour récupérer les clés des dernières voitures parties en reportage.

— Je vous dépose, les gars ? a proposé Caubin, la démarche droite malgré les cinq ou six verres enquillés en descendant les quelques marches extérieures menant au parking.

Ça ou prendre le tram, avec les mauvaises graines du samedi soir et les marginaux qui attendaient de croiser votre regard pour vous accuser de les dévisager, le choix était vite fait.

— Avec plaisir ! a dit Juan d'une voix exaltée par le pinard.

— Surtout qu'il fait pas ch… Merde ! J'ai oublié mon écharpe ! a pesté Martin.

— Ton écharpe jaune poussin ? C'est pas croyable, tu la paumes tout le temps alors qu'on la repère à dix bornes.

— Laissez-moi juste une minute, je file la chercher.

— Gros boulet ! ai-je rigolé avant de l'imiter. Bon… Je t'accompagne, j'ai oublié mon sac.

— On vous attend juste le temps d'en griller une ! a prévenu Caubin.

On est repassés devant Albert qui cuvait son vin derrière la banque de l'accueil et a à peine levé les yeux à notre passage. En haut, j'ai retrouvé mon sac tout de suite, tandis que Martin a eu moins de succès.

— Mais bordel, elle est où cette écharpe…

— Est-ce que tu l'avais au moins sur toi ce matin en venant au boulot ? Peut-être que tu l'as oubliée en reportage.

— Non, je suis sûr que je l'avais ce matin, sinon j'aurais eu beaucoup plus froid.

— Elle est peut-être tombée sur le…

Schcrrrrrrrrrrrrr.

Le bruit de la cibi. Ce bruit qui voulait dire : « Il y a du nouveau. » Les flics n'en savaient rien, mais cette petite radio pirate, grande comme un transistor de salle de bains, planquée dans un tiroir de mon bureau, permettait de capter les discussions sur leurs ondes. Un incident, un accident, une intervention et on était au parfum. Le gros de ce qui se passait à Clermont intramuros ne nous échappait pas. Vieille technique de fait-diversier.

« *Schcrrrr*… Intervention boulevard Berthelot sur parking Casino. *Schrrrrr*. Voiture suspecte stationnée sur le parking. *Schrrrrr*. »

— Ils ont dit quoi ? a demandé Martin, moins habitué que moi à décrypter les mots derrière les interférences.

— Ils ont dit qu'il y avait une bagnole suspecte…

Martin ne pensait plus à son écharpe.

— Ça sent le fait div', non ?

— Ça sent carrément le fait div'.

Il a empoigné son appareil photo. Caubin a accepté de nous déposer tous les deux boulevard Berthelot à bord de son gros 4 × 4 noir, tout en laissant Juan à bon port.

— Tu veux regarder ce qui se trame avec nous ? ai-je proposé, tandis que deux flics sortaient d'une voiture fraîchement garée à quelques dizaines de mètres de nous.

— Oh non, moi, tu sais, les faits divers, ça n'a jamais été ma came…

Je l'ai salué avant de prendre la direction d'un petit attroupement anormal. Habituellement, personne ne perdait de temps sur le parking du supermarché Casino. Il jouxtait une artère passante qui séparait Clermont de sa voisine aisée, Chamalières, naguère associée à un ancien président de la République. À l'entrée de ce bout de bitume, une barrière payante rouillait depuis un bail et laissait passer le tout-venant parce que personne n'avait jamais demandé la réparation de son mécanisme. Autour, on trouvait une station-service, une résidence, un pressing, un bureau de tabac, une agence immobilière et une brasserie sans âme qui fermait à 14 heures. Des clodos faisaient la manche avec leurs chiens en journée et désertaient le décor à la nuit tombée. Mais, ce soir-là, quelque chose aimantait les curieux autour d'une bagnole. Dans ce groupe de sept-huit badauds, on devinait des SDF à leurs frusques râpées, des riverains descendus de leur balcon par curiosité et trois jeunes à casquette. Tous se couvraient le nez avec une écharpe ou, quand ils n'en avaient pas, un bras. On s'est approchés, avec Martin, croisant un jeune en jogging qui rendait les armes face à l'invasion invisible.

— Ça pue trop la mort, sa mère…

En fait, ça puait *le* mort.

3

MARTIN PLANQUAIT SON APPAREIL dans sa sacoche accrochée en bandoulière. Il était prêt à mitrailler, mais seulement si l'ambiance le permettait. « Je crains le pire… », a-t-il murmuré dans ma direction, sans quitter des yeux la tire puante. Un des deux flics tenait à distance le groupe de curieux pendant que l'autre faisait un tour du véhicule, lampe torche à la main, pour percer l'obscurité hivernale.

Le givre sur les vitres masquait l'intérieur de la voiture, un modèle récent de Ford Fiesta trois portes, rouge. S'il avait fait chaud, des nuées de mouches auraient colonisé cette carrosserie. Avec ces températures, les seuls nuages visibles sortaient de la bouche des uns et des autres à chaque souffle. Mais l'odeur, elle, ne mentait pas. C'était un mélange de patate pourrie, de pieds pas lavés et de merde. Sans apnée, on ne tenait pas.

Le premier flic, qui se protégeait le nez avec son bras, n'a manifestement rien remarqué de spécial à l'intérieur de la voiture, puis s'est positionné face au coffre. La plaque d'immatriculation finissait par « 63 », c'était un conducteur d'ici. Il a esquissé un geste, s'est ravisé, a plongé sa main dans sa poche droite pour en sortir un gant noir qu'il a enfilé. Il a ensuite pressé le loquet du coffre pour l'ouvrir. En vain. Il s'est tourné vers son collègue, lui a marmonné quelque chose d'inaudible, peut-être pour savoir s'il avait le droit de forcer le passage. L'autre a dû lui répondre que oui, puisqu'il s'est remis à tourner autour de la bagnole. Il s'est arrêté à hauteur de la place du conducteur, a posé ses mains sur la fenêtre et tiré vers le bas en pressant. Tandis que l'assistance n'en perdait pas une miette, il a introduit ses doigts dans un interstice formé entre la vitre et la portière et a forcé, forcé, jusqu'à ce que le carreau s'abaisse sous son poids. Aussitôt, le flic a eu un geste de recul, de dégoût même. L'odeur de putréfaction s'est propagée à travers la béance. Il a semblé respirer un grand coup, a introduit sa main pour actionner la poignée intérieure et ouvrir la porte. Nouvelle bouffée de puanteur. Il a inspiré un plus grand coup encore et s'est introduit la tête la première pour soulever la plage arrière. Avant de pousser un grognement et d'être saisi par un mouvement de recul brusque. Il venait de voir quelque chose dans le coffre. Les yeux écarquillés d'effroi, il s'est fait violence pour maintenir le regard vers l'objet de notre curiosité. Ausculter de longues secondes sa découverte. Il s'est alors extirpé de ce bocal mortuaire pour rejoindre son collègue et lui glisser quelques mots saccadés par l'adrénaline. Pendant leur bref échange, un jeune en jogging s'est faufilé du côté droit de la voiture pour jeter un œil à travers la vitre. D'un coup, il a crié : « Oh putain ! Oh pu-tain ! » Les deux flics ont presque sursauté et celui à qui incombait la mission de surveiller s'est énervé, pris en faute : « Monsieur, vous reculez, vous n'avez rien à faire là ! »

Mais le jeune mec était déjà ailleurs, au pays de l'épouvante, et s'est mis à foncer vers ses deux potes, et nous autres en même temps :

— Y a un cadavre ! Putain, y a un cadavre dans la caisse ! Et il a… Et il a…

Des exclamations de stupeur ont parcouru l'attroupement.

— C'est quoi ce bordel, a soufflé Martin, transi par le spectacle étrange de cette Ford fantomatique.

Le flic qui avait vu le macchabée a regagné leur voiture de service pour passer un appel radio et demander des renforts.

J'en ai profité pour sortir de l'ombre et me présenter à lui. Mais, en chemin, je me suis aperçu que je ne marchais pas droit. Pas eu le temps de bouffer et trop bu le vin d'Albert. Pourvu qu'il ne me grille pas. L'uniforme s'est retourné vers moi en affichant une moue de méfiance. J'ai articulé d'une voix zigzagante entre grave et aiguë :

— Bonsoir, je suis journaliste pour *L'Éclair*.

— C'est pas le moment, là, monsieur…

— Juste… Juste quelques mots pour comprendre. Vous venez de trouver un cadavre ?

— Monsieur… Si vous voulez des informations, vous ferez une demande à l'état-major ou au procureur, moi, je ne suis pas là pour vous renseigner.

— Je comprends, mais là, je viens d'entendre ce jeune type dire qu'il y avait un cadavre dans la voiture…

— Eh ben voilà, vous savez tout alors, éloignez-vous maintenant.

Je n'ai pas obtempéré, non par désobéissance, mais par manque de tonus.

— Presque tout. C'est un homme ? Une femme ? Quel âge environ ?

— Monsieur… Ça pue la mort jusqu'à me donner envie de dégueuler et pourtant j'arrive encore à sentir la vinasse qui sort de votre bouche. Je n'ai aucune raison de parler à un journaliste, encore moins à un journaliste qui vient de picoler.

Du sang frigorifié de honte a soudain bombardé mes artères de la tête aux pieds. J'aurais voulu me fondre dans la pénombre. C'est d'ailleurs ce que j'ai tenté de faire immédiatement.

— Bon, on reste discrets, ai-je glissé à Martin qui n'en menait pas plus large que moi.

Une deuxième voiture s'est pointée, remplie de policiers, puis une autre avec le procureur à l'intérieur, un homme d'une cinquantaine d'années, joufflu, petites lunettes rondes, cheveux blancs et courts, une bouche pincée, un air de premier de la classe éternel qui s'est enquillé pas mal de coq au vin au resto près du tribunal le midi. Pas le genre de type à qui on glissait une tape dans le dos en sortant une blague de Caubin.

— Je tape une photo ? a demandé Martin.

— Je sais pas, on est pas à la noce, ce soir.

— J'y vais doucement.

Pendant que son appareil cliquetait frénétiquement, je montais la garde, prêt à le freiner au cas où les flics remarquent notre manège.

— Tu vois quelque chose ?

— Non, que dalle. Qu'est-ce que ça pue, c'est pas croyable.

Soudain, l'un des agents a jeté un œil noir dans notre direction.

— Bon, allez, on se casse.

Au moment de s'exfiltrer du parking, j'ai aperçu le type en jogging qui avait traîné ses yeux à travers la vitre de la bagnole. Assis sous l'abribus du boulevard, il vomissait en solitaire. On s'est approchés.

— Ça va, monsieur ?

— Nan, ça va pas, putain…

— C'est ce que vous avez vu dans cette voiture, qui vous met dans cet état.

— T'es docteur ?

— Non, non. On se demande juste ce qu'il y a dans le coffre.

— V'z'avez pas entendu ou quoi ? s'est-il agacé en relevant son visage barbouillé de gerbe. Un putain de mort !

— Un homme ?

— Ce qu'il en restait ouais… Putain, c'est dégueu… C'est des tarés…

— Qui ?

— Ceux qu'ont fait ça.

— Pourquoi ?

Il a encore eu un haut-le-cœur, s'est tortillé bizarrement les jambes. En interprétant le langage du corps, on aurait pu deviner la suite.

— Putain… Ils l'ont castré.

4

Mon père n'en perdait pas une miette. Est-ce qu'il approuvait, est-ce que ça le consternait ? La flamme qui naissait progressivement dans ses yeux et l'esquisse d'un sourire qui se dessinait sur son visage confirmaient la première hypothèse. Du fond de mon canapé, il n'avait plus d'intérêt que pour les images de la chaîne d'info en continu. Assise à côté de lui, ma mère qui avait chaussé ses lunettes, oscillait entre la moue du « C'est dangereux, ce qu'ils font » et une certaine admiration devant tant de panache. Sur le petit écran, on nous montrait pour la quinzième fois de la journée les mêmes images et il n'était que midi. Des manifestants ceints d'un gilet jaune s'engouffraient dans un chaos de fumigènes à l'intérieur de l'Arc de triomphe. « Ah, ils ont pas peur… », a lâché mon père. Ce qui voulait dire : bravo les gars.

Une fois par trimestre, mes parents me rendaient visite à Clermont – à deux cents bornes environ du village où j'avais grandi et où ils vivaient encore. Il arrivait qu'on s'offre un petit resto, mais la plupart du temps, je leur préparais l'un des seuls plats dans mes cordes : des pâtes bolognaises. Vu le froid qui giflait quiconque osait arpenter les rues auvergnates, on avait préféré rester à domicile. Et le temps que les Panzani cuisent, la télévision meublait nos silences. La veille, ça avait chauffé à Paris. Les manifs de rond-point qu'on avait vues fleurir depuis quinze jours prenaient une ampleur révolutionnaire en ralliant la capitale.

— Quand même… ça a l'air violent, a dit ma mère d'une voix timide.

— Ouais enfin… Au bout d'un moment, les gens y arrivent plus, tu comprends. Ils craquent…

Mon père était à la retraite depuis l'année précédente. Toute sa vie ou presque, il avait eu peur de se faire virer de l'usine d'armement où il travaillait. Ça n'était jamais arrivé. D'année en année, on comptait moins d'embauches, moins de postes, moins de « marchés ». Une vie à se faire du mouron, ça laisse des traces. Et puis fin de la carrière, bye bye, sans même un pot de départ. Rien du tout.

— T'es sûr que tu veux pas organiser un petit quelque chose ? On pourrait faire des hors-d'œuvre, des croque-monsieur et acheter des bières…, avait suggéré ma mère.

— Oh non, t'emmerde pas, tu sais bien que j'aime pas être au centre des attentions…

Tout de même, ça lui avait fait bizarre de raccrocher sa blouse bleue, de dire à ses collègues « Bon ben salut » et de refermer la porte de l'usine pour la dernière fois. On savait bien qu'il ne ferait aucun effort pour garder le contact avec ses compagnons de travail, ours comme il était, et que du jour au lendemain, ceux qui avaient sué dans le vrombissement des turbines juste à côté de lui, qui avaient cassé la croûte à la cantine avec lui, raconté leur week-end, leurs soucis, leurs joies, leurs chagrins, la naissance du petit ou son départ de la maison vingt berges plus tard, auraient disparu de sa vie pour toujours. Bien sûr, dans un bled comme le nôtre, ils se recroiseraient au supermarché, ils échangeraient quelques mots au rayon bricolage ou sur le parking. Et de courses en courses, d'année en année, ils auraient si peu de choses à se raconter que la conversation finirait par se réduire à un salut de la main, au loin, sans prendre la peine de s'approcher. Est-ce que ça lui faisait de la peine ? Est-ce que parfois, en allant se coucher, il repensait à ce dernier jour de boulot en se disant « Merde, j'aurais quand même pu marquer le coup » ? Aucune idée, il n'en parlait jamais.

— T'as qu'à voir, depuis le temps qu'on vient passer une tête à Clermont, le péage de l'autoroute a encore augmenté, a pesté mon père sans quitter des yeux la télé. C'est 10 balles maintenant, non mais quel scandale !

— Oui, ça c'est sûr, a approuvé ma mère, soucieuse de trouver un terrain d'entente avec lui.

Des flics à l'uniforme et au bouclier souillés de peinture jaune ressemblaient à des bêtes aux abois, la tête pivotant de tous les côtés comme s'ils ne parvenaient plus à discerner les positions de l'ennemi. Un brouillard noir, apocalyptique, obstruait le paysage. Des manifestants vêtus de masques de fortune, lunettes de ski, tubas, balançaient des barrières métalliques sur le pavé, protections de la République minables valdinguant sous leurs assauts, brandissaient un drapeau français claquant dans le vent, quand ils ne levaient pas un poing victorieux et agressif à la fois.

— Ils ont l'air marrants avec leur masque de plongée, ceci dit, a observé ma mère qui venait encore de passer d'un sentiment à l'autre.

— C'est pas des pros de la manif, c'est pour ça, a expliqué mon père.

— C'est prêt.

J'ai coupé le feu de la plaque et posé les bolo sur la table du salon que j'avais recouverte d'une nappe, ce qui ne se produisait pas tous les jours. Il fallait cacher les taches de vin incrustées et les boursouflures provoquées par des casseroles trop chaudes. À travers la porte-fenêtre, le soleil baignait notre repas. Mon appartement de célibataire endurci donnait sur une école primaire, pas très loin du boulevard circulaire qui enserrait Clermont. Je n'entendais pas le vrombissement des moteurs d'où j'étais. Mais les cris des enfants à 8 heures du matin, oui. Et aussi les aboiements du chien d'un voisin qui, de l'autre côté de l'immeuble, vivait dans une bicoque délabrée avec un labrador soupe au lait et salement matinal. Et aussi le voisin du haut lorsqu'il parlait par webcam, le soir, à sa copine vivant à une extrémité de la France. Et enfin le sifflement agréable comme un acouphène de toutes les canalisations de ce vieux bâtiment. Pour dormir, il fallait trouver un créneau entre minuit et demi et 6 heures du mat', entre la dernière douche du voisin du dessous et la première de celui du dessus, ou bien s'enfoncer les boules Quies jusqu'au cervelet.

— C'est lumineux ici, c'est doux, a dit ma mère en s'asseyant à la petite table.

C'est vrai, il y avait au moins ça, c'est là-dessus qu'avait d'ailleurs appuyé le proprio en me faisant la visite. Mon père a tardé à nous rejoindre, hypnotisé par le spectacle de la lucarne. Des politiques condamnaient, des syndicats policiers dénonçaient.

— Pff... Bien fait pour vos gueules, a encore grogné mon père en prenant place devant son assiette de pâtes.

L'alcool de la veille et sans doute la fatigue de fin d'année m'avaient collé une légère migraine dominicale qui réduisait mes capacités à causer. Soucieuse de ne pas nous laisser en tête à tête avec la télé, ma mère a pris l'initiative.

— Et ici, vous avez eu des manifestations ?

— Il y a un rond-point occupé dans la zone commerciale. Sinon, pas tellement. Y a plus de choses au Puy-en-Velay : ils ont cramé une annexe de la préfecture hier. Il paraît qu'ils ont dit aux types à l'intérieur : « Vous allez brûler comme des poulets. »

— Oh non, quand même, c'est pas bien, s'est offusquée ma mère.

— Vous verrez, c'est que le début, a dit mon père. Ça va chier.

— Et tu travailles sur quoi en ce moment ? a bifurqué ma mère pour éviter un désaccord à table.

— Ils ont retrouvé un mort hier soir…

Même mon père en est resté la bouche ouverte tandis qu'une fourchette de bolo patientait, suspendue, avant entrée en gare.

— Un mort ? Où ça ?

— Dans le coffre d'une bagnole.

— Oh mon Dieu…

Je gardais pour moi le détail de la castration. Et je n'en savais pas plus, sinon que l'autopsie devait avoir lieu le lendemain. À l'heure qu'il était, les flics avaient dû identifier le type. Qui avait pu garer aux portes du centre-ville ce cadavre au lieu d'aller le planquer dans une forêt ?

— Moi qui pensais que Clermont était une ville tranquille, a déploré ma mère.

— C'est pas le ghetto non plus…

— Depuis qu'il t'est arrivé toutes ces choses à Poitiers, moi, ça me fait peur. Tu ne voudrais pas devenir spécialiste d'une autre discipline ? Faire la culture, par exemple ? C'est plus tranquille, la culture. Et puis tu as toujours aimé le cinéma…

J'ai souri. À vrai dire, j'aurais bien changé des choses à ma vie, mais pas à ma discipline. J'aurais préféré leur présenter une femme, ce jour-là, plutôt qu'un plat de pâtes et une gueule de déterré. De temps en temps, j'avisais mon téléphone. Lucie ne m'avait pas écrit.

Après manger, ma mère a insisté pour braver le froid et profiter des magasins clermontois. Mon père, qui avait du mal à décoller de la télé et de l'Arc de triomphe enfumé, a fini par céder. On s'est engouffrés au Centre Jaude, l'un des deux poumons commerciaux trônant dans le cœur de la ville, débordant de guirlandes lumineuses, d'ours en peluche au bonnet à pompon dans les vitrines, et au milieu duquel un Père Noël déambulait pour se faire photographier avec les enfants. Mes parents n'étaient pas habitués et je les voyais avancer au ralenti, freinés par la cohue, une expression de qui-vive dans le regard. On est montés jusqu'à la Fnac où mon père s'est aventuré au rayon « Ésotérique ». Il parcourait des livres au nom évocateur : *Zone 51. L'Affaire Roswell, Ovnis : secrets d'État*. À la retraite, la passion, je dirais plutôt l'obsession, de mon père ne l'avait pas lâché. Au contraire, il avait désormais le temps de perfectionner ses compétences numériques : il savait maintenant combiner les « mots-clés » sur les moteurs de recherche pour dégoter d'obscurs comptes rendus de nébuleuses associations spécialisées dans la communication avec les êtres d'un autre monde. Il suffisait qu'un blog signé Ducon-Lajoie affirme qu'au Moyen Âge, on avait relaté l'apparition d'un crucifix géant et volant au-dessus des Cévennes pour qu'il lui accorde toute son attention.

« Ah tiens, t'es là ? » a fait mon père en me découvrant à sa droite, pas ravi d'être dérangé dans ses prospections. J'allais le laisser à ses affaires lorsqu'un ouvrage a capté mon attention. *L'Énigme de la Bête du Gévaudan*. Un vieux livre, à voir l'illustration en couverture, une sorte de peinture vieillotte montrant une créature hybride, un loup bâtardisé d'un truc plus exotique genre hyène, avec une gueule ouverte démesurée. La typographie du titre et ses lettres arrondies, blanches sur fond rouge, faisaient penser à un grimoire du Moyen Âge. J'ai saisi l'objet pour le feuilleter. Il répertoriait des attaques de la Bête avec des noms de victimes. D'autres dessins du même acabit se succédaient : parfois la Bête avait des cornes et une queue fourchue, une autre fois on aurait dit un mélange entre chien de chasse et animal préhistorique, le museau proéminent et le dos musclé comme une carapace. Le monstre s'attaquait à une bergère ou à un adolescent en haillons. Au fil des pages, les illustrations se faisaient de plus en plus sanglantes. Jusqu'à voir ce loup monstrueux revêtu d'une cuirasse décapiter un enfant. Sa tête ensanglantée, gisant dans l'herbe d'un pré, avait gardé une expression d'horreur, les yeux grands ouverts et la bouche bée. J'ai repensé à la discussion de la veille sur le retour du loup et les vieilles croyances, et j'ai acheté le bouquin.

5

— DRÔLE DE TRUC, HEIN MONSIEUR MAGNY ?

À la machine à café du commissariat, Beller a, comme d'habitude, pressé la touche expresso sans sucre. « Faut que je fasse gaffe à ma ligne sinon ma femme va m'engueuler », avait-il coutume de dire avec son sourire de gosse pris la main dans le pot de Nutella. Le commissaire n'était plus gosse depuis longtemps, ses mèches blondes étaient tombées il y a un bail et la petite touffe de cheveux qu'il rabattait sur le côté de son crâne ne masquait pas grand-chose de sa calvitie. Sa moustache grise lui conférait un style des années 1980, quelque part entre Patrick Dewaere et Pinot simple flic. Si j'avais dû dessiner une tête d'Auvergnat, ce côté rugueux, traditionnel et viril, j'aurais peint son portrait. Il approchait de la retraite : à vue d'œil, d'ici trois ans, on ne le croiserait plus entre ces murs.

— C'est pas tous les jours qu'on trouve un truc pareil… Allons dans mon bureau, on sera plus tranquilles.

On a croisé quelques uniformes, jeunes hommes, jeunes femmes qui le saluaient avec déférence. Puis on s'est enfermés dans sa tanière, un grand bureau en longueur, avec une petite table circulaire pour recevoir. Je me suis assis là et j'ai laissé traîner mon regard sur le mur le plus proche, qui jouxtait la porte d'entrée. Beller avait affiché des photos de ses « meilleurs clients », comme il disait. Des types que la police avait l'habitude d'interpeller, qui partaient en prison quelques mois, mais finissaient toujours par repointer en garde à vue. Il y avait Abdel M., bouclettes brunes, gros sourcils, regard dur, visage anguleux, un dealeur du quartier de la Gauthière, qui approchait la quarantaine et réalisait une véritable ascension criminelle. Il s'était fait connaître quinze ans plus tôt pour du trafic d'herbe. À présent, on le soupçonnait d'alimenter un réseau d'héroïne jusqu'à Lyon. Qui dit ascension dit aussi aggravation, et à l'hôpital de la République, une petite frappe venait d'être admise après un sévère tabassage à base de défiguration et d'ingestion d'eau de Javel. Un règlement de comptes dans lequel tremperait Abdel M., disait-on. Peut-être avait-il porté lui-même les coups de marteau au visage ?

Sur la photo d'à côté, c'était Jason, un Gitan qui vivait dans l'agglomération de Clermont, une petite commune nommée Lempdes dont je connaissais surtout un magasin d'ameublement un peu triste qui attendait la liquidation. Jason, également, attendait d'être liquidé, car quel autre avenir pouvait bien l'attendre, vu son CV ? Connu pour une flopée de dégradations et cambriolages nocturnes, il était lui aussi passé à l'étape supérieure en braquant un magasin d'armurerie. Du moins, on pensait que c'était lui, il était encore en liberté, mais Beller m'avait confié qu'ils le surveillaient de près, téléphone et filature compris, pour guetter le premier faux pas. « Je m'en fais pas, il arrivera, s'était marré le commissaire. Avec cette racaille, ça finit toujours par arriver. »

Et enfin, le troisième visage placardé correspondait à Jacques. Autre spécialité : l'atteinte sexuelle. Cet employé d'une blanchisserie, lunettes double foyer sur sa face en forme de poire, n'avait pas l'air d'avoir inventé l'eau chaude. Ses premiers faits d'armes remontaient à une quinzaine d'années : on l'avait plusieurs fois surpris en train de se masturber sur un banc public près d'une école du quartier de la gare. Ses condamnations pour exhibitionnisme lui avaient longtemps valu du sursis avant qu'une agression sur une femme de ménage prenant son service matinal dans une boîte de location de voitures du même quartier ne lui vaille un premier séjour en prison. Tapi dans l'ombre d'une porte cochère, il s'était précipité sur elle après l'avoir repérée quelques jours plus tôt dans la file d'attente du magasin Aldi où il achetait ses cinquante centilitres de 8.6. Depuis, il semblait plus discret, mais le témoignage d'une noctambule rentrant de boîte de nuit à 3 heures du matin, affirmant qu'elle s'était fait suivre par un gros bonhomme encagoulé, rejetait forcément les soupçons sur lui. « C'est Clermont ici, c'est pas immense, jugeait Beller. On finit toujours par retomber sur les mêmes. »

Sauf cette fois, sans doute. Trucider un mec avant de le castrer pour finalement planquer son corps dans le coffre de sa voiture et abandonner celle-ci à deux pas du centre-ville, là, c'était de l'inédit.

— Elle est contrariante cette histoire, a ruminé Beller avec sa pointe d'accent auvergnat (prononcez un truc du genre « ahan » au lieu de « an »), en venant s'asseoir à côté de moi. Y a rien qui colle…

— Vous avez les résultats de l'autopsie ?

— Ouais.

— Et ça dit quoi ?

— Le type a été étranglé. Sans doute avec un fil électrique ou quelque chose comme ça. Pas à mains nues.

— Par surprise ?

— Oui. Il a d'abord été neutralisé au chloroforme.

— Endormi, quoi.

— Voilà.

— Quand ça ?

— Il y a une semaine… Ensuite, il a été déshabillé de la tête aux pieds. Il lui restait pas une seule chaussette… À poil complet.

— Et puis ?

— Et puis c'est tout.

Beller ne me regardait plus, il plongeait ses yeux dans le noir chimique de son gobelet. Je savais qu'il mentait.

— Vous ne me dites pas tout ?

— Ben si, pourquoi ? a-t-il demandé, sans se départir de ce ton neutre, un peu froid, pour me dissuader d'aller plus loin.

— Commissaire… Je vous ai pas dit… En fait, j'étais là quand ils ont découvert le corps.

— C'est pas vrai ! C'est vous le journaliste aviné ?

J'ai blêmi et bredouillé :

— Alors attendez, je vous explique, je revenais du journal et, le samedi soir, c'est apéro. J'avais juste pris deux verres.

— Ils étaient remplis à ras bord, vos deux verres, non ? Parce que d'après notre collègue, vous marchiez pas très droit.

— Il exagère ! C'étaient deux verres normaux.

— Bon, admettons. Et donc ?

— Et donc, j'ai appris…

— Appris quoi ?

— Que le type a été castré.

Il n'a rien dit, a baigné ses lèvres un peu épaisses dans son café, stoïque, sans même mouiller sa moustache, a reposé sa tasse, puis a planté à nouveau ses yeux bleus dans les miens.

— Qui vous a dit ça ?

— Un jeune type qui était là et qui a regardé à travers la vitre de la voiture.

— Vous avez dû mal entendre. À cause de vos deux verres bien remplis.

— Non. J'étais pas ivre et j'ai très bien entendu.

— Alors il a mal vu.

— Je suis sûr qu'il a très bien vu.

— Vous m'emmerdez.

— Pourquoi ?

Il a poussé un long soupir accablé.

— Parce qu'on a absolument pas envie que ce détail, si j'ose dire, se retrouve dans la presse.

— Bien… D'accord… Pourquoi ?

— On sait jamais. Si on coince le gars – et on le coincera –, ça peut être le genre de choses qui va le trahir. Il dirait : c'est pas moi, j'y suis pour rien, on lui tend une perche, il nous parle de la castration… Et là, si c'est pas sorti dans la presse, on le tient.

— Je vois… Écoutez, je sais comment ça marche, je suis pas devenu fait-diversier hier après-midi. Je m'engage à ne rien écrire là-dessus.

— Est-ce qu'on peut faire confiance à un journaliste qui se pointe sur le terrain avec un coup dans le nez ?

Il commençait à m'agacer.

— Arrêtez avec ça. Je vous dis que j'avais seulement bu deux verres.

— Si vous trahissez le secret, vous serez carbonisé dans ce commissariat sur trois générations. Et le PDG de *L'Éclair* saura que son fait-diversier a un problème avec l'alcool.

Le sympathique moustachu qui aimait me parler de sa femme n'était plus jovial du tout. Ça faisait tout drôle de se faire menacer par un commissaire.

— Y aura pas une ligne sur ce détail.

— Bien.

Il a repris une gorgée. Puis a haussé les sourcils, comme s'il était encore tourneboulé par le rapport d'autopsie.

— Ben ouais, c'est dingue, mais il lui a coupé la bite…

— Oui, c'est dingue. Mais avant ou après sa mort ?

Nouveau silence, le commissaire regardait son café.

— Merde. Avant, donc.

— Ouais. Dingue.

— C'est un sadique ?

— Non, il est juste un peu taquin.

Il a ménagé son effet, puis il m'a regardé comme un instituteur regarde un cancre.

— Ben évidemment que c'est un sadique ! Soit il aime faire souffrir, soit il voulait se venger de quelque chose. Mais les deux ne sont pas incompatibles.

Machinalement, je me suis tortillé les jambes en pensant à ce qu'avait dû endurer ce type.

— La victime, c'était qui ?

— Un quidam du coin, un prof d'histoire au lycée Blaise-Pascal.

— Et personne n'avait signalé sa disparition, en huit jours ?

— Si, si : sa femme. Le samedi 24 novembre, il n'est pas rentré à la casa. Ils vivaient tous les deux dans une petite maison de ville près du parc Montjuzet. Elle est prof aussi, de musique, mais dans un collège. Elle a signalé la disparition de son mari, dès le lendemain matin, on lui a dit d'attendre un peu. À ce moment-là, c'était pas déconnant d'imaginer qu'il s'était tiré avec une jeunette. Mais le lundi, il se pointe pas au boulot. Ni le mardi. Là, on a commencé des recherches, disons, un peu molles…

— Un peu molles, oui, vu que sa voiture était garée dans le parking du Casino, donc pas très loin depuis ce temps-là…

— Ouais… Enfin, y a des trucs pas très clairs encore.

— Et les riverains n'ont rien vu ?

— Que dalle. Mais on cherche. Y a du monde autour de ce supermarché. Y a des clodos qui picolent à côté, des riverains, des jeunes qui traînent… Il doit bien y avoir quelqu'un qui a vu quelque chose. On va lancer un appel à témoins avec l'accord du proc'.

— Et ce type, ce prof d'histoire, il était connu de vos services ?

— RAS. Vie tranquille a priori.

— Et il s'appelait comment ?

— Miguel Gallo.

Je ne pouvais pas espérer davantage et c'était déjà beaucoup. J'ai fini mon café, puis, en partant, j'ai lancé au commissaire :

— Vous me tenez au courant, s'il y a du nouveau ?

— Bien sûr que non, m'a-t-il répondu, visage fermé. Et allez-y mollo sur la bouteille, je trouve que vous avez une petite mine.

J'aurais pu l'insulter en mon for intérieur, mais en me regardant dans le miroir de l'ascenseur, je ne pouvais qu'être d'accord : ces temps-ci, j'avais vraiment une sale gueule.

6

Martin conduisait comme tous les photographes du journal : pied au plancher, comme s'il adressait un petit « coucou » à la mort à chaque virage. À croire que la pratique faisait partie de la fiche de poste. Dans ces conditions, filer en reportage à la campagne, sur les routes sinueuses de la chaîne des Puys ou du Cézallier, vous branchait le cœur sur deux cent vingt volts. C'est pourquoi je préférais les sujets dans Clermont intra-muros, où les feux rouges et la limitation de vitesse réduisaient nos chances de finir en boîte de conserve. Coup de bol : la désormais veuve de Miguel Gallo habitait près du parc Montjuzet, sur les hauteurs résidentielles de Clermont-Ferrand. Si vous m'aviez demandé quel était le quartier privilégié du mari modèle, suffisamment aisé pour se payer une baraque sans s'exiler en périphérie, je vous aurais répondu : Montjuzet.

Pourquoi donc un mari modèle finirait mort et salement amputé au fond du coffre de sa bagnole ? Aucune idée, mais madame nous donnerait peut-être quelques clés. J'avais pris soin de lui téléphoner avant pour jauger nos chances d'échouer contre une porte fermée. D'une voix spectrale comme celle d'une malade en phase terminale, elle m'avait donné rendez-vous : « Je veux savoir ce qui s'est passé. » Il était midi ce mardi-là quand on s'est présentés devant cette bâtisse proprette avec étage et garage. J'ai pressé le bouton « Gallo », déclenchant un bruit strident. Martin promenait son regard sur la rue éteinte et roulait son index crispé dans la bandoulière de sa sacoche, c'est toujours emmerdant pour un photographe de demander de prendre la pose à une dame qui vient de perdre son mari.

Le bruit de la fenêtre qu'on ouvrait à l'étage nous a surpris. Un visage s'est hissé entre les carreaux : pâle, flasque, cerné. Des cheveux bruns au carré, des lunettes rondes à monture léopard. C'était bien la veuve.

— Vous êtes les journalistes de *L'Éclair* ?

— Oui madame, on vous dérange pas ?

— Je vous ouvre.

Mme Gallo a mis du temps pour descendre et apparaître, sa démarche alourdie par la douleur. À la porte, elle n'a rien dit, mais a seulement plissé la bouche, bienvenue dans mon enfer.

Un petit couloir, où un manteau de pluie masculin gris anthracite était suspendu à une patère, nous a conduits jusqu'au salon, plongé dans la pénombre du jour terne. À droite, une cuisine américaine, à gauche un canapé trois places avec méridienne face à un home cinéma. Sur les murs, un grand tableau de Madrid la nuit, lumières fiévreuses dans un ciel d'été. Et sur des consoles glissées ici et là, des photos du couple Gallo, prises en vacances. Lui toujours avec ses lunettes de soleil, cheveu grisonnant et court, visage d'ancien maigre rattrapé par les bajoues de la quarantaine, voire de la cinquantaine. Elle, quelconque, moins affaissée qu'en vrai, mais sourire large sur les clichés, plus large que celui de son mari. Ils se selfisaient devant une cascade, au sommet du puy de Dôme, sur les Ramblas de Barcelone. Ils devaient voyager chaque été dans leur zone de confort, l'Espagne. Et finalement, il n'y avait pas une seule photo de gosse.

— Asseyez-vous, a soufflé la veuve, du fond de sa gorge.

On s'est exécutés, encombrés de nos propres corps, sans savoir quelle gentillesse prononcer pour amorcer l'échange. À vrai dire, ce n'était pas encore de la peine que les proches des victimes ressentaient en premier, elle viendrait évidemment, très bientôt, et ne repartirait jamais. Non, c'était d'abord le choc, la déflagration. Un avion venait de passer le mur du son au-dessus de la table basse et on était encore ahuri de tenir à peu près debout.

— Merci de nous recevoir, ai-je entamé, tandis que Martin dessinait des torsades avec sa bandoulière. On est bien conscients que le moment doit être terrible pour vous. Notre but, c'est simplement de présenter un peu votre mari à nos lecteurs et de vous donner la parole.

Mme Gallo s'est assise dans un fauteuil en biais par rapport à nous, comme un vase sur un tabouret bancal. À tout moment, elle pouvait s'effondrer sous nos yeux.

— J'ai accepté parce que j'veux savoir qui lui a fait ça. C'est pas possible, ce qui m'arrive. Depuis qu'la police m'a appelée dimanche matin, j'ai l'impression que je vais me réveiller et qu'on va me dire que c'était pour « Surprise sur prise ».

Je connaissais l'émission parce que mes parents adoraient, mais j'ai senti que Martin, plus jeune que moi, avait déjà perdu le fil.

— C'est pas possible, ce qu'ils ont fait à Miguel. C'est pas humain…

— Il avait disparu depuis une semaine, c'est ça ?

— Oui… C'était un samedi soir, il devait rejoindre des collègues pour fêter un anniversaire. C'est ce qu'il m'a dit, en tout cas. Ça lui arrivait de temps en temps. Je me suis endormie vers 23 heures, comme tous les samedis. Quand il rentre, je l'entends prendre sa douche et je me rendors. Là, j'ai pas été réveillée. Et le lendemain matin, je me suis rendu compte qu'il était pas là…

Sa voix s'est brisée, son menton s'est fripé et son regard s'est brouillé vers le parquet où s'épaississaient çà et là des moutons de poussière.

— J'ai eu peur, tout de suite, j'ai compris qu'il y avait un truc pas normal. Et ensuite, c'était mystère sur mystère… J'ai appelé Thierry, un de ses collègues, sans doute celui avec qui il s'entendait le mieux, il est prof d'histoire aussi. Je lui ai dit : « Miguel n'est pas rentré, est-ce qu'il y a eu un problème à l'anniversaire ? » Il ne comprenait pas ce que je disais, il m'a dit : « Quel anniversaire ? » Et là j'ai pensé : C'est pas possible, Miguel m'a menti…

Elle a dégluti, ça a fait un bruit disproportionné dans le silence ambiant.

— J'avais déjà compris, mais j'ai quand même appelé un autre collègue et lui non plus n'avait jamais entendu parler d'une soirée d'anniversaire.

Panne sèche, plus un mot ne sortait de sa bouche. J'ai relancé :

— Et vous êtes allée au commissariat ensuite ?

— Oui, à midi. J'ai eu l'impression que le flic me riait au nez. Il m'a demandé si Miguel avait une maîtresse, si j'avais des doutes… J'ai répondu : bien sûr que non, mais il ne m'a pas crue. Moi j'ai tout de suite senti que c'était autre chose. C'est sûr, Miguel avait un rendez-vous ce soir-là et il n'a pas voulu m'en parler pour éviter de me faire peur. Quelqu'un devait lui en vouloir. On a dû lui tendre un piège.

Aspiré par le récit, Martin a cessé de tripatouiller sa sacoche. J'ai fini de noter sa phrase exacte sur mon calepin, calé contre mon genou. On avait même pas eu le temps d'ôter nos chauds manteaux d'hiver, le chauffage était poussé à fond et je commençais à suinter.

— Un piège ? Il avait des ennemis ?

— J'arrête pas d'y penser. Peut-être un ado qu'il avait puni au lycée. J'ai appelé son établissement, mais on ne me dit rien. On me cache des choses ou quoi ? Je sais aussi que Miguel jouait au poker en ligne, est-ce qu'il avait contracté des dettes ? Je me refais le film de nos derniers mois en cherchant le détail qui m'aurait échappé…

— Et vous avez une scène particulière qui vous revient en tête ?

Son regard, qui jusque-là errait sans réussir à prendre prise, s'est soudain posé droit sur moi.

— Oui…, a-t-elle soufflé. (Et j'en aurais presque frissonné, ça ressemblait à un aveu dans un confessionnal.) C'était fin août-début septembre. On revenait d'un dîner chez des amis, dans le centre-ville. C'est moi qui conduisais, Miguel était détendu, il plaisantait. Et en chemin, c'était vers la rue Fontgiève, subitement, il est devenu tout pâle. Je lui ai demandé si tout allait bien, il m'a dit qu'il avait trop bu alors que ça ne m'avait pas sauté aux yeux, il ne buvait jamais beaucoup d'ailleurs. Avec le recul, je suis sûre qu'il a aperçu quelque chose qui lui a fait peur. Est-ce que c'était sur le trottoir, est-ce que c'était dans le rétroviseur ? Je ne sais pas. Toujours est-il qu'il m'a demandé de faire un détour par les rues de Clermont pour soi-disant briser la routine. On a fini par rentrer, il s'est couché tout de suite. Et le lendemain… Il fallait faire des courses au supermarché, mais il ne se sentait pas bien, il est resté au lit. J'ai décidé d'y aller seule, sauf qu'au moment de monter dans la voiture, je me suis rendue compte que les pneus étaient crevés.

— Volontairement ?

— Allez savoir… Sur le moment, j'ai pas fait le lien avec son air bizarre. Plus tard, il m'a raconté que d'autres voitures avaient été ciblées dans la rue, que ça devait être des jeunes qui s'emmerdaient. J'ai jamais vérifié, mais aujourd'hui je suis sûre que pas une seule autre voiture n'a été touchée.

— Vous pensez que quelqu'un voulait se venger de votre mari ?

— Oui… Aujourd'hui, j'en suis persuadée.

— Et vous l'avez dit aux enquêteurs ?

— Je leur ai dit tellement de choses. Ils n'en avaient rien à fiche jusqu'à dimanche. Après avoir trouvé Miguel, ils sont venus ici, ils ont emporté plein de trucs dans son bureau, l'ordinateur sur lequel il jouait au poker…

— Il avait d'autres passions dans la vie ?

— Il aimait son métier, il aimait l'Espagne, le pays de ses parents.

— Est-ce qu'on pourrait prendre une photo de vous ? a osé Martin.

— S'il le faut…

— Peut-être dans son bureau ?

— Si vous voulez.

La veuve s'est levée lentement, péniblement, puis a poussé la porte d'une pièce voisine, la pièce à poker.

Depuis le passage des flics, il ne restait plus grand-chose sur les étagères ou sur la petite table coincée dans l'angle, sur laquelle on discernait un rectangle de poussière délimitant la place de l'ordinateur, désormais entre les mains des experts.

— C'était sa pièce à lui, ici ?

— Oui. Moi c'était plutôt le salon, lui c'était ici… Il y travaillait, il y jouait. Moi, j'ai ma tablette, lui, il prenait l'ordi.

Sur les murs restaient fixés des post-it, des notes, des listes de choses à faire : « réserver hôtel Barcelone », « visite musée avec lycée ». Au sol subsistaient des vieux magazines, quelques exemplaires plus récents de *L'Éclair*. Martin en a saisi un : « Il avait de saines lectures », a-t-il glissé, avec un léger sourire. Tentative de détendre l'atmosphère qui s'est soldée par un silence de cathédrale. Embarrassé, il m'a tendu le journal et a empoigné son appareil photo. Au moment du flash, Mme Gallo s'est laissée aller. Son regard se perdait dans le vide.

— S'il vous plaît, sortez-moi de ce cauchemar…

Martin a baissé son appareil photo, par pudeur. Il s'est retrouvé les bras ballants, à chercher ses mots. Puis, sans que je m'y attende, il a dit :

— Je vous le promets, madame.

7

CINQ MINUTES PLUS TARD, on est ressortis de la maison en silence, avant de prendre place dans la voiture de service. Ça me brûlait les lèvres de lui dire un mot.

— Tu sais, Martin, faut pas trop sortir de son rôle…

— Comment ça ?

— Ben, quand tu lui as « promis » de faire cesser son cauchemar, pardon, mais c'est n'importe quoi.

— Je sais pas, c'est sorti tout seul.

Il a mis le contact et moi ma ceinture.

— Règle numéro un : ne pas promettre des choses qu'on peut pas tenir, et ensuite, t'es là pour prendre des photos, pas pour jouer les psychanalystes.

— Ouaip. Ben écoute, je sais pas, si ça se trouve, l'article que tu vas écrire va éveiller quelque chose chez un témoin et l'affaire sera résolue.

— J'espère que t'as pas oublié de le mettre sur ta liste au Papa Noël.

— OK, OK, bon, ça m'a échappé… Moi, de voir une femme bouleversée comme ça, ça me bouleverse aussi. T'es plus habitué que moi à parler aux proches des victimes.

— Pas de problème, tu le sauras pour la prochaine fois.

— Moi, je suis qu'un modeste photographe, c'est toi, le vrai journaliste.

Chaque fois que Martin se sentait contredit, même pour une broutille, il retombait dans son complexe d'infériorité. Souvent, je sortais le numéro de la câlinothérapie, mais cette fois, il avait vraiment déconné.

Les rues de Clermont se sont succédé dans le ronronnement pesant du moteur. Mais l'envie de phosphorer sur la séquence était trop forte. Au feu rouge, Martin a ravalé sa fierté et relevé :

— En tout cas, il avait une maîtresse…

— Qu'est-ce qui te fait dire ça ?

— Le mec qui s'absente régulièrement, qui prend une douche à une heure du matin…

— J'y ai pensé. Ou alors il avait des dettes à force de jouer au poker…

— Les pneus crevés, ça fait plus maîtresse en colère.

— Et qui serait allée jusqu'à le castrer ?

— Il a dû lui faire beaucoup de peine.

Martin a gardé son sérieux cinq secondes. Puis il a éclaté de rire. Et moi aussi. Pas un rire de bon cœur, un fou rire, du genre qui relâche la pression après un moment plombant. Quand le feu est passé au vert, il a même failli caler tellement les spasmes le secouaient.

— Putain, j'ai une de ces dalles ! a-t-il ponctué. On va se chercher un sandwich ? On se fait un petit détour par le parking du Casino ?

Il était 13 heures et le parking du supermarché avait perdu ses attributs de scène de crime. L'emplacement où la Ford de Gallo avait été trouvée accueillait d'autres véhicules, des gens entraient et sortaient du magasin, le chariot chargé de courses, un vigile se tenait droit comme un plot à l'entrée tandis que trois jeunes clodos sirotaient une bière, dix mètres plus loin. Martin s'est garé au milieu des chalands, et carnet à la main, je suis descendu en direction de l'agent de sécurité. Mon estomac réclamait le menu, mais j'avais des questions de fait-diversier à poser.

— Bonjour monsieur, je suis journaliste à *L'Éclair*.

Le vigile, un grand Noir d'une cinquantaine d'années, portait des lunettes, et ses cheveux blanchissaient. Il a à peine articulé un « bonjour » et n'a pas montré la moindre émotion.

— Je travaille sur l'affaire du cadavre retrouvé sur le parking, samedi dernier. Je peux vous poser quelques questions ?

— Faut voir avec mon chef, moi, je peux pas vous répondre.

— C'est pas une interview, hein, c'est juste un renseignement, rassurez-vous je vous citerai pas dans mon article.

Pas de réponse. À trois pas de nous, deux petites vieilles discutaient agrippées à leurs cabas. Des échos me parvenaient : « Ça doit être une histoire de drogue ou de règlement de comptes… »

— Ça fait longtemps que vous travaillez ici ?

— Nan, m'sieur. Quelques mois.

— Vous êtes nouveau, alors ?

— Y avait pas de vigile avant. C'est à cause des vols qu'ils ont fait appel à nous.

D'un discret coup de menton, il a désigné les trois clochards qui s'imbibaient à côté. « Nous », c'était la compagnie Sécuritaz dont le logo en forme de losange rouge ornait son manteau noir informe. Il avait froid, ça se voyait à ses doigts nus et crispés.

— Dites-moi, vous l'aviez repérée cette voiture ?

— Le samedi, oui.

— Pas avant ?

— Elle était déjà là quand j'ai commencé mon service, avant l'ouverture du supermarché.

— D'accord. Mais les jours d'avant ?

— Non, m'sieur elle était pas là…

— Ah bon ? Donc elle a dû être garée pendant la nuit ?

— C'est ça. La barrière d'accès marche plus, n'importe qui peut se garer ici.

Martin, qui se tenait à l'écart, a saisi les paroles au vent et s'est approché, curieux.

— Et vous avez pas de la vidéosurveillance, ici ?

— Si, m'sieur.

— Et vous savez si quelque chose a été filmé ?

— Nan, m'sieur. Le champ de la caméra ne va pas jusqu'à l'endroit où la voiture était garée.

— Ah ouais, comme par hasard…

Pour la première fois, il a souri, mais discrètement.

— Faut le savoir, quoi.

J'avais la confiance, j'ai tenté une blague :

— À croire que le mec qui a garé la voiture travaille au supermarché. Ce serait pas vous, par hasard ?

Le sourire s'est évaporé. Faux pas, la fatigue. Je l'ai salué en bégayant. Avant de revenir à la voiture, mon regard s'est arrêté sur la station essence, dépendant du Casino, accolée au parking. Quatre pompes et une cabine blanche désertée attendaient le client. Je me suis approché, aimanté par un détail. Sur la cabine, des inscriptions au feutre noir juraient :

NICOLAS MARCHAND PÉDOPHILE

NICOLAS MARCHAND VIOLEUR D'ENFANTS

Par réflexe, je me suis retourné vers le vigile d'un air interrogatif. Il a haussé les épaules.

— On nettoie, mais ça revient toujours.

J'ai tenté une autre blagounette :

— Hors champ caméra aussi ?

Ah, léger sourire.

— C'est qui, Nicolas Marchand ?

— Le pompiste.

La mine atterrée, Martin a commenté :

— Sympa ce boulot…

J'allais décamper quand une idée m'est venue en désignant les écritures de corbeau.

— Tu peux prendre ça en photo, Martin ?

— Si tu veux.

Après une pause à la boulangerie la plus proche du journal pour un jambon-fromage, on a repris le chemin de *L'Éclair*. Devant le bâtiment, un comité d'accueil nous attendait.

Une trentaine d'hommes et de femmes se massaient devant l'entrée, tous vêtus d'un gilet jaune, et arborant plusieurs banderoles ou pancartes, dont la plus imposante clamait :

MÉDIAS = PROPAGANDE D'ÉTAT

Voyant notre voiture floquée aux couleurs du journal, une partie du groupe s'est tournée dans notre direction en nous pointant d'un doigt pas très amical.

— Merde… On va se faire coincer…, a lâché Martin, avant d'entamer un demi-tour, puis de prendre un itinéraire bis, pour se garer plus loin, hors du parking de la boîte. On va passer par-derrière.

Depuis des années, on avait l'habitude de lire des messages du même tonneau au pied de nos articles sur le site Internet, sur la page Facebook de *L'Éclair* ou directement dans nos boîtes mail. On était vendus au pouvoir en place, à tous les pouvoirs en place, le maire, le conseil régional, le gouvernement, l'Élysée, la gauche, la droite, les fachos, les gauchos et, bien sûr, les francs-maçons. Depuis quelques jours, les auteurs de ces commentaires avaient pris forme humaine et s'étaient matérialisés dans la rue ou sur les ronds-points. Non pas qu'ils constituaient la totalité des troupes, mais disons qu'ils formaient l'un des bataillons les plus bruyants.

On s'est faufilés, à pied, depuis l'arrière du parking jusqu'à l'entrée du bâtiment « côté jardin ». Martin, qui ouvrait la voie, a commencé à rire tout seul du ridicule de la situation. Mais au moment d'ouvrir la porte, un petit mec, au crâne dégarni, fagoté comme les autres, a surgi à notre droite en criant :

— Hé ! Regardez les journalistes trouillards qui veulent nous éviter !

Aussitôt, une grappe de chasubles canari s'est greffée au gars et a fondu droit sur nous. On est restés figés.

— Heu… Bonjour.

— Hé, les journaleux, vous attendez quoi pour nous donner la parole ? Faut la prendre de force ou quoi ? a déroulé un type de cinquante berges, qui nous dominait de la tête et des épaules.

— Vous voulez prendre la parole sur quoi ? ai-je demandé.

— Sur la hausse du prix de l'essence ! Sur les taxes qui vont nous faire crever !

— Mais on en parle, dans le journal, on en p…

— Vous en parlez, mais sans nous ! Vous dépassez jamais le centre-ville de Clermont !

Une femme de quarante ans à peine, brune et les épaules carrées, s'est ajoutée au concert.

— Y en a toujours que pour les politiques, les experts, jamais pour nos gueules ! J'élève toute seule mes deux gosses, vous me donnez la parole à moi ? En plus, quand je laisse un commentaire sur Facebook, je me fais censurer !

— Ça m'étonnerait ! On a même pas le temps de modérer les co…

— Je vous comprends, madame, a coupé Martin en lui posant la main sur le bras. Ma mère vit à Montluçon, je l'ai vue trimer seule depuis toujours.

Elle semblait à l'écoute, mais un autre bonhomme de cinquante ans, queue-de-cheval et petites lunettes, a coupé court :

— Et puis c'est bien gentil de parler des pistes de vélo et du tram, mais nous on doit prendre nos bagnoles pour aller bosser ! En plus, en roulant à quatre-vingts à l'heure !

— Les gens qui ont décidé ça ne connaissent pas vos vies, c'est sûr, a poursuivi Martin, très à l'aise.

C'est à cet instant que Juan a surgi de l'autre côté de la porte vitrée. Pas pour nous venir en aide, il partait en reportage et n'a pas immédiatement compris le chahut. Sourcils froncés en autodéfense et visage fermé par réflexe, il a poussé la porte en le regrettant aussitôt, et, dans la panique, je l'ai pris à témoin, pensant bien faire.

— Regardez Juan, notre journaliste, fait régulièrement des micros-trottoirs en donnant la parole aux gens...

— Ah ouais, a enchaîné un type à lunettes d'une trentaine d'années. Moi, j'ai jamais été interrogé ! Vous le trouvez où votre panel ?

— Je le trouve où je veux, c'est pas vous qui allez m'apprendre mon métier, a répliqué Juan, sec comme un coup de matraque.

Soulevant au passage des « oh » de consternation dans le groupe désormais au complet de trente protestataires. Tant pis pour la diplomatie.

— Et c'est quoi votre métier si vous parlez pas de nous ? a poursuivi le petit chauve.

— Vous êtes rédacteur en chef, monsieur ? a enchaîné Juan, déterminé à pousser ses adversaires dans le corner du ring.

— Non, mais je... Non mais je...

Il cherchait ses mots, en vain.

— Le jour où vous serez rédacteur en chef, vous viendrez m'expliquer mon métier. Pour l'instant, c'est pas le cas, donc allez faire mumuse ailleurs.

Choqué, un manifestant au visage buriné, comme s'il passait ses journées à bosser sur des chantiers en plein cagnard, l'a empoigné.

— Non mais tu te prends pour qui, journaleux de mes couilles !

Le regard noir et la bouche tordue de colère, Juan l'a repoussé, et le type a trébuché, rattrapé par ses collègues.

— C'est filmé, là, t'es filmé, connard ! a gueulé une blonde de vingt-cinq ans environ.

Elle tenait une perche à selfie au bout de laquelle son smartphone braquait littéralement Juan. Dépassé, notre collègue a fait demi-tour et s'est carapaté dans les locaux.

« Sale lâche… », « Couille molle », « Dégage ! » : ça allait dégénérer. À travers la vitre, j'ai vu Albert se pointer avec deux vigiles d'une boîte privée pour ouvrir la porte :

— Venez, les gars.

On s'est pas fait prier en s'abritant derrière les gorilles qui faisaient barrage.

— J'ai honte, putain, a soufflé Martin.

On a vite rattrapé Juan qui fonçait vers l'ascenseur en criant :

— Bande de branquignoles !

— C'est bon, ils veulent juste s'exprimer, a répliqué Martin, mâchoire serrée.

— Mais ils n'ont rien à dire ! C'est juste une bande de pimpins qui se font chier dans leur vie de merde !

— Dis pas ça. C'est méprisant.

— C'est bon, ferme ta gueule !

— Mais toi, ferme ta gueule !

Je me suis interposé pour éviter qu'ils n'en viennent aux mains :

— C'est bon les gars, on va pas s'énerver entre nous, ça ira comme ça…

Quelque chose planait dans l'air, comme de l'électricité. L'ascenseur qui se laissait désirer au plus mauvais moment a fini par ouvrir ses portes. Arrivé à l'étage, chacun a regagné son ordinateur sans un mot. De l'extérieur nous parvenaient des chants inamicaux : « *L'Éclair*, si tu savais, ton journaleux, ton journaleux, *L'Éclair*, si tu savais, ton journal où on s'le met… »

Juan a mis son casque branché sur sa musique pour leur couper le sifflet. J'allais commencer à rédiger mon article, mais au moment de saisir le premier caractère, mon téléphone a vibré. Le SMS tant attendu. Lucie. En un éclair, j'ai consulté son contenu.

Ça te dit un ciné ce soir ?

Mon cœur s'est mis à battre plus fort. J'ai écrit mon titre, une citation de la veuve Gallo : « Je veux savoir la vérité ». Et moi, je voulais savoir la suite.

8

DANS LA JOURNÉE, rue Saint-Dominique, on trouvait encore de rares prostituées à l'ancienne, sexagénaires, qui tapinaient manteau en similifourrure, jupe en cuir, et talons hauts. La plupart des clients ne perdaient pas de temps à demander leur tarif, ils étaient habitués à les solliciter au su et à la vue des passants. C'étaient surtout des petits vieux, qui à force faisaient autant partie du décor qu'elles, et parfois quelques migrants. Elles les emmenaient dans l'un de ces appartements miteux des ruelles adjacentes où des toxicos et marginaux faisaient office de voisins. On trouvait encore un sex-shop poisseux où traînaient les mêmes profils et plus rarement des couples libertins qui fantasmaient sur les cabines crados et les trous dans le mur. Le soir, pourtant, et contre toute logique, ce spectacle disparaissait comme par enchantement. Et c'est là que se dressait le cinéma d'art et d'essai où j'avais donné rendez-vous à Lucie.

Elle avait proposé un film d'horreur, resucée d'un classique italien des années 1970 où il était question d'orphelinat hanté. Je me suis pointé avec dix minutes d'avance, et pour patienter dans le froid féroce, j'ai imaginé la suite : un verre dans un bar, puis quelques pas dans le cœur de la ville et pourquoi pas pousser jusque chez elle ou chez moi. Puisqu'elle était libre, sa gosse devait sans doute se trouver chez son père. Les minutes ont filé et à 20 heures pile, Lucie est arrivée, son talon claquant sur le pavé. Malgré la météo, elle avait enfilé une jupe, plutôt courte. Ses cernes s'étaient estompés. Son sourire, en revanche, était à peine plus prononcé. *Ça vous dirait un deuxième rencard avec Mona Lisa ?*

Quelques banalités et la lumière de la salle s'est éteinte. Le film n'était pas terrible, à l'image de quelques récents remakes où les sommets d'angoisse étaient transformés en films gore, où les écorchures devenaient des geysers de sang, comme s'il fallait tout amplifier pour produire les mêmes effets qu'il y a trente ans, comme s'il fallait en mettre plein la gueule au spectateur pour espérer lui arracher un frisson. On est toujours un peu désolé de s'être infligé un navet, mais l'essentiel n'était pas là. C'est ce qui se passait après le film qui comptait.

En sortant du cinéma, Lucie s'est montrée moins dure que moi dans sa critique, elle avait sursauté quelques fois. Mais fidèle à sa grille de lecture, elle a déploré : « Le film fait semblant d'être de gauche, mais en réalité il n'a rien à dire. » J'ai dévié l'échange.

— On va prendre un verre ?

— Non, je suis crevée, la journée était compliquée…

La mienne aussi, raison de plus pour aller plus loin, mais j'ai juste demandé :

— Ah oui, pourquoi ?

Devoir détailler ses déconvenues du jour semblait lui peser encore plus. On a traversé la place de Jaude. Il n'y avait pas foule pour un mardi soir, mais les décors bleu et blanc en jetaient suffisamment pour donner l'impression qu'il y avait de la vie. À un moment, elle a levé les yeux vers la grande roue.

— Si tu veux, on peut faire un tour…

Je souffrais de vertige, mais j'ai dit banco. À bord de la nacelle, je souriais bêtement pour cacher ma trouille et mes mains se crispaient sur la barre métallique centrale.

— On voit le sommet du puy de Dôme, c'est beau…, a-t-elle observé.

En zieutant cette montagne blanchie comme ligne d'horizon, je ressentais plutôt une angoisse. J'imaginais la solitude totale sur la cime à cette heure-là, et toutes les bêtes sauvages qui devaient y régner.

— Ça doit grouiller de loups…

Elle a ri.

— T'es con ? Y a pas de loup sur le puy de Dôme.

— Pourquoi pas ? Il paraît qu'il revient en force.

— J'espère que tes articles sont un peu mieux informés que ça !

— Tu insinues que je fais mal mon métier ?

— Je sais pas, on se connaît à peine.

Fallait-il oser, là, perchés ? D'ici personne ne m'entendrait prendre une veste.

— Et t'aurais envie de me connaître plus ?

— Tu vas me jouer ta sérénade dans les airs… Bonjour le cliché !

— C'est toi qu'as voulu monter.

— C'est plus original que de boire un verre dans un troquet le mardi soir à Clermont-Ferrand.

— T'es pas heureuse, ici ?

— Ici ou ailleurs, qu'est-ce que ça change ? Toutes les villes se ressemblent le mardi soir…

Son visage m'apparaissait de plus en plus gracieux. Elle avait les traits fins, le regard plein de mystère.

— Pourquoi t'as l'air triste comme ça, Lucie ?

— Je suis pas triste, je suis fatiguée. Ça demande beaucoup d'énergie de s'occuper toute seule de sa fille. Toi aussi, t'as l'air fatigué.

— Je dors mal depuis longtemps. Là, j'essaie d'arrêter les somnifères, mais c'est un combat quotidien. C'est épuisant.

— T'es un angoissé ?

— Un peu. C'est pas très charismatique, hein.

— Pfff, ça dépend.

— T'as rencontré beaucoup de mecs par Internet ?

— Pas tant que ça, je sélectionne. Et je fais attention.

— Tu te méfies ? T'as peur de te faire avoir ?

— Pour au moins 50 % des mecs sur Internet, je suis, comme toutes les femmes, une proie. Même des types bien propres sur eux, qu'ils soient cadres ou chômeurs, se permettent tout quand ils sont derrière l'écran. Je compte plus les photos compromettantes. C'est comme si les règles sociales tombaient devant les pulsions sexuelles.

— Ben dis donc… Quel tableau, ça fait rêver.

Je n'osais toujours pas regarder en bas. Il n'y avait personne d'autre dans les nacelles, à part nous. Seuls au monde.

— T'es journaliste aux faits divers, tu dois voir bien pire que ce que je te raconte. Fais pas genre !

— Ça dépend des jours.

— Tu travailles sur la mort de ce prof, là ?

— Ouais. Tu suis l'histoire ?

— Ben, il est prof, donc forcément on en parle au boulot. Y en a même qui l'ont connu.

— Ah ? Et ils en disent quoi ?

— Une collègue m'a raconté qu'il était pas très liant. Toujours vissé sur son téléphone. Et un peu dépressif aussi.

— Dépressif ? C'est-à-dire ?

— Enfin, j'exagère peut-être. Je crois qu'il a fait un burn-out et qu'il a dû louper un trimestre entier y a quelque temps…

— Ah bon ? Tiens, sa veuve nous en a pas parlé…

La roue nous avait enfin ramenés à terre, on a cheminé ensemble jusqu'au boulevard circulaire qui enserrait le centre clermontois.

— C'est là que j'habite, a-t-elle indiqué en désignant un immeuble de six étages.

Jusqu'à la dernière seconde, j'espérais qu'elle me propose de monter chez elle, mais ça n'est pas venu. Elle m'intriguait.

— Et moi, tu crois que je suis un type pas fiable, un mytho ?

Elle a laissé couler un de ces silences dont elle avait décidément le secret.

— Oh, un type qui va à un rendez-vous avec une trace de chocolat sur le bord des lèvres doit forcément être un peu sincère.

Je me suis figé.

— Oh, non me dis pas que j'ai encore…

— Non, je te taquine.

Elle était fière de son coup et j'ai pensé que c'était le bon moment.

— Tu me proposes pas de monter prendre un v…

— Bon, allez, je te laisse, je me lève tôt demain.

Et elle a filé en me claquant une bise express. Je suis resté bras ballants dans la rue déserte. J'ai fini par rentrer, mi-déçu, mi-charmé, en dépassant des bars vides ou fermés, comme n'importe quel mardi soir à Clermont.

9

— JE COURS PARTOUT… Je cours partout… Désolée…

Comme chaque fois, Caroline accusait dix minutes de retard et, comme chaque fois, elle jonglait entre plusieurs appels téléphoniques. Comme chaque fois, je trouvais qu'elle avait pris un peu de poids et, comme chaque fois, elle me demanderait, en trempant les lèvres dans son café, si j'allais manger le petit chocolat qui l'accompagnait. Et comme chaque fois, je dirais non à regret et le lui donnerais.

Ce n'était pas un rendez-vous Internet, mais professionnel, et je ne le manquais jamais. Toujours au même endroit, à raison d'une fois par mois. Derrière Caroline, à travers la vitre, j'apercevais des avocats et leurs clients entrer et sortir du tribunal, des familles nombreuses, des types à casquette et jogging, des mecs qui avaient déraillé ou des marginaux purs et durs, ça allait du chauffard contrôlé archi-bourré au volant jusqu'à celui qui tapait sa femme à longueur de temps. La misère clermontoise se déversait à intervalles réguliers, pendant que je glanais mes infos. « Je te dis ça, mais ça reste entre nous… Ça je te le dis, mais promis tu dis pas que c'est moi, hein, sinon, je me fais incendier… », avertissait-elle régulièrement, en guise de ponctuation de ses confidences.

Le procureur de Clermont donnait bien quelques conférences de presse quand une affaire judiciaire sortait de l'ordinaire et intéressait une chaîne d'info en continu – ce qui arrivait tous les cinq ans environ –, et le drame de Miguel Gallo ne valait pas encore le coup. Mais, pour le tout-venant, c'est Caroline, substitut du procureur, qui rencardait.

— Scuze-moi, c'est l'enfer en ce moment ! Ma mère s'est cassé la jambe, donc je suis obligée de faire des allers-retours à Vichy pour l'aider, sa femme de ménage a la gastro, bref, c'est la merde…

Avant de parvenir au cœur du sujet, il fallait d'abord écouter sa litanie de soucis familiaux. Des sujets majeurs revenaient avec assiduité : son père, éternel indifférent à sa réussite, son ex, qui, il fut un temps, n'hésitait pas à la cogner. Triste ironie de l'histoire : bien que magistrate, elle n'avait jamais porté plainte. Je mentirais si je vous disais que j'étais toujours passionné par ses aventures, mais Caroline n'était pas seulement utile : elle était aussi exaspérante qu'attachante.

— Avoue, c'est pas pour mes beaux yeux que tu m'as invitée à prendre un café, hein ? Je sais bien ce qui t'intéresse en ce moment.

— C'est pour le plaisir de te voir. Et aussi pour l'affaire.

— Tu sais qu'il y a eu ouverture d'information judiciaire sur Miguel Gallo ?

— Oui.

— Donc, c'est entre les mains d'un juge d'instruction indépendant…

— Oui.

— Donc, je n'ai plus accès à la procédure, a-t-elle souri malicieusement.

— Allez… Le palais de justice est petit, tu dois bien avoir des échos.

— C'est pas pour faire ma cachottière, mais pour l'instant, rien ne filtre. (J'ai allongé ma moue déçue.) Mais bon, j'ai eu accès à l'enquête préliminaire, a-t-elle enchaîné pour me consoler.

— Ah !

Elle a bu quelques gorgées avec gourmandise et reposé lentement sa tasse de café. Elle savait, là, qu'elle me tenait entre ses mains.

— Qu'est-ce que tu sais de l'histoire, Simon ?

— J'ai rencontré sa femme. Un prof banal. Marié, sans enfant. Retrouvé mort dans le coffre de sa bagnole une semaine après sa disparition. (Je n'ai plus rien dit, elle non plus. Puis je me suis approché au-dessus de la table qui nous séparait, et j'ai chuchoté :) Et on lui a coupé la teub…

Elle a jeté un regard semi-inquiet, semi-surjoué autour de nous, comme pour s'assurer que personne n'avait entendu.

— Tu sais que c'est top secret, ça, hein ?

— C'est pour ça que je chuchote. Tu sais bien qu'on peut me faire confiance, non ?

— Les hommes sont si décevants…

Un temps de flottement.

— Mais pas toi, a-t-elle corrigé d'un sourire charmeur.

Elle était loin d'être à mon goût : trop ronde pour moi, toujours en sueur et les chicots pourris par la clope. Mais elle avait du cœur.

— Bon, pour l'instant, j'ai l'impression qu'ils n'ont pas la queue d'un indice. Ils ont interrogé à peu près tout l'environnement du supermarché Casino : le personnel, les riverains, les clodos… Ils savent que la voiture est arrivée la nuit précédant la découverte. Elle est restée hors du champ de la vidéosurveillance. La mort remonte au samedi de sa disparition. Donc quelqu'un a bougé la voiture, au moins une fois. Mais peut-être plusieurs fois…

— Comment vous le savez ?

— Les flics ont scruté toutes les vidéosurveillances de la ville. On voit la bagnole de temps en temps, mais toujours de trop loin pour distinguer qui la conduit. La personne qui a fait ça a bien pensé son coup.

— Et pourquoi il a déplacé la bagnole ?

— Aucune idée. Pas pour être très discret, sinon, il l'aurait pas laissée au Casino. Tout est possible.

— Et vous savez où a eu lieu le crime ?

— Sans doute à Montjuzet. C'est là que son téléphone borne pour la dernière fois.

— À côté de chez lui, donc. Et vous avez rien dégoté dessus ?

— On n'a pas retrouvé son téléphone.

— Et sur son ordinateur ?

— Rien de rien.

— Pourtant, sa femme dit qu'il était souvent sur l'ordi. Qu'il jouait au poker…

— On a pas retrouvé de traces de poker.

J'ai marqué un blanc. J'avais du mal à remettre toutes les pièces du puzzle à l'endroit.

— Est-ce qu'il était inscrit sur des forums, des sites ?

— Aucune trace sur son ordi. C'est comme s'il s'en servait pas.

— Ou alors il allait sur le darknet ?

— Ça, c'est possible.

— Tu crois qu'il avait une double vie ?

— Oh que oui, ça pue la double vie ! Avoir un rendez-vous un samedi soir sans le dire à sa femme… Et j'en sais quelque chose.

Nouvelle allusion à son ex qui, bien sûr, trimballait le package complet : violences conjugales et infidélités.

— Paraît qu'il a fait un burn-out. C'est le genre de truc qui peut arriver quand on a une double vie.

— Y en a qui y arrivent même sans…

— Sans doute. Autre chose ?

— Pas pour l'instant.

— Il était peut-être pas complètement clean, ce Gallo, non ?

Elle a repris un sourire enjôleur.

— Tout le monde a ses petits secrets, pas vrai ?

— Ah oui, c'est quoi les tiens ?

— Moi, ils sont trop lourds pour être cachés…

— Mais encore ?

Elle s'est approchée de moi, singeant ma prise de parole à voix basse de tout à l'heure, et a soufflé :

— Le chocolat… Je peux prendre le tien ?

— Évidemment.

Deux secondes plus tard, il avait disparu dans sa bouche.

— Je t'offre une boîte entière si tu me renseignes encore sur un truc ?

— Alors, c'est pas gentil de me pousser au vice. Pervers manipulateur !

— Tu pourrais taper un nom au fichier des antécédents judiciaires ?

— Pfff… Tu sais bien que j'aime pas faire ça.

— Allez… C'est un type qui travaille au Casino.

— Ah ah… Et alors Sherlock Magny, vous pensez qu'il est lié à notre affaire ?

— J'en sais rien, mais tu seras la première informée.

— Vas-y, balancc !

— Nicolas Marchand.

Elle a noté le nom sur son téléphone. Puis elle a souri une dernière fois avant de rejoindre le tribunal.

— Ferrero Rocher, les chocolats… Tant qu'à faire…

10

— Les fils de pute...

Juan était à deux doigts d'écraser son gobelet de café entre ses doigts raidis. La colère qui enflammait son visage tranchait avec le sourire amusé de Caubin, lequel tendait son smartphone pour nous montrer une vidéo. Ça n'avait pas traîné : les Gilets jaunes n'avaient mis que quelques heures à publier sur leur page Facebook au millier d'abonnés le film de l'altercation entre Juan et les intrus à chasuble.

« Un journaliste de *L'Éclair* agresse un Gilet jaune ». Chez nous, on appelle ça « surtitrer », c'est-à-dire exagérer pour attirer l'œil, mais l'intitulé tapageur de la vidéo devait lui promettre un petit buzz, au minimum local, voire plus. Juan le savait et le volcan qui venait de rentrer en éruption dans chaque pore de sa peau n'était pas près de s'éteindre.

— Allez, te bile pas, tu vas devenir célèbre, t'auras plein d'admiratrices, a ri Caubin.

Mais autour, personne n'osait l'imiter, de peur de faire déborder la marmite de rage.

— Je m'en branle, je vais la faire supprimer cette vidéo, je vais appeler un copain avocat...

— Laisse pisser, tu vas t'épuiser pour rien, ai-je répondu, conscient que le droit à l'image n'était plus qu'un concept obsolète.

À cet instant, le patron de la rédaction, Rondeux, est passé dans le couloir.

— Simon ? On peut se voir ?

Ça n'a pas tellement troublé le bavardage. Avec sa petite allure, sa moustache et sa calvitie chaussée aux moines, il était respecté, mais pas impressionnant. On le savait bientôt à la retraite. Je l'ai suivi jusqu'à son bureau qui offrait la plus belle vue du bâtiment, les collines bordant le sud de Clermont auxquelles s'accrochaient des routes et des maisons pareilles aux figurines d'une maquette pour enfants. Les voitures semblaient ne jamais s'arrêter et les lucarnes ne jamais s'éteindre, toujours au même rythme, calme et rassurant.

— Cette histoire de type dans son coffre de bagnole… Qu'est-ce que ça donne ? m'a-t-il demandé en se calant au fond de son siège en cuir.

Rondeux avait fait toute sa carrière à *L'Éclair*, en partant de la plus petite agence jusqu'au siège du journal, échelon après échelon. Le genre de parcours qui vous rendait légitime auprès de toute une rédaction, même des plus gueulards. Une autre époque aussi : pour le remplacer, on parlait d'un mec venu de Lyon avec un profil de « manageur » issu de la presse économique tendance néolibérale.

— Un truc de pervers sexuel, apparemment.

— À quoi tu déduis ça ?

— Il était à poil et il avait… heu… des mutilations.

— Ah bon ? Merde alors… J'ai dîné avec le proviseur du lycée, on m'a dit que c'était un mec sérieux, respecté. Ça fait du remue-ménage, là-bas. Faut suivre ça de près, hein. Mais fais gaffe, tout ce que tu écriras sera scruté à la loupe. Prudence et délicatesse.

— Comme d'habitude.

En bon professionnel, Rondeux laissait traîner ses oreilles partout, d'autant qu'il dînait toujours avec des amis bien placés : un coup, c'était le patron du club de rugby, un autre le président du conseil départemental. À la machine à café, on décrivait ses amitiés comme franches et solidement charpentées. Mais ça aussi, c'était déjà un peu du passé, d'autres réseaux supplantant ces traditions provinciales : on se cooptait parce qu'on avait fait la même école et qu'on s'était côtoyé dans la même promo. Rondeux avait à peine le bac, mais il avait fait l'école des petits bleds. Et comme on avait fermé les agences les plus modestes de *L'Éclair*, au fil des années, par souci d'économie, cette formation-là ne pouvait plus survivre.

En tout cas, le message du patron n'était pas tombé dans l'oreille d'un sourd. Avant d'avoir accès au TAJ, c'est-à-dire aux éventuels antécédents judiciaires de ce Nicolas Marchand, j'avais déjà son adresse, qui figurait dans les pages blanches. Pas très prudent, d'ailleurs, pour un type accusé de pédophilie sur les murs de Clermont, mais peut-être n'en avait-il rien à foutre.

Le pompiste vivait dans le quartier « sensible » de la Gauthière, où s'élevaient les cages à lapin monotones et tristounes, en périphérie de la ville. J'ai pris soin de prendre mon propre véhicule pour me rendre sur place. Depuis une affaire datant de plusieurs années, les journalistes de *L'Éclair* y étaient persona non grata. Précisément depuis qu'un type de la cité était mort après une interpellation par la police et que sa famille avait jugé le journal trop favorable aux flics.

L'avantage du bâtiment C, où le type créchait – et sans doute de tous les autres bâtiments du quartier –, c'est qu'aucun réparateur n'avait pris la peine de bricoler le digicode déboîté. On y entrait donc d'une simple poussée de la porte. Immédiatement après, à gauche et à droite, s'empilaient des boîtes aux lettres sur lesquelles les noms sonnaient davantage maghrébin ou africain que « Marchand ». J'ai trouvé sans peine le pompiste du Casino : neuvième étage.

J'allais m'engager vers l'ascenseur lorsque mon regard s'est posé sur une inscription au feutre noir, griffonnée juste au-dessus du bouton « Appel ».

MARCHAND PÉDOPHILE

Le parcours était fléché, en quelque sorte. J'ai pressé le bouton, il s'est écoulé une éternité avant que l'élévateur ne brinquebale jusqu'à moi et que les portes ne s'ouvrent avec un fracas de sarcophage renversé. Un vieil Arabe tout petit, bonnet de laine bleu sur la tête, en est sorti et a tracé son chemin en me regardant à peine. Je suis monté et j'ai pressé la touche « 9 ».

Au neuvième étage, une dizaine de portes se succédaient dans un couloir où une ampoule sur deux éclairait des murs beiges comme un préau d'école des années 1980, fissurés, couverts de blazes de rappeurs amateurs et d'injures à caractère sexuel de type « Goûte à ma funky bite ». Peu de sonnettes s'accompagnaient d'un patronyme. Je commençais à désespérer d'être monté jusqu'ici pour rien, lorsque, arrivé à la dernière, un slogan sur une porte m'a de nouveau guidé :

MARCHAND SALE PÉDO

Et maintenant, que dire ? Sûr que le pompiste serait surpris d'ouvrir à un inconnu, journaliste et même pas flic, lui demandant s'il avait repéré un truc suspect sur le parking du Casino. Ou peut-être fallait-il le lancer sans détour sur les accusations qui ornaient les murs de son chaleureux immeuble.

La sonnerie stridente semblait vous engueuler de l'avoir déclenchée. J'ai regretté aussitôt. Des bruits de pas derrière tonnaient jusqu'au judas. Une voix, méfiante et déjà agacée :

— C'est qui ?

— Je suis journaliste. Je travaille pour *L'Éclair*.

Silence.

Même ton :

— Qu'est-ce que vous voulez ?

— Je...

Une porte s'est ouverte brusquement derrière moi. Deux grands types de vingt-cinq ans en sont sortis, l'un avait une manette de jeu vidéo à la main. Depuis le paillasson, ils m'ont regardé, d'abord étonnés, puis moqueurs.

— Regardez ça, a réagi le premier. Le pédo a de la visite !

C'était pas prévu. Le second a pris le relai.

— T'es pédo, toi aussi ? Tu serais pas là, sinon, nan ?

— Je... Non, pas du tout...

— Ben t'es qui alors ? a-t-il poursuivi en faisant un pas vers moi. Tu sais ce qu'on leur fait aux pédos, nous ?

Ça sentait le roussi.

— Je vois pas de quoi vous parlez, je suis...

La porte de Marchand s'est ouverte. J'ai eu le temps de me retourner vers cette grande carcasse, d'une trentaine d'années, peut-être trente-cinq.

— C'est bon, entrez.

Je me suis exécuté, la porte s'est refermée sur les deux menaçants qui ont encore beuglé un truc du genre « Enculez-vous bien les pédos ». Dans la pénombre du petit couloir, mon hôte me faisait face, sans dire un mot et en me détaillant de la tête aux pieds. J'ai fait pareil : un mètre quatre-vingt-cinq, gros bide, gros menton, grosse mâchoire, grosses lunettes à double foyer. Cheveu brun et ras. Un bermuda gris clair et un marcel où les trous ne se situaient pas seulement au niveau des bras. Quelle tronche ont les pédophiles d'habitude ? Aucune idée. Les victimes de tabassage ont en tout cas à peu près cette gueule-là : Marchand avait un hématome sous l'œil gauche et des traces de griffures, encore rouge vif, dans le cou.

— Qu'est-ce que vous me voulez ?

Pas vraiment agressif, mais sérieusement en attente d'une réponse claire et argumentée.

— Je suis journaliste. Je travaille sur l'histoire du type retrouvé mort dans sa voiture.

Il a semblé surpris.

— Et alors ?

— Vous travaillez bien à la station essence ? Peut-être avez-vous vu quelque chose… (Je me rendais compte que je manquais de souffle, secoué par cette arrivée en fanfare.) On peut s'asseoir un peu ?

Plutôt que de me conduire dans son coin salon, le pompiste m'a guidé jusqu'à la pièce la plus proche : la cuisine. Et quelle cuisine… Dans ces trois ou quatre mètres carrés s'entassait un bordel sans nom. Une petite table carrée maculée de sauce tomate et de traces noirâtres non identifiées. Dans l'évier, de la vaisselle tout aussi crado : deux assiettes, des couteaux, des cuillères, des verres dans lesquels l'eau stagnante ressemblait à de la pisse. Des placards ouverts qui débordaient de paquets de chips, de corn flakes pour gosses (Chocapic, Miel Pops, Frosties…), des cochonneries en veux-tu en voilà, beurre de cacahuètes, œufs en chocolat, berlingots de lait concentré… Je me suis demandé si le gus avait du mal à faire le deuil de son enfance ou s'il s'agissait… d'appâts.

Marchand s'est assis sur un petit tabouret, trop petit pour sa grande carcasse, me laissant planté devant lui.

— Vous vous occupez bien de la station-service au parking du Casino ?

— Ouais. J'ai rien vu, moi, je peux pas vous aider…

— Vous faites quoi dans cette station-service ? Les gens n'ont plus besoin de pompiste, non ?

— Nan. Je suis qu'à mi-temps. Je nettoie. Je suis là au cas où les machines marchent plus.

— Je vois. Du coup… Cette voiture, cette Ford qui cachait un cadavre…, vous l'aviez repérée ?

— Nan. Jamais vu. Je fais pas attention, t'façon.

Il paraissait abattu, peut-être était-ce dans sa nature. Subir sans broncher.

— Vous êtes journaliste. Vous êtes pas flic. C'est normal ça, de venir interroger les gens chez eux ?

Non, ce n'était pas normal.

— En fait, j'avais deux raisons de venir vous voir. La première, c'est que j'enquête comme journaliste sur ce crime. La seconde, c'est que j'ai vu votre nom écrit sur la cabine à la station essence. Avec les insultes…

Il a accusé le coup.

— Vous pensez que je suis pédophile, c'est ça ?

— Si vous ne l'êtes pas, vous aimeriez dénoncer votre harcèlement dans un article ?

— Ah non, hein, aucune envie !

Je cherchais mes mots.

— Vous n'essayez jamais d'effacer ces inscriptions ?

— Si. Mais ça revient toujours.

— Et vous savez qui fait ça ? Vos voisins ?

— Pfff… Peut-être eux, peut-être d'autres… Ils font ça la nuit.

— Pourquoi ?

— Pour pas se faire voir, tiens. Gros lâches.

— Non, je veux dire : pourquoi ils vous accusent ?

— Je sais pas…

D'un coup d'un seul, sa voix traînante et presque pleurnicharde s'est transformée en cri de colère :

— Mais je suis pas pédophile ! J'ai jamais rien fait de mal !

C'était peut-être prononcé à l'intention de ses voisins, mais la soudaineté de l'éclat de voix m'a scotché.

— Moi, je suis pas flic, vous savez.

— Je sais pas ce que vous êtes, moi.

— Je suis désolé, je voulais pas vous emmerder. C'est juste qu'un meurtre plus ces inscriptions bizarres, ça donne l'impression qu'il se passe plein de choses sur ce parking.

Il n'a rien répondu. Il regardait ses pieds nus, ses gros pieds nus. Il ne coupait pas ses ongles, longs et jaunes au bout. Ça m'a donné la gerbe.

— Et les coups et les griffures, c'est vos accusateurs aussi ?

— Non. Non, c'est rien, ça va passer.

Que pouvais-je lui dire de plus ?

— Bon, une dernière question, à tout hasard, vous le connaissiez pas cet homme, Miguel Gallo ?

Il a émis un bruit de bouche « nt-nt » signifiant non, le regard vague et tombant.

— OK, je vais vous laisser. Si vous le permettez, je vais juste regarder par le judas si les deux abrutis font le pied de grue. (Le couloir était vide, les joueurs étaient retournés à leur console.) On dirait bien que la voie est libre.

— Vous avez qu'à passer par les escaliers, ça vous évitera d'attendre l'ascenseur. (Lorsqu'il s'est levé de son tabouret, il m'a semblé que ses jambes tressaillaient dans le mouvement.) Encore désolé de pas pouvoir vous aider, monsieur…

— C'est moi qui suis désolé de vous avoir dérangé.

Je me suis alors aperçu qu'après mon arrivée agitée, il avait verrouillé la porte d'entrée. Et à vrai dire, il tardait à ouvrir.

— C'est vraiment terrible ce qui est arrivé à ce pauvre homme, a-t-il ajouté, en regardant ses pieds. Tuer un type, déjà, c'est atroce, mais lui couper le zizi, en plus…

— Ouais, c'est immonde, ai-je commenté, tout en trouvant son choix de mot déroutant.

Mais une fois que j'ai percuté, mon sang s'est glacé. Il savait. Il savait alors que pas un journaliste n'en avait parlé. Son regard se perdait autour de moi, comme s'il cherchait quelque chose de plus à dire. Mais pourquoi n'ouvrait-il pas ce foutu verrou ?

— Je… Je vous laisse…

Son grand corps encombrant m'oppressait dans ce petit couloir miteux. Il semblait toujours dans ses pensées.

— Vous pouvez m'ouvrir s'il vous plaît ?

Il a eu un sursaut comme si je le tirais hors de ses pensées. Un bruit a alors résonné d'une pièce voisine. Un grincement de chaise. Nous n'étions pas seuls.

— Ah oui, bien sûr. Je vous ouvre.

Il a pris son temps. Il a tourné lentement le verrou. Il baissait toujours la tête, comme s'il avait honte de lui, mais j'aurais juré qu'il me scrutait du coin de l'œil. Un nouveau grincement m'est parvenu du fond de l'appartement. *De l'air, vite, de l'air !* Enfin, la porte s'est ouverte. Je me suis faxé hors de son cloaque. Là, sur le seuil, j'aurais pu lui poser la question. Je n'aurais eu qu'à dire : « Comment vous savez ? » Mais je n'ai pas osé.

— Bon ben… Au revoir.

— Au revoir monsieur.

J'ai repris mon souffle. Et j'ai dévalé l'escalier.

11

Quand j'ai commencé mon boulot de journaliste, il n'y a pas si longtemps, les marches blanches étaient surtout organisées à la mémoire d'enfants assassinés. Ensuite, les adolescents y ont eu droit. Puis de jeunes adultes, par exemple, des étudiants rentrant de soirée et qui s'étaient plantés sur la route au petit matin – j'en avais couvert une à mon arrivée à *L'Éclair*. À présent, chaque fait divers frappant voyait son appel à manifester éclore sur Facebook avant de se propager. Ce samedi, une semaine après la découverte du corps de Miguel Gallo, environ deux cents personnes s'étaient rassemblées place de Jaude. Si plusieurs tenaient effectivement une rose blanche à la main, le dress code classique ne pouvait pas être respecté, il faisait trop froid pour se recueillir avec un T-shirt blanc. C'est donc un aréopage de doudounes grises, noires, bleues, roses qui s'agglutinait sur les coups de 15 heures, troublant un moment les curieux en pleines courses de Noël. La procession devait braver le climat polaire jusqu'au parc Montjuzet, soit trente-cinq minutes de marche à allure normale, environ une heure à la vitesse d'un cortège. Un petit groupe s'était constitué autour de la veuve, venue avec ses amies. Toute pâle et frêle, donnée en offrande à cette foule pour incarner le chagrin martyr. Elle a mis quelques secondes à me reconnaître.

— Madame Gallo… Vous souhaitez dire un mot pour *L'Éclair* ?

— Je… Je veux juste la vérité… Et la justice.

J'ai noté, plus pour la mise en scène, ces quelques mots sur mon calepin, avant de me tenir à l'écart, aux côtés de Martin.

— Moi, je trouve ça bien, les marches blanches, a dit mon camarade. Ça marque le coup contre les sauvages.

— Y en a qui sont là juste pour la photo. Tu sais bien.

À 15 h 15, une tête de cortège s'est formée en hissant une grande banderole blanche sur laquelle avaient été peints ces mots :

JUSTICE ET VÉRITÉ POUR MIGUEL

Il y avait sans doute là des élèves, actuels ou anciens, des collègues, des voisins. Ma mission consistait à récolter quelques citations pour bricoler un article à paraître le lendemain, et le soir même sur le site. Par exemple cette mère de famille, un peu timide : « J'habite dans le même quartier, je le connais pas personnellement, mais j'ai trouvé sa mort tellement horrible que j'ai voulu être là… » Ou cette lycéenne tenant une toute petite pancarte :

LYCÉE BLAISE-PASCAL
MERCI MONSIEUR GALLO

« J'suis en terminale, c'était mon prof, on est tous sous le choc ! C'était un super enseignant, il pouvait nous engueuler quand on foirait un contrôle, mais c'était pour notre bien ! »

La petite marée s'est déversée rue Gabriel-Péri avant de grimper la rue de Nohanent (prononcez No-nan). Bêtement, j'avais oublié de prendre des gants et mes doigts se transformaient en moignons brûlants.

— Je mitraille tous les visages…, a glissé Martin.

— Tu veux pas que je t'indique les gens que j'interviewe plutôt ?

— Mais t'y es pas du tout ! J'essaie d'avoir la gueule de tout le monde. Si ça se trouve, le tueur est ici.

Pas con. Martin ne parlait plus que de l'énigme. Au bureau, je lui avais raconté ma rencontre avec Marchand, ça l'avait surexcité comme si je lui avais révélé qu'un trésor était caché dans les sous-sols de Clermont. Je me suis d'ailleurs mis à chercher la présence du pompiste dans les parages. À 16 h 15, on débouchait à Montjuzet, conclusion prévue du rassemblement. Le grand parking bordait le massif vert d'une trentaine d'hectares. Un incontournable refuge du dimanche pour les Clermontois qui offrait un point de vue panoramique sur la ville, l'équivalent du Sacré-Cœur à Paris ou de Fourvière à Lyon. On s'y promenait, on y courait, on y bouquinait, on y pique-niquait et sans doute y faisait-on aussi des rencontres par Internet, voire des rencontres tout court, sur un banc ou un coin d'herbe. Cinq années plus tôt, on y avait même trouvé un squelette planqué au plus profond de la végétation. À côté, un porte-monnaie avec des francs. C'était une petite vieille atteinte d'Alzheimer qui avait divagué là en pleine Coupe du monde 98. Tout ce temps, personne n'avait remarqué qu'un cadavre se putréfiait à côté des promeneurs.

Par acquit de conscience, j'ai glané une dernière citation auprès d'un marcheur, en choisissant un type banal, vingt-cinq ans à tout casser, portant une barbe rousse et un manteau kaki.

— Quelques mots pour *L'Éclair* ?

— Oh heu… Qu'est-ce que je pourrais dire… Que c'était un prof qui faisait de son mieux… Voilà.

— Vous l'aviez eu au lycée, vous aussi ?

— Ouais, ouais, ça fait quelques années maintenant, mais bon… Je tenais à être là, quoi.

— Merci.

Pas la peine d'en tirer une phrase plus originale. J'allais m'écarter quand il a ajouté un mot :

— La dernière fois que je l'ai vu, c'était sur ce parking, justement…

Là, tu m'intéresses, bonhomme.

— Ah oui ?

— C'est ce que j'ai raconté aux flics.

— Comment ça ?

— Ben, c'était un samedi, y a quinze jours. Il paraît que c'est à ce moment qu'il a disparu.

Dans ma poche, mon téléphone s'est mis à vibrer. J'ai regardé machinalement, c'était Caroline, j'ai laissé filer.

— Vous l'avez vu le jour de sa disparition ?

— Le soir. Il faisait déjà nuit.

— Qu'est-ce qu'il faisait là, un samedi soir ?

— Vous pourriez poser la même question à mon sujet.

— Sans être indiscret, je vous la pose aussi.

— Je promenais le chien de ma mère, elle habite dans le quartier…

— D'accord. Et lui ?

— Il était dans une bagnole noire. Sur le siège passager, à l'avant. La place du mort, comme on dit…

— Et qui était à la place du conducteur ?

— Une femme. Une brune, je crois, j'ai pas bien vu…

Après la sonnerie de téléphone, le signal d'un SMS. Caroline :

Appelle-moi vite, c'est à propos de Nicolas Marchand !!!

— Et vous avez assisté à quoi d'après vous ?

— Pas un truc qui mériterait d'être écrit dans le journal…

Un rictus gêné a barré son visage. Il s'est éloigné. J'ai attendu d'être hors de son champ de vision et j'ai tout noté sur mon calepin. Puis j'ai appelé Caroline.

— Alors, t'as trouvé le casier judiciaire de Marchand ?

— Oui. Il a eu du sursis pour un incendie volontaire à dix-huit ans. Il a foutu le feu à une baraque, pas de victime.

— Ah ? Donc son ADN est fiché ?

— Y a pas son ADN dans la voiture de Gallo…

— Ah bon… Et rien de sexuel dans son casier ? Même pas une séance d'exhibitionnisme ?

— Non, rien.

— OK. Autre chose ?

Elle a marqué un temps, comme elle en avait l'habitude, chaque fois qu'elle me sentait pendu à ses lèvres.

— Il est mort.

— Tu me fais marcher…

— Non, il s'est jeté de son balcon.

Brusquement, la foule de deux cents personnes n'existait plus autour de moi. J'essayais de rassembler mes idées.

— C'est arrivé quand ?

— Hier soir.

Bordel. Il a fallu qu'il fasse ça après ma visite à son domicile.

12

La dernière fois que j'avais mis les pieds dans une piscine, c'était au collège. À l'époque, je finissais bon dernier au concours d'apnée et quand mes camarades de classe nageaient sous l'eau, je restais à la surface comme un poisson mort. Le slip de bain obligatoire ne m'avait pas plus manqué que l'odeur de chlore. Encore moins aujourd'hui avec les quelques kilos en trop tous stockés au niveau du ventre et qui me donnaient l'air d'un sac à patates qu'on aurait voulu faire tenir dans un sachet de thé.

— Allez, on passe une vitesse, chérie.

De la cabine d'à côté me parvenait la voix de Lucie, occupée avec sa fille, Melinda. J'avais accepté l'invitation de la jeune femme, j'aurais de toute façon accepté n'importe quelle invitation pour tenter ma chance. Mais il fallait se rendre à l'évidence : je n'étais pas à mon avantage. Sans compter qu'il y avait peut-être un test caché derrière cette sympathique activité du dimanche après-midi : une audition avec un impitoyable jury haut d'un mètre, quinze kilos, cheveux noirs de jais, seule à même de valider mes qualités pour passer à l'étape suivante avec sa mère. Melinda.

Deux minutes plus tard, Lucie et sa fille sont sorties. Surtout ne pas laisser traîner son regard, ça ferait pervers. N'empêche : Lucie était plus maigrichonne que je n'avais imaginé, et ses cernes ressortaient.

— On est prêtes, a-t-elle souri dans ma direction tandis que Melinda faisait encore sa timide, en s'accrochant aux jambes maternelles pour m'éviter.

Une rouquine a surgi d'une autre cabine.

— Tiens, salut Lucie, tu vas bien ?

Elles ont papoté quinze secondes, j'ai patienté, elles semblaient se connaître, mais pas du boulot. Ce n'est pas leur « bon après-midi » qui m'a fait sursauter. Mais la voix, surprise et déjà angoissée de Lucie qui a résonné juste après :

— Où est Melinda ?

— Comment ça ?

— Elle était là, à l'instant. Elle est où ?

Autour de nous, il y avait affluence, ça rentrait, ça sortait des vestiaires, des hommes, des femmes, des jeunes, des vieux.

— Elle était pas avec toi pendant que tu discutais ?

— Mais je... J'ai cru qu'elle était retournée se cacher dans la cabine...

La cabine en question était vide et la porte grande ouverte.

— Ben je... Elle doit pas être bien loin...

J'ai senti immédiatement plus qu'une inquiétude dans la voix de Lucie. Comme si elle avait un mauvais pressentiment. Je me suis secoué pour la chercher, la scène paraissait irréelle, absurde. J'ai ouvert toutes les portes de cabines vides. Mais la fillette n'était nulle part.

— Melinda ! Melinda !

La voix de Lucie montait dans les aigus. J'ai traversé l'un des compartiments pour inspecter côté sortie. Des adolescentes se séchaient les cheveux devant les glaces, un type à l'allure sportive rejoignait le parking. Pas de gamine ici. J'ai traversé dans l'autre sens : une famille en maillot de bain déposait ses affaires dans les casiers et s'apprêtait à gagner les bassins. Lucie cherchait encore dans les espaces que j'avais déjà fouillés.

— Melinda ! Melinda, ne fais pas peur à maman comme ça...

— Tu l'as vue rentrer dans la cabine ?

— Mais oui, mais oui... C'est dingue ! J'ai juste eu une seconde d'inattention !

— Panique pas, elle doit pas être bien loin...

— Mais où ? Alors où ?

Elle ne me voyait plus, aveuglée par la trouille. Par réflexe, j'ai filé vers la piscine. Des fois que la petite aurait couru sans qu'on s'en aperçoive. Il y avait deux bassins : l'un réservé aux nageurs adeptes des longueurs, et dominé par un gradin pour assister aux compétitions, l'autre accueillait des familles. À vue d'œil, quinze personnes nageaient dans le premier, près du double dans le second. J'inspectais les bassins, les allées, le gradin. Pas de petite fille esseulée. Je suis retourné sur mes pas, Lucie passait d'une cabine à l'autre, bondissant comme un automate détraqué, gémissant : « Melinda ! Melinda ! » Des visiteurs la regardaient avec perplexité. Puis une maman s'est approchée d'elle :

— Vous avez perdu votre fille ?

— Mais elle était là ! Elle était là ! a sangloté Lucie.

Sa panique me gagnait. J'arrêtais pas d'ausculter le décor, comme si un détail, une porte secrète m'échappait. Au fond, à notre droite, un escalier menait au sous-sol. Je me suis avancé d'un pas vif, mais à mesure que j'approchais des premières marches, j'ai ralenti. J'avais peur de ce que j'allais voir. Et si la petite s'était cassé la figure dans l'escalier ? J'ai descendu lentement. Je n'aurais pas supporté la vue d'un petit corps à terre, d'un crâne d'enfant ensanglanté. Il y avait ici des toilettes et un petit cagibi. Encore des cabines à ouvrir. J'ai poussé chaque porte, l'une après l'autre. Personne. J'ai croisé une seconde mon reflet dans la glace du lavabo : j'avais mes cernes habituels, mais surtout j'étais blanc comme les flotteurs de la piscine où j'avais appris à nager. Je suis remonté quatre à quatre : un groupe de cinq personnes entourait désormais Lucie. Elle pleurait, elle tremblait et criait encore « Melinda ! Melinda ! ». Un maître nageur s'est pointé, les gens ont commencé à lui raconter un récit haché, ce qu'ils avaient à peu près compris de la scène :

— Sa petite s'est enfuie.

Je suis intervenu :

— C'est une petite fille brune de quatre ans, vous ne l'avez pas vue se promener autour des bassins ?

— On va chercher monsieur. C'est vous le père ?

— Non, pas du tout, je suis… un copain de la mère.

— Fais quelque chose, Simon, a soudain gémi Lucie dans ma direction, l'air épouvantée.

— On va la trouver.

J'y croyais de moins en moins, sans comprendre quoi que ce soit à ce qui se passait. Quelques personnes se changeaient encore dans des cabines. J'ai frappé à chaque porte.

— Melinda ? Melinda ?

Soudain, une petite voix, bizarre, a percé dans ce brouillard :

— Oui ?

Lucie n'entendait pas d'où elle était.

— Melinda ? C'est toi ?

Silence. Puis à nouveau cette petite voix, bizarre. Un peu fausse.

— Oui.

— Tu m'ouvres, Melinda ?

Cabine muette à nouveau. Puis le *clac* du verrou qu'on libère.

— Je… j'entre alors…

J'ai poussé la porte. Un adolescent s'est enfui par l'autre côté en riant, pour rejoindre un autre, boutonneux, vers la sortie. Je me suis mis à les courser, de colère.

— Bande de petits cons, vous avez rien d'autre à foutre ?

Mais ils m'ont semé. Tremblant de stress comme d'énervement, j'ai vérifié des compartiments déjà vérifiés plein de fois, et pour ceux qui étaient encore verrouillés, je me suis accroupi pour voir si des jambes d'enfant s'y tenaient. Toujours pas.

— Rendez-moi mon enfant ! Rendez-moi mon enfant !

La détresse de Lucie virait à la crise de nerfs. Et les nageurs autour d'elle manquaient d'inspiration pour l'apaiser. J'ai foncé une nouvelle fois vers les bassins. Je pensais à ces histoires de noyades, l'été, des gosses qui tombent dans la piscine familiale et que leurs parents retrouvent flottant, pulvérisant à jamais leur existence. Un maître nageur quadrillait les lieux.

— Vous n'avez rien vu ?

— Non vraiment rien… On a fouillé tous les bassins, elle n'est pas là…

La rumeur gagnait progressivement le public. Dans les piscines, les gens s'échangeaient des informations approximatives avec inquiétude, regardaient dans notre direction et des mères commençaient à guider leur gosse vers la sortie. Une menace invisible planait.

— Il faut… Il faut peut-être prévenir la police, non ?

Le maître nageur m'a regardé, perplexe. Mais l'idée d'un prédateur sexuel devenait désormais une piste envisageable. Dans les colonnes faits divers, on en trouvait des vieux dégueulasses venus se masturber discrètement en matant des enfants. Mais des tarés allant jusqu'à l'enlèvement, beaucoup moins. J'ai refait demi-tour vers les vestiaires.

— C'est bon, monsieur ! On a retrouvé votre fille !

Une préado maghrébine est venue à ma rencontre. Pas eu le réflexe de clarifier ma situation familiale.

— Mais où ça ?

Lucie, assise sur le petit banc, serrait fort Melinda dans ses bras en pleurant de soulagement. De celle-ci, on ne voyait qu'un œil dépasser, un œil vide, prostré.

— Elle était dans une cabine… Recroquevillée sur le banc…

J'aurais juré avoir tout fouillé, mais dans l'agitation, ça avait dû m'échapper. Ses jambes ne pouvaient pas dépasser si elle était assise.

— Elle a dû vouloir jouer à cache-cache…, a ajouté l'adolescente.

Je me suis approché de Lucie. Elle a mis du temps à s'apercevoir de ma présence. Elle m'a lancé un regard, sans émotion celui-ci. Une fois le groupe dissipé autour de nous, elle a dit :

— Bon, on va rentrer…

— Oui, bien sûr…

— Mais reste, toi, si tu veux.

— Ben non, pas tout seul…

— Comme tu veux.

On s'est rhabillés dans un silence de mort.

— Bon… Je suis désolée pour cet après-midi pourri.

— C'est pas ta faute…

— Peut-être que si, en fait. C'est pas un hasard si…

— Comment ça ?

— J'ai déjà du mal à m'occuper de ma gosse, comment veux-tu que je m'occupe de moi ?

— Non mais ça peut arriver à tout le monde, ça…

Son regard flou de tourments indiquait qu'elle ne m'écoutait plus.

— Bon ben… À bientôt Simon.

— À bientôt.

Le dimanche soir promettait d'être encore plus plombant que d'habitude. Je l'ai laissée repartir, bras ballants. Une chose m'a tout de même frappé. Au moment où sa voiture est passée devant moi, le regard de Melinda, assise sur la banquette arrière, a croisé le mien. Elle avait l'air terrifiée.

13

« Qu'est-ce que je vais dire à ma gamine, moi, quand elle me demandera pourquoi je peux pas lui offrir une paire de baskets ou une place de ciné pour le dernier Marvel ? Qu'est-ce que je vais dire à ma femme qui se casse le cul à faire des ménages pour une grosse boîte et qui se retrouve à découvert le 10 du mois ? Hein, qu'est-ce que je vais leur dire ? »

La vidéo datait de l'avant-veille et elle avait déjà totalisé plus de trois mille vues. Un certain Nourredine, gueule de quinquagénaire abîmée par la vie, gros cernes et petits yeux, cheveux ras et grisonnants, plutôt baraque, se filmait au volant de sa bagnole, sur un parking. Dans les commentaires en dessous, des dizaines de Gilets jaunes le remerciaient : « Merci d'être là », « Cent pour cent d'accord avec toi », « Ma fille nettoie les chiottes à McDo, même galère ! ».

Juan fixait l'écran de son téléphone portable avec concentration, comme s'il cherchait à jauger la valeur du type.

— Il a intérêt à respecter sa parole…, a-t-il lâché, sans cesser d'agiter sa jambe sous la table de ce petit rade, vieillot du sol au plafond. Au comptoir parsemé de traces de gras se tenait un vieux saoulard aux cheveux longs, pas par style, mais parce qu'il avait négligé de les couper depuis des mois. Il picolait un demi, et pas le premier de la matinée, en parlant d'une voix grave, qui vrillait de temps à autre dans les aigus comme s'il perdait ponctuellement l'audition. Le patron essuyait ses verres en écoutant d'une oreille son opinion sur le prix des clopes et la lutte contre le cancer qui servait à rien vu qu'il fallait bien mourir de quelque chose.

La veille, Juan avait passé un deal par SMS avec ce Nourredine, identifié comme l'un des meneurs des Gilets jaunes locaux. Je l'avais probablement aperçu lors de l'« incident » devant le journal, mais je n'en avais pas le souvenir. Le bonhomme aimait pourtant se montrer et s'exprimer, puisqu'il se filmait chaque jour ou presque sur Facebook, face caméra en gros plan, pour critiquer le gouvernement, la vie chère, le mépris des élites et fixer les prochains points de ralliement. Il s'accrochait à une poignée d'expressions fétiches comme « La honte doit changer de camp » ou « On va ouvrir les fenêtres de leurs beaux bureaux pour qu'ils sentent la merde de dehors ». Plutôt efficace.

Par messages, il avait fait preuve de compréhension vis-à-vis de Juan et de sa détresse. Mon collègue s'était confondu en excuses : « C'était dans l'agitation, je me suis senti agressé, cette vidéo va me poursuivre jusqu'à la fin de mes jours, vous pourriez pas faire un geste ? » Nourredine avait ouvert la porte à ses doléances… à condition d'avoir droit à la parole dans *L'Éclair*. Après quelques minutes dans le bureau de Rondeux, Juan était parvenu à un compromis acceptable : une interview pleine page dans le journal, mais avec la contrainte d'aborder aussi bien les revendications politiques que les méfaits des casseurs en manif. À Juan les questions sociales, à moi le volet sécuritaire. À lui, les braves gens en lutte, à moi les vilains casseurs.

Cinq minutes de retard étaient déjà mauvais signe pour Juan.

— L'enfoiré, il me tient par les couilles et il en profite, a-t-il pesté en finissant son café. Je suis à deux doigts de commander un whisky, bordel…

À travers la vitre, la silhouette du quinquagénaire s'est progressivement dessinée. Un mètre quatre-vingts, ancien baraqué style militaire devenu ventripotent style survivaliste. En ouvrant la porte, il a scanné le décor avec l'air de se demander ce qu'on foutait là.

— Le journal est juste à côté, ça nous arrange, s'est justifié Juan.

Le café Chez Roland accueillait ses âmes en peine juste en face de *L'Éclair*. Des fenêtres de certains bureaux, on avait même vue sur sa façade figée depuis les années 1950. Mais, en réalité, on n'y mettait jamais les pieds. À peine assis, et tandis que mon camarade lui demandait ce qu'il voulait boire, il a embrayé, comme s'il avait bien révisé avant de venir.

— Je me fais pas d'illusion, a-t-il dit en étalant ses gros bras sur la banquette. Vous êtes peut-être des journalistes honnêtes, mais on sait qui vous nourrit, on sait de quel côté votre plume doit pencher. Mais toutes les opportunités sont bonnes pour qu'on se défende.

Ensuite, il a déroulé son fil, sans que Juan l'interrompe, ni le contredise : il ne fallait surtout pas le contrarier, pour être certain qu'il fasse supprimer cette foutue vidéo.

Nourredine était autoentrepreneur, « ben ouais comme tous les cons à qui on a promis qu'on gagnerait notre vie en partant de rien », en l'occurrence, il était chauffeur VTC pour les petits vieux, il se noyait sous « les charges », « la paperasse » et « le flicage des radars ». Il avait construit sa baraque « de ses mains », « en dehors de Clermont, bien sûr, beaucoup trop cher cette ville », et il « faisait le tour du cadran » chaque « putain de journée que Dieu fait, enfin je crois pas en Dieu, c'est une expression », pas le temps de voir grandir sa « petiote » de sept ans, ni de s'occuper de sa « chère et tendre », femme au foyer.

— Et vous voulez quoi ? a demandé Juan.

— Du blé, tiens, a-t-il répondu avec ce petit mouvement de menton qui signifiait « ben ouais ducon ».

Quand il parlait, on avait l'impression qu'il mâchait un chewing-gum, tellement il jouait le blasé.

— C'est-à-dire de l'essence moins chère pour commencer. Et puis on veut qu'on nous donne la parole plus souvent, à nous les petits, vous voyez ?

On voyait bien. Sauf que nos abonnés et ceux qui nous achetaient encore au kiosque étaient soit CSP +, soit profs, retraités avec une bonne pension. Les autres, comme lui, n'avaient plus les moyens. Et comme il fallait écrire pour nos lecteurs, c'était vite vu, désolé vieux.

Juan n'étant pas très inspiré, mon tour est venu d'interroger Nourredine, sur les violences en marge de quelques manifs, ici et là.

— Casser des vitrines de banque, j'en ai rien à foutre, c'est un moyen de s'exprimer comme un autre quand on est à bout… Je juge pas.

— Les types qui font ça portent une cagoule, comment vous faites la différence entre un mec à bout et un fils à papa qui vient prendre sa dose d'adrénaline ?

Il m'a regardé, surpris, mais s'est vite repris.

— On est pas là pour regarder sous la cagoule, l'union fait la force…

Pas mal, le type était habitué à causer, ça se sentait.

— Et ceux qui veulent casser du flic en plus des vitrines ?

— Je cautionne pas, a-t-il répliqué du tac au tac. Ma limite, c'est l'intégrité humaine.

Il aurait bien plu à mon père, je craignais pas non plus, comme disent les Auvergnats, même s'il s'écoutait un peu trop.

— Et c'est quoi le projet démocratique derrière tout ça ?

— C'est-à-dire ?

— Un coup d'État ?

J'ai perdu aussitôt l'espoir d'une sympathie de sa part.

— Merde alors, on croit qu'on va avoir un peu plus de fond avec la presse régionale qu'avec les chaînes d'info en continu et, au final, on se tape les mêmes questions sensationnalistes pour faire trembler dans les chaumières…

— Ben, c'est quand même une question qui se p…

— Qu'est-ce que vous croyez ? Qu'on va se transformer en Mussolini ? On veut juste être entendus. Quand on était gosses, y avait des grandes grèves qui paralysaient le pays et personne ne criait à la dictature… La seule différence, c'est qu'y a plus de syndicats, plus d'intermédiaires, c'est direct. Le peuple face au pouvoir. C'est ça qui vous fout la trouille.

— Tout le monde n'est peut-être pas sur votre longueur d'onde…

— Si les gens manifestent le samedi, c'est qu'ils ont pas les moyens de faire grève. Mais ça, personne ne l'écrit…

Il venait de gagner la bataille.

— On s'arrête là ? Ça paraît quand ?

— Demain, a précisé Juan. (En se levant de sa chaise, mon collègue m'a glissé à l'oreille :) Je te laisse régler, je vais causer avec lui dehors.

J'ai rejoint la caisse. « Trois trente », a calculé le patron. Sur le trottoir, Juan négociait serré, regard implorant, gestes fébriles. Le Nourredine acquiesçait d'un mouvement de menton, sans lâcher un seul sourire, content de tenir un journaleux au creux de sa main. Pauvre Juan qui se battait contre un mur. Évidemment que la vidéo avait été dupliquée et dupliquée encore, rien ne pouvait plus arrêter sa propagation, comme un cancer du pancréas.

Le bruit des pièces de monnaie versées sur le comptoir m'a sorti de la scène. Et aussi une odeur étrange, âcre. J'ai tourné la tête vers le client alcoolo à cheveux longs. Il me fixait d'un œil jaune et malade : « Me suis pissé dessus... » Effectivement, une large trace humide s'était répandue le long de ses cuisses.

En traversant la rue, Juan se réjouissait que Nourredine ait promis de faire le nécessaire pour supprimer la vidéo – le matin même, le nombre de visionnages avait dépassé la barre des cinquante mille – et je n'ai pas osé lui dire que ce serait probablement peine perdue.

Arrivé à l'étage de la rédaction, où j'allais mettre noir sur blanc ma partie de l'entretien, Martin m'a quasiment sauté dessus.

— Faut que tu voies ça.

Il m'a conduit jusqu'à son ordinateur, au service photo qui à cette heure-ci était déserté, tous les autres étant partis en reportage. Il a cliqué sur un dossier et a fait défiler des clichés. J'ai reconnu assez vite la marche blanche à la mémoire du prof castré.

— Je t'avais dit que j'avais mitraillé, a continué Martin. J'ai tout épluché.

Deux dizaines d'images sont passées sous mes yeux avant qu'il n'immobilise la lecture sur l'une en particulier. On y voyait la mère Gallo entourée par ses copines, de dos.

— Regarde celle de droite...

À côté de la veuve, sa copine portait un coupe-vent au nom du « collège La Charme ».

— Collège La Charme.

— Oui, c'est le collège où la femme de Gallo enseigne. Et alors ?

— Et maintenant, regarde ça.

Il a ouvert son navigateur Internet qui pointait sur la page Facebook de Nicolas Marchand. Le pompiste s'était immortalisé avec son sourire de gosse canaille greffé sur sa tête de trentenaire attardé. Il tenait un chat tigré serré contre lui comme une peluche. Martin a fait défiler la page : tout était public. Chacun pouvait parcourir les commentaires de Marchand sur sa vie de tous les jours et ça donnait un truc du genre : « Ras le bol des clients irrespectueux !!! » Ou encore : « Aujourd'hui, j'ai mangé la guirlande de Noël de papa » avec une photo d'une guirlande déchiquetée sur un coin de canapé, à côté de son matou. Un fil de banalités solitaires balancé dans l'indifférence générale, personne ne répondait à ses bouteilles à la mer.

— Bon… le mec se faisait chier dans la vie, a résumé Martin avant de cliquer sur les pages rassemblant ses informations personnelles, sa carte d'identité en ligne en quelque sorte.

Outre ses goûts musicaux (Adèle, Émile & Images…), ou télévisuels (*Le Miracle de l'amour, Goldorak*), on constatait qu'il avait suivi sa brève scolarité au collège La Charme.

— Tu vois ? C'est un ancien élève du collège…

— Je te suis pas, là…

Martin avait le regard fiévreux.

— Il connaissait peut-être la veuve Gallo.

— Mouais, à la rigueur… Et ?

— Bon, c'est peut-être du délire, mais… Mettons que Miguel Gallo ait eu une double vie, une maîtresse, des maîtresses. Sa femme s'en rend compte, elle lui tend un guet-apens. Elle le retrouve près du parc Montjuzet. C'est là où un témoin, celui qui t'a parlé, aperçoit Gallo en train de parler avec une brune…

— Et elle le flingue et le castre ?

— Ben ouais. Elle le punit par là où il a péché.

— Et quel rapport avec Marchand ?

— J'en sais rien. Il était au courant du sévice sexuel en tout cas. Peut-être un complice pour l'aider.

— C'est un scénario de film, ton histoire !

— Moi, j'y crois.

Il commençait à m'inquiéter avec son air exalté. Cette histoire n'allait pas tarder à lui tourner la tête.

14

La nuit suivante, j'ai fait un cauchemar. Je n'aurais pas dû feuilleter ce bouquin sur la Bête du Gévaudan, qui exposait une théorie selon laquelle aucun animal n'avait sévi dans le Massif central à la fin du XVIIIe siècle, mais plutôt un homme revêtu d'une peau de loup (ce qui expliquait pourquoi les fringues de certaines victimes étaient retrouvées soigneusement pliées à côté des corps). Dans mon rêve, Marchand ne sautait pas de son balcon, c'est lui qui me poussait et, en tombant, j'apercevais une silhouette noire derrière lui, à la fenêtre, comme si quelqu'un regardait ma chute, immobile. Je me suis réveillé en sueur à 5 heures du matin et ensuite, plus moyen de fermer l'œil.

Deux fois par semaine, je programmais le réveil plus tôt pour aller faire un footing avant le boulot et deux fois par semaine, j'y renonçais parce que la nuit avait été trop mauvaise. J'avais un mal de chien à me débarrasser de mon addiction aux somnifères. J'en gobais depuis des années, mais l'élément déclencheur pour me décider à arrêter remontait à l'été d'avant. Alors que je passais quelques jours chez mes parents, dans leur village, j'avais été incapable une heure durant de me souvenir du prénom de mon père. La panne sèche, le trou noir. J'avais raconté ça à notre médecin de famille. Fidèle à son habitude, il s'était voulu rassurant (« un petit coup de pompe, ça arrive à tout le monde »), mais m'avait tout de même fortement suggéré d'arrêter les comprimés qui à terme pouvaient bousiller la mémoire. « Dans les grandes villes, ils prescrivent ça à tour de bras pour aller plus vite, mais c'est de la saloperie... Enfin t'inquiète pas trop quand même », avait-il conclu. Depuis, j'enquillais les courtes nuits en tentant de trouver le sommeil dans la lecture de bouquins, ou en frappant mon oreiller pour maudire la vie de m'avoir handicapé de ce sale penchant. Et voilà comment on arrivait à des cernes sous les orbites, profonds comme des tranchées à la guerre – la pire guerre, celle contre soi-même.

Mais ce matin-là, un petit coup de fouet m'a sorti de mon atonie. Un message privé m'attendait sur Facebook. Il émanait d'un certain ou d'une certaine « Camille ». Et ne comptait que quelques mots :

Tu t'es bien fait avoir... Pauvre con.

C'est sûr, ça réveille. Le pseudonyme de l'importun ne menait nulle part, rien, pas la moindre photo, pas la moindre présentation. N'importe qui pouvait se trouver derrière. En me traînant jusqu'à ma salle de bains, j'élaborais quelques théories. Qui avais-je croisé ces derniers jours susceptible de vouloir m'insulter, de bon matin – l'interpellation datait de 7 h 14 ? *Bien fait avoir par qui ?*

Sous le jet d'eau calcaire, une idée s'est peu à peu imposée : et s'il y avait un lien avec Marchand ? Ce n'était sans doute pas une bonne idée d'aller rendre visite à ce grand enfant balourd, peu avant qu'il ne décide d'aller taper un vol au-dessus d'un nid de cailleras. Et si c'était un piège ?

En m'habillant, je repensais aux autres visages et images croisés ces derniers jours : le prof castré dans le coffre, sa veuve, Marchand et ses paquets de bonbons… Où était-ce autre chose ? Je poursuivais ma réflexion au-dessus de ma tasse de café et de mes tartines de caramel au beurre salé. *Camille*. Était-ce un mec, une fille ?

Au moment où je sortais de mon immeuble, dans le froid corrosif, un coup de klaxon a retenti. Ça venait d'une voiture rouge, garée sur le trottoir d'en face. Ma vue matinale peu aiguisée m'a seulement permis de discerner une silhouette féminine au volant. Nouveau coup de klaxon. Camille ? Je me suis approché, prudemment, et j'ai alors reconnu un visage plus familier et souriant : Caroline. Elle a baissé sa vitre.

— J'ai un cadeau de Noël en avance pour toi.

Une fois, elle m'avait raccompagné chez moi après une audience au tribunal, mais jamais évidemment je ne lui avais proposé de monter. Sa violation répétée du secret professionnel tenait sans doute aux sentiments qu'elle éprouvait pour moi, mais je préférais faire comme si de rien n'était. J'ai pris la place du mort.

— Que me vaut cet honneur ?

— Marchand a reçu de la visite, le soir de son vol plané.

La transition était abrupte, mais la surprise valait le coup.

— Des voisins ont entendu des éclats de voix. Et des pleurs.

— Des pleurs ?

— Ceux de Marchand. Un voisin dit qu'il criait « pardon, pardon ! ».

L'image et le son de ce gros nigaud chialant comme un gosse au milieu de son appartement glauque me glaçaient plus que la météo du jour.

— La voix… C'était un homme ? Une femme ?

— On sait pas.

— Quelqu'un a vu une silhouette ?

— Non, personne n'a rien vu. La porte n'a pas été forcée. Marchand connaissait la personne venue lui rendre visite.

— Il a été frappé ?

— Oui. Avec une ceinture.

À la radio, à bas bruit, un rappeur revisitait « Bella Ciao » version soupe.

— Tu crois que ce visiteur ou cette visiteuse l'a poussé par-dessus le balcon ?

— Je dirais plutôt qu'on l'a forcé. Ce type était un grand enfant, apparemment. Ça devait pas être difficile de le dominer psychologiquement.

— Un grand enfant… qui aimait les enfants ?

— Je suis sûre que non. Il traînait avec des ados, c'est vrai, sans doute parce qu'il se sentait plus à l'aise avec eux. Et il était homo. Tu sais comment certains esprits arriérés peuvent faire la confusion entre les deux.

— Ouais, je sais. Et c'est pour ça qu'on l'a tué ?

— Le juge va forcément creuser ça. Parmi d'autres pistes.

— Ça peut avoir un lien avec Gallo ?

— Mais pourquoi tu penses ça ?

— Il savait qu'on lui avait coupé la…

— La ?

— Qu'on l'avait castré.

Caroline a bugué : on aurait dit un poisson rouge soudain jeté dans un bocal.

— Comment tu sais ça ?

— Je suis allé lui rendre visite.

— Oh putain…

Mais d'où venait cette impression de plus en plus oppressante d'avoir fait une connerie ?

— Mais quand est-ce que t'es allé lui rendre visite ?

— Ben le jour de sa mort.

— Le soir ?

— Non, en journée.

— Merde, Simon… T'es sûr ? Ils vont chercher qui est allé lui rendre visite. Les voisins ont repéré une voiture noire.

— Ah bon ? Avec une femme à l'intérieur ?

— J'en sais rien, pourquoi ?

— Non, non, pour rien.

— De quelle couleur est ta voiture ?

— Gris clair.

— Manquerait plus que tu sois suspecté.

Une seconde, j'ai repensé au message du correspondant anonyme, Camille. Et si c'était ça le piège ?

— Ton cadeau, c'est de m'annoncer que je vais finir en garde à vue ?

— Non… Chez lui, on a retrouvé des lettres d'amour à sa mère.

— Tiens donc il était pas pédophile, mais incestueux, alors.

— Mais non, t'y es pas ! Sa mère est morte quand il avait vingt ans. Il s'en est jamais remis. Il y en avait cent cinquante. Ça fait dix par an, depuis quinze ans.

— C'est triste.

— Elle est morte d'un cancer. Il l'a pas supporté. Il est allé cramer le cabinet du médecin qui la suivait. Heureusement, le toubib était absent.

— C'est pour ça, la condamnation ?

— Exactement. Il a évité la prison en portant un bracelet électronique. Les juges ont dû avoir pitié de lui.

— Drôle de mec, décidément. Et y avait autre chose chez lui ? Un lien avec Gallo ?

— Pas que je sache. Mais on n'a pas retrouvé son téléphone. Quelqu'un le lui a subtilisé.

— Décidément…

J'ai hésité à lui raconter la suite, au risque d'aggraver mon cas.

— Quand je suis allé chez lui…

— Oui ?

— Pendant qu'on parlait tous les deux dans l'entrée, il y a eu un grincement. Comme s'il y avait quelqu'un d'autre dans l'appartement.

— T'es sûr ?

— Certain.

Un miaulement nous a interrompus. Nous n'étions pas deux, mais trois dans cette voiture.

— T'as un chat ?

Elle a souri, s'est contorsionnée pour saisir une panière, planquée entre son siège et la banquette arrière, que je n'avais pas encore repérée. Il y avait un chat, tigré, costaud, qui me regardait d'un air curieux.

— Voilà ton cadeau !

— Heu mais… Mais… J'ai jamais eu de chat, moi…

— Ben faut une première à tout…

— Mais je… Putain… me dis pas…

— Quoi ?

— C'est le chat de Nicolas Marchand ! Je l'ai vu en photo avec lui !

— Il est orphelin. Tu veux pas l'adopter ?

Avoir quelque chose en commun avec ce Marchand me faisait flipper. C'était un cadeau de Noël empoisonné.

— Soit tu le prends, soit on le fout à la SPA. Ce serait dommage, non ?

— Mais je…

J'ai regardé la bête. Elle était un peu grassouillette, mais plutôt belle.

— Allez, Simon… Il te sera de bonne compagnie.

— Pffff…

— Je suis sûre que c'est lui, le grincement que tu as entendu chez Marchand.

— Non… Non, Caroline, je suis sûr qu'il y avait quelqu'un. Quelqu'un qui se planquait.

Elle a semblé me prendre au sérieux sans être totalement convaincue.

— Il s'appelle Flocon. Sois gentil avec lui…

D'un coup, elle a éclaté de rire.

— Si ça se trouve, il te racontera ce qu'il a vu…

15

À LA PAUSE DÉJEUNER, au boulot, Juan a brandi la une de *L'Éclair* du jour, avec la photo prise par Martin de Nourredine en gilet jaune sur un rond-point, bras croisés, mâchoire en avant, œil fixe vers l'objectif. Le titre claquait comme sur un tract électoral : « Revendications, violences : l'interview cash d'un leader des Gilets jaunes ».

— Ça a de la gueule, non ?

Je trouvais ça racoleur. Mon pygmalion dans le métier, que j'avais rencontré dans une autre vie à Poitiers, Mernot, m'aurait engueulé si j'avais osé un anglicisme dans un titre. « T'écris pour un canard amerloque ? Non, ben cause français alors, on dit *meneur*, pas *leader* ! Et tant qu'à faire on écrit *sans tabou* et pas *cash*. » m'aurait-il recadré de sa voix rauque de clopeur trompe-la-mort (qui avait fini par le rattraper, trois ans plus tôt, par une triste matinée d'automne).

— Il a pas l'air sympa sur la photo.

— Ouais, je sais, a convenu Juan, soudainement dépité. Putain, j'ai négocié une heure avec la direction, on s'est entendus sur cette photo-là, mais ils en voulaient une encore pire où il avait l'air d'un gorille enragé.

— Ah, c'est sûr, Rondeux doit pas l'aimer.

— J'avais aussi proposé un autre titre, « On veut juste être entendus », mais ils n'ont pas voulu non plus. Heureusement, j'ai obtenu que « revendications » soit écrit avant « violences »… Quelle galère. Mais, au moins, il est qualifié de chef, ça flattera son ego.

— Et la vidéo ?

— Supprimée ! J'ai bien vérifié ce matin.

Je n'ai pas osé lui demander si elle n'avait pas été diffusée sur un autre réseau social ou une autre plate-forme.

— Ben voilà, tout est bien qui finit bien.

— J'espère, a-t-il dit sans y croire.

— Y a quelque chose qui t'inquiète ?

— Je sais pas. Tu trouves pas qu'il y a une ambiance bizarre en ce moment ?

— De quoi tu parles ?

— Je sais pas. Comme si quelque chose couvait…

J'allais le chambrer en lui demandant s'il était devenu médium, mais un claquement de porte a alors résonné. Pas n'importe quelle porte : celle du bureau de Rondeux. Notre camarade d'apéro Caubin-la-légende a surgi devant nous d'un pas vif, bouillant même, mais sans nous accorder la moindre attention. Il était blême, le cou raidi comme si une invisible corde le suspendait du plafond. Son menton tremblait de nervosité.

— Vous êtes complètement givrés ! VOUS ÊTES TOUS COMPLÈTEMENT GIVRÉS, a-t-il hurlé.

Juan en a laissé échapper le dernier morceau de son sandwich. Puis Caubin a disparu dans un autre couloir.

— Mais bordel, qu'est-ce qu'il lui arrive ? a demandé mon collègue.

— J'en ai pas la moindre idée. Mais je crois que ta prophétie se réalise…

La clé de l'énigme nous a été livrée deux heures plus tard, au milieu de la rédaction. Le patron Rondeux a sonné le rappel des troupes et s'est pointé aux côtés de la DRH, une femme brune, sportive, aux cheveux longs, visage hâlé, teint latin, mais sourire arctique. On a compris que la machine ronronnante de *L'Éclair* se grippait.

— Bonjour à tous, a commencé Rondeux en se contenant, les mains nerveusement planquées dans le dos. Si je vous ai réunis, c'est pour vous informer d'un problème grave et que nous ne prenons pas à la légère (son regard quémandait l'assentiment de la DRH). Nous avons été avertis du comportement problématique d'un membre de la rédaction, d'autant plus problématique qu'il exerce une fonction de cadre. Il s'agit de faits de… heu… harcèlement sexuel… (murmure de surprise dans la pièce). Nous allons donc lancer dès aujourd'hui une enquête interne avec l'aide d'un cabinet extérieur et indépendant. Certains d'entre-vous seront convo… conviés à s'exprimer auprès de ce cabinet et de notre DRH pour apporter leur témoignage. Et, bien sûr, si vous avez vous-même été victime de tels faits, il faut absolument nous les signaler pour que nous puissions agir. La personne en cause a été mise à pied en attendant les conclusions de cette enquête. Mais nous respectons naturellement la présomption d'inno…

— Et nous respectons la parole des victimes.

Le patron a lancé un regard embarrassé à la DRH qui venait de lui couper la parole. Guislaine, une syndicaliste avertie, a fait résonner sa voix nasillarde :

— On peut savoir qui est la personne mise en cause ?

Le patron s'est enlisé.

— Eh bien, je… Heu…

— Il s'agit de M. Caubin.

La DRH n'a pas fait de sentiments. Plus personne n'a moufté. Le laïus s'est achevé dans un flottement général, les boss n'avaient plus rien à dire, les journalistes aucune question à poser. Au moment où l'assistance se dispersait, hagarde, mon téléphone a vibré. J'avais un nouveau message sur Facebook. J'ai activé l'écran pour le lire, mon sang s'est glacé.

Camille venait de récidiver.

Tu vas t'en mordre les doigts.

Mais qu'est-ce qu'il m'avait pris d'aller rendre visite à Marchand ? Je me suis surpris à jeter un œil par la fenêtre comme si j'allais découvrir un maître chanteur m'espionner avec sa longue-vue. Si le but était de me foutre la trouille, la mission était à peu près remplie, puisque j'ai passé l'après-midi à chercher vainement la concentration pour boucler un pauvre article sur les préparatifs des gendarmes de montagne (le genre de papelard, plus proche de la communication que du journalisme, destiné à susciter leur sympathie pour espérer glaner des infos auprès d'eux le jour où il se passerait quelque chose sur leur secteur).

À 19 heures, avec Juan, on a cheminé vers l'arrêt de tram, mains au fond des poches et nez emmitouflé sous l'écharpe. Congelés, on n'avait même pas la force de causer de Caubin. Le tram est arrivé et, craignant de le louper, on a couru pour s'engouffrer dans la rame. À cette heure-ci, le transport en commun ressemblait à une bétaillère, les uns sur les autres, des gueules tristes et fatiguées revenant d'un bureau quelconque, une poignée d'étudiants et de lycéens refaisant leur journée à coups de rires gras, toujours un asocial qui écoutait trop fort sa musique et une mamie à qui personne ne cédait sa place. Sur le fauteuil le plus proche, un gros avec un bonnet à pompon prétextait le transport d'un carton lourd pour squatter la place. Rien que la routine.

— Chaque fois que je prends le tram, je regrette de ne pas avoir pris ma bagnole, ai-je glissé à Juan.

Mais mon collègue ne m'écoutait pas. Son attention semblait tout entière captée par une présence dans mon dos. Dehors, des balcons s'illuminaient de guirlandes lumineuses, égayant l'obscurité des jours trop courts. La place Delille s'annonçait, et d'autres garnitures scintillantes habillaient arbres et fontaines.

— Il y a un type au fond du tram..., a murmuré Juan. Te retourne pas.

— Et... Qu'est-ce qu'il a ce type ? ai-je demandé aussi bas.

— Il arrête pas de nous regarder tous les deux.

— Tu le connais ?

— Il rôdait au pied du journal ce matin quand je suis arrivé... On dirait qu'il nous suit.

La faiblesse de sa voix trahissait sa trouille naissante.

— Quelle gueule il a ?

— La trentaine, cheveux ras... Tête de pervers...

— T'es sûr que c'est le même gars que ce matin ?

— Ouais... Y a autre chose...

— Quoi ?

La voix féminine et robotisée du tram a indiqué : « Prochain arrêt : Hôtel-de-Ville. »

— J'ai reçu plusieurs messages bizarres depuis ce matin.

Son angoisse me contaminait comme un virus fulgurant.

— Quel genre ?

— Un peu menaçants.

— Signés Camille ?

Il m'a rendu mon regard réfrigéré.

— Merde... Toi aussi...

La porte du tram s'est ouverte. Une grappe de personnes est descendue, d'autres plus nombreux encore sont montés, station claustrophobie. J'en ai profité pour me retourner. Tout au fond de la rame se tenait effectivement un type, le teint mat, le cheveu noir comme du feutre. Manteau noir informe. Un air d'enfant diabolique qui aurait bourlingué dans la rue. Difficile de lui donner un âge. Il nous zieutait tous les deux. Sûr de lui. Léger rictus.

— Attends voir, ai-je soufflé à Juan.

J'ai sorti mon téléphone de ma poche pour retrouver les messages de Camille. J'ai écrit d'un doigt fébrile :

Tu me fais pas peur.

Juan l'a détaillé, guettant une réaction. Il n'a pas touché à son téléphone.

— C'est peut-être pas lui, en fait… (Mais à peine a-t-il achevé sa phrase que le gus a baissé le regard pour consulter son boîtier.) Ou peut-être que si…

Nouvel arrêt du tram : Place-Gaillard. Une dizaine de personnes sont descendues, moitié moins sont montées, l'air devenait plus respirable. Dehors, les boutiques, librairies, parfumeries, magasins de fringues, baisseraient bientôt le rideau métallique. Les lumières de Noël n'attrapaient personne dans leurs filets, chacun se pressait chez soi pour se mettre au chaud. On descendait à l'arrêt suivant. Le type s'est approché de quelques mètres. Il nous fixait encore, toujours ce sourire dégueu, cet œil noir comme l'obscurité d'un cachot. Mon téléphone a vibré. Camille venait de répondre :

Tu viendras pas te plaindre…

Juan n'en avait pas perdu une miette.

— Il a pas touché à son téléphone, a-t-il remarqué.

Ce n'était donc pas le correspondant anonyme qui nous dévisageait depuis cet interminable trajet. Mais qui était-ce alors ? « Prochain arrêt Place-de-Jaude. »

— On descend ensemble, hein ? s'est inquiété Juan.

— Évidemment.

Le type s'avançait dans notre direction, je suais sous mon manteau. Subitement, on aurait dit que la moitié des passagers s'était évaporée. Où étaient passés l'asocial et sa musique de bœuf ? Et les lycéens qui pouffaient de leurs prochains râteaux ? Le type avec son pompon était toujours là, mais on aurait dit une sculpture tant il se tenait immobile.

« Place-de-Jaude », a notifié le robot dans les haut-parleurs. La porte a coulissé, on s'est jetés sur le trottoir. J'ai juste eu le temps de voir le pervers foncer droit sur nous. En revanche, j'ai loupé le type au bonnet qui s'est levé en même temps. Et a ouvert son paquet avant de jeter le contenu sur la tête de Juan.

« État salaud, médias collabos ! État salaud, médias collabos », a hurlé le sale gosse, surexcité, brandissant son téléphone dans notre direction pour filmer Juan. Je me suis tourné vers mon camarade, sa face, ses cheveux avaient blanchi d'un coup. Ensevelis sous la farine que le bonnet à pompon venait de lui balancer en pleine tronche. « Ça, c'est pour la vidéo, grosse merde ! Bien fait pour ta gueule ! »

En un éclair, les deux ont disparu dans une ruelle adjacente. Personne ne leur a couru après. Les badauds qui se tenaient autour de l'arrêt de tram nous contemplaient, presque aussi ahuris que nous.

16

DES GUIRLANDES BLEUES, blanches et rouges descendaient de l'imposante cathédrale noire jusqu'aux arbres délimitant la place de la Victoire pour étinceler au-dessus des cabanons en bois parfaitement alignés. Dans ces allées rectilignes, on servait du vin chaud, on vendait des paquets de pralines, des jouets en bois, des peluches. De temps en temps passait le Père Noël pour poser avec des mômes devant un appareil photo. Et en guise de touche finale au tableau, la neige s'était invitée à gros flocons pour saupoudrer ce marché éphémère.

Mais rien de tout cela ne paraissait féerique ce soir, puisqu'une autre couleur attirait toutes les attentions : le bleu des flics. Il était 19 h 30 et une dizaine d'entre eux avaient investi les lieux.

Quinze minutes plus tôt, ma cibi avait encore grésillé. Les mots avaient émergé du crépitement, irréels. « Disparition d'une fillette au marché de Noël. » J'avais foncé. « Comme si quelque chose couvait. »

Au milieu des uniformes, le procureur, arrondi dans sa doudoune bleu marine, n'avait d'yeux que pour un autre homme, survolté dans son survêt' et son sweat à capuche, pâle et maigre, cheveux noirs et hirsutes, la trentaine abîmée. Sans doute le père de la disparue. Le public avait été exfiltré des allées pour s'amasser vers les terrasses de café autour du marché. Les commerçants avaient aussi déserté leurs cabanons, certains répondaient déjà aux questions de la cavalerie. Personne n'avait en revanche pensé à arrêter la musique que crachaient les haut-parleurs accrochés aux quatre coins de la place : « Jingle Bells » par Frank Sinatra. Sacré contraste.

J'ai patienté en arpentant la place, encore enveloppée d'odeurs de cannelle. J'ai saisi au vol les conversations de passants amarrés par la curiosité : « La gosse aurait disparu y a deux heures même pas… », « C'est le père, là, t'as vu, le pauvre, j'aimerais pas être à sa place… », « Avec le monde qu'y a, c'est sûr qu'un gosse peut échapper à la vigilance de son père vite fait… ».

J'ai repéré le commissaire Beller qui avait fait le déplacement, compte tenu de l'importance de l'affaire. Un môme qui disparaît, c'est l'assurance d'une médiatisation nationale, le thermomètre de l'émotion poussé au max. Rien à voir avec un pompiste simplet qui tombe d'un balcon. Ni même un prof volage castré dans le coffre de sa bagnole. J'ai attendu qu'il finisse de délivrer ses instructions à un subalterne, puis j'ai pressé le pas dans sa direction.

— Bonsoir commissaire.

— On ne se quitte plus Monsieur Magny !

— Vous pourriez me dire ce qu'il s'est passé dans les grandes lignes ?

— Rapide, alors. Le monsieur que vous voyez là-bas avec son jogging a signalé la disparition de sa fille y a une heure. Il dit qu'il se promenait dans les allées et que *pfuit*, une minute d'inattention, l'enfant s'est évaporé.

— Quel âge, la fille ?

— Six ans.

— Vous lancez une alerte enlèvement ?

— Non, puisqu'il faut qu'un témoin ait assisté à l'enlèvement pour lancer ça, c'est la règle. Mais on va chercher partout.

— Y a des caméras ici, non ?

— Oui, on a déjà des gars qui revisionnent. Je vous laisse.

J'ai tout noté sur mon calepin tandis que le commissaire a rejoint le proc'. Le père de famille leur montrait une photo de sa gosse sur son téléphone. Les poulets se déployaient pour quadriller les petites ruelles pavées serpentant dans le vieux Clermont. En levant les yeux vers le sommet de la cathédrale, on était hypnotisé par les flocons, petits points lumineux colonisant l'espace tandis qu'en arrière-plan les flèches noires de la cathédrale ressemblaient à des divinités prêtes à nous foudroyer, comme si on avait commis quelque chose de grave.

J'ai traîné mes pas autour de cette scène comme suspendue dans le temps. J'ai dépassé deux flics qui papotaient devant une vieille pharmacie à l'allure de cabinet d'apothicaire avec sa devanture boisée et sa lumière verte tamisée. Puis je me suis engagé dans une venelle à l'écart en pensant machinalement que si j'avais kidnappé une gosse, j'aurais peut-être préféré ces artères abandonnées, faiblement éclairées par des lampadaires fixés sur les hauteurs des murs. On y frôlait des immeubles aux airs de bateaux fantômes, parois effritées, équipage invisible. Mais peut-être que la gosse s'était simplement planquée dans une arrière-cour.

Depuis cette ruelle, le bruit de l'agitation paraissait déjà plus lointain et la neige semblait chuchoter des secrets en tombant. La fatigue accumulée me donnait l'impression de perdre pied avec la réalité, d'avancer comme un zombie, de plus en plus hypnotisé par les taches célestes. Brusquement, un grincement de porte m'a ramené au réel. Ça venait sûrement d'un bâtiment trois numéros plus loin. En m'approchant, je me suis aperçu que j'avais une boule d'angoisse dans le ventre. Une porte d'immeuble était entrouverte. Une forme remuait dans l'entrebâillement. J'ai freiné. Non, c'était quand même pas… Brusquement, la forme s'est précisée. C'était pas une fillette, mais un chien. Il a surgi, comme par magie, de l'immeuble et a tracé son chemin en m'ignorant. Le poil long et gris, les oreilles pointues.

Non, c'était pas un chien, c'était un loup.

Tu divagues, Simon, tu commences à voir n'importe quoi.

Au bout de la rue, l'animal s'est raidi et a tourné sa tête vers moi. Ses yeux luisaient. Non, c'était bien un chien, un husky bâtard ou quelque chose dans ce genre. Il y avait un truc bizarre. Mais quoi ? Cette neige m'engourdissait le corps et le cerveau. Il fallait vraiment que je me remette à dormir, tant pis pour l'orgueil, tant pis pour le sevrage, tant pis pour la mémoire, il fallait les bouffer ces somnifères. Le chien-loup s'est évaporé. Et c'est là que le détail m'a sauté aux yeux. Ce clébard n'avait pas laissé d'empreintes derrière lui dans la neige. Rien. Comme s'il n'avait jamais existé. Est-ce qu'avec l'amnésie, les hallucinations faisaient partie du kit de l'addiction aux somnifères ?

— Monsieur, vous faites quoi, ici ?

Je me suis retourné. Un flic. Tout suspicieux qu'il était, je l'aurais bien remercié de me tirer de cet état étrange.

— Je suis journaliste.

Il a zieuté ma carte de presse et m'a montré la direction de la place de la Victoire. Je me suis engouffré dans l'un de ces pubs au pied de la cathédrale, comme un marin rentré au port après avoir traversé une tempête.

— Un demi, s'il vous plaît.

Agrippé au comptoir, au milieu de tables boisées, jeux de fléchettes, et sous la lumière tamisée, j'ai contemplé le spectacle à travers la devanture. Les effectifs de flics s'étaient encore densifiés. Le commissaire allait et venait d'un homme à l'autre pour rassembler des informations, tandis que le procureur restait stoïque, à côté du père. Ce jeune mec passait de l'hébétement à la colère. De temps à autre, il faisait de grands gestes, tapait contre sa poitrine ou pointait un doigt accusateur en direction du marché de Noël dépeuplé. Quand il montait trop en pression, le proc' posait sa main gantée de noir sur son bras pour le calmer, l'air de rien.

— Il lui est arrivé quelque chose à cette fillette, c'est sûr et certain…

Cette voix grave et limpide était celle de mon voisin de bar. Look de dandy, cheveux poivre et sel ramenés en arrière, lunettes cerclées d'écaille, pompes bien cirées. La soixantaine sereine.

— Vous croyez ?

— J'en suis persuadé. Quelque chose flotte dans l'air, vous ne trouvez pas ?

— À part la neige, vous voulez dire ?

Il a souri en m'adressant un premier regard franc.

— Quelque chose d'autre. Bien plus lourd qu'un flocon de neige. Cette fillette s'est fait engloutir par les rues de la ville.

Monsieur était poète et je n'étais pas certain de comprendre sa prose.

— Vous pensez à un enlèvement ?

— Je sais très bien analyser le regard, le geste, le mouvement du corps… Je prends les paris : le père n'est pas clair.

Perplexe, j'ai scruté à nouveau le trentenaire agité. Mille émotions traversaient son visage : la terreur, la colère, l'impatience, l'impuissance.

— Observez-le bien. Il ne regarde jamais ceux à qui il parle. Jamais. (Le dandy disait vrai.) Pauvre gosse…, a-t-il ajouté d'un air sincèrement affecté.

Le commissaire levait le camp, je me suis grouillé de payer mon verre, j'ai salué l'étrange causeur qui m'a répondu d'un sourire aimable, puis j'ai de nouveau affronté le froid.

— Commissaire ? Du nouveau ?

— Non, pas encore. Mais on la trouvera. Par précaution, on va faire le fichier de tous les délinquants sexuels de la ville. Quitte à fouiller toutes les foutues maisons de Clermont.

Vaste mission. Machinalement, j'ai levé les yeux vers ces lucarnes allumées comme des vignettes de calendrier de l'Avent au-dessus de nos têtes. Qui sait peut-être si l'un de ces curieux scotchés à leur fenêtre ne cachait pas une enfant.

DEUXIÈME PARTIE
COLINE

17

Le marché de Noël s'apprêtait à ouvrir ses cabanons. Mais, ce matin, sur les coups de 10 heures, plusieurs commerçants manquaient à l'appel, tandis que d'autres finissaient tout juste d'installer leurs bibelots sur leur stand. Il n'y avait pas un chat pour se pointer dans les allées. Bonjour la publicité pour l'animation. Le maire – un socialiste à la papa avec une dégaine IIIe République – devait en bouffer ses lunettes.

Au lendemain de la disparition de la fillette, je me suis hasardé au premier chalet, débordant de santons et bougies bas de gamme, au-dessus desquels se tenait un type qui ressemblait à ces personnages de concierge dans les films, toujours à l'affût, toujours méfiants.

— Bonjour.

— Bonjour.

— Je suis journaliste à *L'Éclair*. Je prépare un article sur la disparition de la fillette. Vous étiez là hier ?

— Ben ouais, comme tous les jours…

— Vous pourriez me raconter comment vous avez appris qu'une gosse avait disparu ?

— Ben c'est le père. Il passait de stand en stand, comme ça, il demandait à tout le monde : vous avez pas vu ma fille ? Vous avez pas vu ma fille ?

— Il avait l'air effrayé ?

— Plutôt agité. D'ailleurs, il nous posait la question, mais il attendait à peine qu'on lui réponde.

— Les flics vous ont interrogé aussi ?

— Bien sûr, et ils ont demandé à tout le monde si on avait pris des photos de la fin d'après-midi, pour essayer de reconstituer la scène. Des fois qu'on verrait un truc à l'arrière-plan, un désaxé se promener avec la gosse.

— Et la gosse, justement, vous l'aviez vue avant ?

Il m'a présenté sa moue la plus dubitative, puis a lancé un regard à droite à gauche comme s'il voulait me faire une confidence en s'assurant que personne n'en serait témoin.

— En fait, c'est bizarre... Cette gosse, personne ne l'a vue de l'après-midi.

J'ai repensé au dandy d'hier, dans le pub.

— Merci monsieur.

Dans la rue et à travers les vitrines de café, la une du journal s'affichait entre toutes les mains. On avait récupéré une photo de la petite, bouille blonde au sourire espiègle, quoiqu'un peu pâlotte, et son prénom : « Où est passée Coline ? ». « La mère est en HP, profil fragile, genre alcoolo. Le père s'occupe seul de sa gamine. Cet aprèm', il va voir le proc'... », m'avait glissé Caroline au téléphone sans pouvoir me préciser s'il était lui-même suspect. Mais, de fait, il l'était par la faute des statistiques. La plupart des crimes impliquant des enfants surviennent dans le cadre familial : une correction qui tourne mal, un coup trop violent, la tête qui heurte le radiateur, c'est le lot de tous les tribunaux de France. Mais il arrive parfois qu'un prédateur sorti de nulle part enlève un gosse, ça s'est déjà vu. Les recherches de la nuit n'avaient en tout cas rien donné.

À 14 heures, j'ai traîné ma carcasse autour du palais de justice. Mauvaise surprise : d'autres journalistes avaient eu le tuyau. En l'occurrence, l'équipe d'une chaîne nationale d'info en continu. Foutu pour l'exclu, les Parisiens menaient l'assaut. Je me suis résolu à attendre à quelques mètres d'eux. Je disposais d'un avantage : je savais déjà à quoi ressemblait le père de famille. Je me suis mis à guetter de part et d'autre de la placette du tribunal. Trois minutes plus tard, ce petit trentenaire déboulait sur la place d'un pas nerveux, aux côtés d'un homme plus âgé, chevelure noire de jais (une teinture) et bouclée, long manteau d'hiver soyeux qui descendait jusqu'à ses mollets, presque aussi fameux dans la ville que le Bibendum de Michelin : un ténor du barreau, Me Jacquelin, toujours sur les coups les plus médiatiques. Ses rabatteurs se trouvaient chez les flics, les gendarmes, les matons, et j'en soupçonnais parmi mes collègues du journal. Les règles déontologiques de la profession l'empêchaient de démarcher lui-même un client, mais d'autres le faisaient à sa place sans qu'il ait besoin de lever le petit doigt. Il m'a reconnu et s'est avancé, à son rythme, sans se presser, dans ma direction.

— Bonjour monsieur Magny, je vous présente mon client M. Gordon. Monsieur Gordon, M. Magny est journaliste pour *L'Éclair*.

— Bonjour, juste une petite question : vous savez où en sont les recherches ?

Le type, pris au dépourvu, a commencé à balbutier. Il était encore plus blême, encore plus frêle que la veille, comme s'il était passé dans une essoreuse trop bouillante dans la nuit. Une chose ne variait pas : son regard valsait de tous les côtés, mais ne se posait jamais sur un être humain.

— Ben… ils n'ont toujours pas trouvé ma petite Coline. J'espère avoir de bonnes nouvelles…

Discrètement, l'avocat cherchait des yeux les reporters de la chaîne d'info et, une fois leur attention captée, il a agité sa main à leur adresse.

— Ça vous ennuie de me raconter ce qui s'est passé hier ?

— Ben on se promenait au marché de… de Noël… C'était pour lui faire plaisir. Et d'un coup je l'ai plus vue… Je… Je tenais sa main et y avait du monde, j'ai un peu lâché sa main… Et je l'ai plus revue…

— Vous avez une idée de ce qui a pu se passer ?

Aussitôt, le ton de sa voix est monté.

— Pour moi, c'est sûr… Un salaud l'a enlevée. C'est sûr, putain ! J'espère qu'il va me la rendre…

Brusquement, le père s'est mis à pleurer, emporté par un torrent de larmes. Son émotion semblait sincère au point de précipiter la marche des journalistes parisiens, à la grande satisfaction de Jacquelin. Fini le moment privilégié, le journaliste et le caméraman se sont interposés entre le paternel éploré et moi-même, je n'existais plus.

— Vous êtes le père de la fillette ? Vous pouvez raconter ce qui s'est passé ?

Mais le petit bonhomme ne parvenait plus à interrompre son déluge de larmes.

— Je veux retrouver ma fille ! a-t-il hoqueté, comme un souffle hors de l'eau où il se noyait.

— Allez, le procureur nous attend, on y va, monsieur Gordon, a conclu le pénaliste, contrarié de ce premier loupé – difficile d'exploiter à la télé une prestation aussi brève.

Les deux silhouettes ont cheminé vers le tribunal. À côté, mes deux confrères ont oublié ma présence.

— Je vais m'acheter un sandwich, a dit l'intervieweur au caméraman. Enfin si je trouve un truc correct dans ce bled déprimant.

Chaque fois ou presque que des journalistes parisiens se pointaient là, pour suivre un déplacement de ministre important par exemple, ce genre de pique finissait toujours par tomber. Ils nous auraient traités de ploucs, c'était pareil. Ça donnait l'impression qu'on était des journalistes de seconde zone, et même des habitants de seconde zone qui passaient à côté de leur carrière ou de leur vie pendant qu'eux en profitaient à fond. D'ici quelques semaines, le temps que la disparition de cette gosse soit élucidée, ils oublieraient l'affaire. Quinze autres en prendraient bientôt la place aux quatre coins du pays. Et autant de sandwichs dégueu. Bienvenue en France, mec.

Je suis allé me poser dans le café d'en face, là où se tenaient mes rendez-vous habituels avec Caroline. Sauf qu'elle n'était pas là, et, d'un coup, je me suis senti seul. *Bled déprimant*. Cette pique s'était coincée entre ma gorge et mon cœur, comme si j'avais avalé une brique. Comment on appelle les habitants d'un bled déprimant ? Des dépressifs ? J'ai commandé un Perrier et j'ai joué avec mon téléphone, hésitant à envoyer un message à Lucie. Je m'ennuyais, j'ai sauté le pas pour lui proposer un ciné. Pas de réponse, bien sûr. J'ai liquidé mon Perrier, dehors le jour donnait l'impression de céder déjà sa place à la nuit. Les gens se pressaient pour échapper au froid. J'aurais dû prendre un chocolat chaud. Mon téléphone a sonné. C'était Lucie.

— C'est fou cette histoire de gosse disparue, non ?

Ni bonjour, ni comment ça va.

— Ouais, je suis aux premières loges justement. J'attends des nouvelles de l'avocat.

— Ah faut que tu me racontes, faut que tu me racontes !

— Quand tu veux. Ce soir ?

— Oui. Viens chez moi !

Mon cœur a battu plus fort.

— À quelle heure ?

— 20 heures, je te ferai des pâtes.

Bon Dieu. Cette fille était bizarre, mais j'avais hâte d'y être. À peine ai-je raccroché que j'ai vu mes deux abrutis de confrères traverser la place à toute allure. Mais pas en direction du tribunal. Je les ai suivis des yeux, un autre duo de journalistes, d'une chaîne d'info concurrente, leur collait aux basques. Il se passait quelque chose. J'ai sorti en vitesse plusieurs pièces, tant pis, gardez la monnaie et je me suis lancé à leurs trousses. Ils m'avaient déjà distancé en s'engageant dans la rue des Minimes, mais j'ai fini par les rattraper rue Lamartine et en les voyant prendre la rue Blatin, j'ai compris. L'avocat et son client avaient dû filer en douce en sortant de l'autre côté du tribunal. Et cette voie-là menait… à Chamalières, où siégeait son cabinet. Ça sentait la conférence de presse improvisée. Foutu avocat qui se laissait griser par la presse parisienne à en oublier les professionnels locaux, bien gentils de lui servir la soupe le reste de l'année.

L'horizon de la rue Blatin filait vers le puy de Dôme enneigé, bloc immaculé coiffé de son antenne météo comme une petite fusée prête à décoller. Une sorte d'ange gardien qui rassurait les Clermontois parce qu'il serait toujours là et qu'il semblait à notre hauteur, ni trop petit ni trop grand. J'ai foncé vers le bel immeuble de quatre étages, à l'entrée de Chamalières, qui se cachait derrière une grille sécurisée et un jardinet entretenu par un probable domestique, je n'aurais pas été surpris de trouver le Nestor du capitaine Haddock ici tant l'avocat ressemblait à un châtelain à l'ancienne, *Le Figaro Magazine* à côté de la tasse de café le matin, les chasses à courre dans le Berry une fois par an et la petite stagiaire pelotée quand ça le titillait.

L'équipe de TV a réussi à me semer, je me suis présenté à l'interphone, j'ai emprunté le vieil escalier en pierre qui montait en colimaçon jusqu'au premier étage, sonné à nouveau, la secrétaire qui me connaissait de vue m'a ouvert : « Ils sont dans le bureau de monsieur », et effectivement, un agglutinement de confrères pas très confraternels cachait à moitié le bureau de Jacquelin où pas un post-it ni un bouchon de stylo ne jurait. Je suais à grosses gouttes à cause du petit sprint et, gêné, je n'ai pas pu m'empêcher de sourire à ces paires d'yeux qui me dévisageaient. Comme un bleu, j'ai même souri machinalement à l'abruti qui trouvait Clermont déprimant et qui, en retour, a gardé son masque de cire.

À la droite du pénaliste, debout derrière son office, se tenait Gordon, dos voûté, teint blême, yeux d'un lapin dans les phares d'une bagnole devant les trois caméras (deux chaînes d'info et France 3 région) et cinq journalistes, dont mon concurrent de *La Montagne*.

— C'est bon ? Vous me dites quand ça tourne, hein ? a demandé Jacquelin à la cantonade.

— Faut y aller là, sinon on va louper le flash de 18 heures, a grondé l'homme au masque de cire.

— Moi, je suis prêt, hein, a précisé l'avocat.

— Heu… pas nous…, a bredouillé le gus de France 3, proche de la cinquantaine, mais soudain tout timide face aux Parisiens.

Lesquels ont alterné entre regards noirs et soupirs ostentatoires pour lui mettre encore plus la pression. Au bout de trente secondes qui en paraissaient le triple, la petite voix du localier est montée dans les aigus.

— C'est bon pour moi.

Aussitôt, le corps de Jacquelin m'a semblé s'étirer tandis que celui de son client se rabougrissait. L'avocat s'est éclairci la voix avant de prendre un ton grave, du genre Jean Reno aux obsèques de Johnny.

— Bien, mesdames, messieurs. Mon client, M. (un petit blanc d'hésitation) Gordon… a été reçu par le procureur cet après-midi. À l'issue de cette audition, il a souhaité s'exprimer devant vous pour apporter des explications, mais aussi lancer un appel à l'aide. (Il s'est tourné vers son client, d'une voix plus basse :) C'est à vous monsieur.

Un instant, un silence de cathédrale a englouti ce bureau et la nuit qui plongeait l'extérieur dans l'obscurité rendait la scène plus pesante encore.

— Je…

Gordon nous regardait tous et ne voyait rien, paralysé par la peur.

— Heu…

Ma main s'est crispée sur le stylo et chacun ici a serré les fesses pour lui.

— Je… Je n'ai pas dit la vérité.

La voix de Gordon montait et descendait tandis que ses yeux piquaient maintenant vers nos chaussures.

— Le jour où ma fille Coline a disparu… Je… je me trouvais pas au marché de Noël, mais chez… une connaissance… Je…

Gordon a calé. L'assemblée entière est restée pendue à ses lèvres sèches. Il s'est tourné vers son défenseur-manageur :

— Je peux prendre le petit papier ?

— Ben faites…, a répondu, blasé, Jacquelin.

Le père a alors saisi dans la poche de son manteau noir trop fin pour ce froid mordant un papier froissé qu'il a tenu devant lui, tremblant de tous ses doigts. Lire ses notes, ça faisait moins spontané, mais pas le choix…

— Je… Je ne l'ai pas dit à la police, car j'étais en train d'acheter de la drogue. Malheureusement, je… je souffre de toxicomanie… Je vais faire ce qu'il faut pour me soigner… Mais je jure que le reste est vrai. Ma fille a disparu la veille au soir, vers 23 h 30, alors que je… je me trouvais… rue de la Tannerie, non loin de la place de Jaude… J'ai manqué de vi… (il avait du mal à lire le mot suivant) vi-gi-lance… Je m'en veux énormément… S'il vous plaît, si vous avez vu quelque chose… Si vous savez quelque chose… prévenez la police… je… (Il a laissé tomber la feuille de papier, puis a levé les yeux, mais c'était plutôt vers le ciel.) Je vous en supplie… Aidez-moi…

Les derniers mots ont sonné comme une prière et nos cœurs se sont arrêtés de battre. Sauf peut-être celui de l'autre empaffé de journaliste de la chaîne d'info.

— Vous pensez que votre fille a été enlevée ?

Gordon n'a pas répondu, on aurait dit qu'il allait tomber dans les vapes. Jacquelin a sauté sur l'occasion pour revenir au centre des objectifs.

— C'est à la justice et aux enquêteurs de le déterminer, mais nous craignons cette hypothèse. Coline a six ans, ce n'est certainement pas une fugue. Toutes les informations sont bonnes à prendre. Nous lançons un appel : si quelqu'un a vu quelque chose de suspect, si quelqu'un a vu Coline, dites-le à la police. Si quelqu'un… quel qu'il soit… sait où se trouve Coline, qu'il parle. La vie d'une enfant est en j…

Gordon a brusquement fondu en larmes, interrompant du même coup le monologue de sa robe noire. Spontanément, Jacquelin l'a regardé d'un œil sévère, comme s'il lui avait coupé la parole, avant de se ressaisir et d'adopter l'expression idoine : l'empathie. Son long bras s'est posé sur l'épaule du père éploré. Puis il a regardé les caméras.

— On va s'arrêter là.

18

J'ai eu le temps de prendre une douche, de servir les croquettes de Flocon (qui n'avait pas l'air en deuil et trouvait confortable le canapé de mon salon), d'enfiler mon pull le plus élégant, gris à col roulé, et d'acheter une bouteille de crozes-hermitage à Carrefour City avant de me rendre chez Lucie. Ma première soirée chez elle, et, j'espérais, ma première nuit. Devant l'interphone, je me suis rendu compte que je ne connaissais pas son nom. Je l'ai appelée, ça l'a fait rire.

J'ai monté deux étages à pied, puis j'ai sonné à la porte. Elle est apparue dans l'embrasure : elle avait maquillé ses cernes et portait une robe en laine qui laissait voir ses fines jambes recouvertes d'un collant opaque.

Son appartement faisait dans les cinquante mètres carrés. Un salon étriqué avec une table basse collée au canapé et une baie vitrée donnant sur le boulevard. Quelques cadres au mur : la une d'un magazine en hommage à Simone Veil, une reproduction de Van Gogh.

Elle a pris la bouteille d'un « fallait pas », puis m'a invité à m'asseoir. Sur la table basse, elle avait posé des petites bougies d'encens qui puaient comme toutes les bougies d'encens. Elle a rapporté un tire-bouchon et me l'a collé dans les mains, « à toi de jouer ». J'ai évidemment cassé le bouchon en deux, « c'est de la merde ce bouchon », le visage vermillon, elle a ri avant d'aller chercher une autre bouteille dans son coin cuisine.

— Tu as le droit à une nouvelle chance, a-t-elle dit en plantant son regard droit dans le mien, j'en avais le palpitant affolé.

Je me suis appliqué et, d'un rire nerveux, j'ai réussi.

— Bon, je suis pas si nul…

— Ben non, t'es pas nul, a-t-elle confirmé en me défiant à nouveau de ses beaux yeux.

J'ai servi nos deux verres, on a trinqué. Je me suis aperçu que le vrombissement de voitures faisait un sacré vacarme dans cet appartement au double vitrage vieillissant.

— Alors, ta journée ?

— Rythmée…

— T'es sur la disparition de la fillette ou c'est un collègue à toi qui s'en occupe ?

— Non, non, c'est moi.

— Oh là là, faut que tu me racontes !

Elle semblait se passionner autant pour cette affaire criminelle que pour les films d'horreur. J'en ai profité pour dérouler le fil en tâchant d'être bon narrateur : la fausse évaporation au marché de Noël, le père qui avoue son bobard, la disparition quand même…

— Tu crois pas que c'est le père qui l'a tuée ?

— C'est pas impossible, mais je pense pas… Son avocat a déjà dû assumer un mensonge, si c'est pour les accumuler, ce sera catastrophique pour sa défense et pas très bon pour son bizness.

— Alors tu crois que la fillette a vraiment été enlevée…

— Tout est possible. Si le mec est un toxico, il avait peut-être des dettes. Peut-être qu'elle est planquée quelque part en attendant qu'il raque.

— Ça expliquerait qu'il ait menti. Pas seulement pour cacher le fait qu'il était toxico, mais aussi parce qu'il avait des dettes.

— Je vois que mademoiselle est perspicace.

— Madame…

— T'es mariée ?

— Non, mais on dit plus mademoiselle, s'agirait d'être à la page monsieur le journaliste ! Quand même tu trouves pas ça bizarre ce qui se passe en ce moment ? Le type mort dans son coffre de bagnole, la fillette qui disparaît…

— C'est sûr qu'on est pas habitu…

Un grand fracas a résonné depuis la rue. On a sursauté tous les deux avant de se précipiter à la fenêtre. Une BMW noire venait de percuter une Clio blanche. Le chauffeur de la première, grand à casquette, est sorti furieux, prêt à en découdre avec l'autre conducteur, étudiant attardé à lunettes et boucles rousses.

— Merde, il va le frapper, a dit Lucie.

— Il est taré !

— On appelle les flics ?

— Non, attendons de voir.

Le chauffeur de la BM a poussé l'autre gus avant de reprendre le volant et de filer à l'anglaise, sans même un constat.

— C'est de pire en pire. Je vois de ces trucs sur ce boulevard, je te jure…

— T'es à l'affût comme une vieille concierge ?

— Et alors, t'aimes pas les vieilles ?

Face à la fenêtre, tandis que le petit rouquin reprenait sa place en pleurant, j'ai à mon tour osé planter mes yeux dans ceux de Lucie.

— J'adore les vieilles.

J'avais à peine fini ma phrase que ses lèvres se sont posées sur les miennes. Douces et déterminées. Ça a duré quelques minutes comme ça, à enrouler nos langues dans cette odeur d'encens, puis elle m'a pris la main et m'a conduit jusqu'à sa chambre. C'était une piaule pas grande, plongée dans la pénombre. Elle m'a dirigé vers le lit et s'est assise sur moi pour continuer à m'embrasser. Elle m'a retiré mon pull. Je me suis laissé faire, j'étais un peu dans le gaz, le verre de vin que j'avais bu trop vite à cause du trac m'embrumait l'esprit et me donnait l'impression d'être là sans y être. À moins que ce soient les journées trop agitées ou la peur qui prenait le pas sur le désir. Pour me sentir moins spectateur, j'ai inversé les positions et je l'ai renversée avec précaution sur le drap. Mes mains ont commencé à se balader sur ses cuisses et, d'un sourire, elle m'a arrêté, en susurrant :

— Doucement…

— Je pensais pas que je te plaisais, ai-je dit d'un coup pour percer le silence qui me pesait bizarrement.

— Pourquoi tu dis ça ?

— Je sais pas… Il se passait rien…

— C'est parce que t'es trop pressé.

J'ai fait comme si je n'avais plus envie – et peut-être au fond n'avais-je pas vraiment envie. Je me suis allongé sur le dos à côté d'elle. Elle s'est blottie contre moi. On a arrêté de parler, j'entendais encore le trafic des bagnoles qui grondait depuis le salon. Combien de temps ça a duré ? Peut-être une heure, soudain, on semblait hors du temps. J'étais à deux doigts de m'endormir quand les tressaillements musculaires de Lucie m'ont tiré de ma torpeur. J'ai pensé qu'elle cédait au sommeil, mais, en réalité, ses tremblements persistaient. Ils prenaient de la vigueur. Je me suis redressé brusquement et je l'ai regardée. Elle gémissait, plongée dans un cauchemar. J'ai pressé son épaule.

— Lucie… Réveille toi…

Elle a ouvert les yeux sur moi, a lentement émergé. D'un coup, elle s'est mise à pleurer. Je me suis senti con.

— Ça va pas ?

— Pardon, j'ai… j'ai rêvé de mon père…

— Ah…

Difficile d'enchaîner, j'ai laissé traîner mon regard autour de nous. Un grand dressing, des livres classiques sur une étagère noire, des photos d'elle et de sa fille et rien d'autre.

— Il est mort ton père ?

— Oui…

— Désolé.

— Sois pas désolé. C'était y a vingt ans.

— Ah, OK…

Le vacarme des moteurs s'est un peu atténué.

— Il est mort de quoi ?

Elle a laissé passer un long silence qui m'a fait regretter ma curiosité.

— Il était malade.

— Cancer ?

— Non.

Elle a posé sa tête, légère, contre ma poitrine. Ses doigts se sont mêlés aux miens. Il n'y avait plus de voitures sur le périph ou alors on ne les entendait plus. Elle murmurait à présent, les yeux dans ses souvenirs.

— Mon père tenait un restaurant japonais. Il l'était à moitié.

— Je trouvais aussi que tu avais des traits orientaux.

— Oui. J'ai hérité ça de lui. Il travaillait du matin au soir, comme une brute. Quand il rentrait, il était tellement épuisé qu'il fallait pas faire un bruit. Son restaurant marchait bien et ça s'est dégradé d'un coup.

— Sa santé ?

— Non, les comptes… Au début, il n'a pas compris pourquoi. Et puis un jour, il a entendu une rumeur au café. Comme quoi il mettait du chien dans ses plats. Ça l'a mis tellement en colère…

— C'est une vieille rumeur sur les restos chinois, ça.

— Oui, sauf qu'à l'époque, des tas de gens y ont cru. Il soupçonnait d'autres restaurateurs, des concurrents.

— Les salopards.

— Oui.

Elle ne pleurait plus, ses yeux étaient grands ouverts.

— Il a fini par recevoir une lettre anonyme. Des menaces de mort. Quelqu'un voulait qu'il ferme à tout prix la boutique. Et c'était que le début. J'avais douze ans et mes parents essayaient de m'épargner, mais un jour je suis tombée sur une lettre. C'était écrit avec de la rage, de la haine. Ça disait : « Si tu restes ici, on violera ta femme et ta fille… »

— Mais quelle horreur, putain… (Ma voix était montée trop haut, ça cassait le ton feutré de notre conversation. J'ai baissé le volume.) Vous avez trouvé qui c'était ?

— Oui, mais avant ça il y a eu d'autres lettres. Et puis le restaurant de mon père a brûlé dans un incendie criminel. Il a vrillé progressivement. Il ne dormait plus, buvait beaucoup et tremblait de plus en plus. Avec ma mère, on était terrifiées.

— J'imagine, oui. La police vous a aidés ?

— C'est pas eux qui ont trouvé l'auteur des lettres et de l'incendie. C'est moi !

— C'est toi ? Du haut de tes douze ans ?

— Oui. Un dimanche après-midi, ma mère avait traîné mon père jusqu'à un lac pour lui faire prendre l'air. J'étais restée toute seule à la maison.

Au-dessus de nous, on entendait maintenant les pas lourds du voisin sur le parquet plaintif. On aurait dit deux gosses cachés dans une grange pour se confier des secrets.

— Je suis allée dans la pièce du fond : le bureau de mon père. Je me souviens, y avait des papiers administratifs, des documents de compta. Et puis sous les papiers, il y avait des lettres.

— Des lettres ?

— Anonymes, oui. Qui menaçaient de me violer, de me tuer, de me brûler vive…

— Il les cachait pour te préserver ?

Elle a relevé la tête pour me fixer. Je ne savais pas trop comment interpréter son expression : un mélange de gravité, d'émotion, mais aussi un truc du genre « T'as toujours pas deviné, gros bêta ? ». Et c'est justement là que j'ai compris.

— Non, Simon. Il les écrivait lui-même…

Ses yeux renfermaient maintenant quelque chose de glaçant.

— Tu veux dire qu'il avait tout mis en scène ?

— Tout… Les lettres, l'incendie…

— Mais… pourquoi ?

Elle m'a toisé encore un instant, puis elle a posé à nouveau sa tête sur ma poitrine.

— J'ai pris les lettres avec moi et je les ai cachées sous mon lit. Le lendemain, j'ai attendu d'être seule avec lui et je les lui ai mises sous le nez. Je criais, je hurlais… « C'est ton écriture, regarde, c'est ton écriture ! »

Nouveau silence.

— Et comment il a réagi ?

— Il a nié, mais du bout des lèvres. Puis il est parti de la maison…

À nouveau les pas lourds au-dessus de nous, comme si on se faisait marcher dessus.

— Le lendemain, on l'a trouvé pendu dans les bois…

Bon courage pour enchaîner après une telle conversation. Pataud, j'ai tenté de caresser son épaule. Je calais pour trouver des mots rassurants.

— Tu te rends compte… Il a écrit lui-même « je violerai ta fille, je la brûlerai »…

— Je… J'imagine que c'était pour rendre sa mise en scène crédible.

— Je lui pardonnerai jamais.

Ça n'irait sans doute pas plus loin ce soir entre nous. J'ai embrassé son front, il était froid. Après, on a passé presque une heure de plus à fermer les yeux dans l'obscurité de sa chambre, à échanger peu de choses, les bagnoles sur le boulevard faisaient plus de bruit que nous. Vers minuit, elle a dit :

— Je suis un peu fatiguée, mais je ne veux pas te mettre dehors…

— T'inquiète, je vais y aller.

Ni déçu, ni content, j'ai renfilé mon pull à col roulé, puis mon manteau. Avant de passer la porte, j'ai tenté :

— On se revoit bientôt ?

— T'as pas envie de te barrer en courant ?

J'ai souri.

— Non… Un resto ce week-end ?

— J'ai ma fille ce week-end.

— Ah… Elle va bien ?

— Oui… Enfin non… Pas tant que ça, en fait.

— Qu'est-ce qu'elle a ?

— Non mais tu vas vraiment finir par penser que je suis une fille à problèmes.

— Mais non…

— Elle fait des insomnies.

— Ah merde, déjà… Elle est tracassée par l'école ?

— Je crois pas. Elle fait des cauchemars, elle vient se cacher dans mon lit, du coup je dors pas beaucoup.

— Moi, c'est un chat. Ça fait longtemps que ça dure ?

— Quelques jours. C'est bizarre. Quand je lui demande ce qu'elle a, elle me dit… Mimi. Ou Mini. Un truc dans le genre. Bon, je vais pas t'accabler avec ça. Je crois que j'ai besoin d'une vraie nuit de sommeil.

— Oui, je comprends. Bon ben… À bientôt alors…

— Oui… À bientôt.

Je l'ai embrassée. Tout doucement. Elle s'est laissé faire.

19

La neige avait fondu dans le cœur de la ville, il n'en restait que des résidus noircis sur les toits, mais le froid mordait toujours autant. Et la rue de la Tannerie n'avait rien pour nous réchauffer. C'était d'ailleurs plutôt une ruelle, encastrée près du cinéma d'art et d'essai, encombrée de conteneurs à poubelles, consistant en un alignement de petits immeubles vétustes, à la brique taguée et aux évacuations d'aération broussailleuses de toiles d'araignée. Selon l'avocat Jacquelin, que j'avais eu au téléphone juste avant de grimper en voiture, Gordon se trouvait au numéro 3 de la rue lorsque sa gamine avait disparu. On a cherché l'adresse avant de s'apercevoir que la plaque au-dessus de la porte avait disparu, comme une bagnole sans plaque d'immatriculation. Un coup d'œil de bas en haut : pas de doute, c'était l'un des bâtiments les plus crados du secteur. Des traînées marronnasses passaient de lucarne en lucarne, comme une fuite d'eau des chiottes qui aurait tout traversé. Toutes les fenêtres étaient fermées, sauf au deuxième étage. Et c'est sans doute de là que nous parvenait une musique métalleuse où se noyaient les borborygmes agressifs d'une voix de Viking bourré à la bière.

— Bon, ça ressemble plutôt à un squat, non ? a dit Martin.

— Ouais.

— Pas croyable que la mairie laisse pourrir des logements comme ça. On monte ?

— OK… Mais on reste prudents, hein ? Et tu sors pas les violons quoi qu'il arrive.

— Tu vas encore dire que je prends les choses trop à cœur, mais les images du père à la télé, ça m'a foutu la larme à l'œil.

— Ouais, ben sèche tes pleurs, là on est au boulot.

— Ouaip. J'ai pas ton expérience, mais je comprends ce qu'on me dit…

Parle à mon cul. Chaque fois qu'il était embarrassé, il disait « ouaip », je commençais à le connaître. Il y avait un interphone, mais aucun nom dessus et il était facile de deviner qu'il ne fonctionnait plus. Comme il était probable que cette porte soit ouverte à tout vent. J'ai poussé, et on s'est retrouvés face à un escalier en pierre plongé dans la pénombre, prêt à nous avaler. J'y suis allé en premier, mais je n'en menais pas large. Rondeux nous avait ordonné de mettre la gomme sur la disparition de cette gosse. Et pendant ce temps-là, à *L'Éclair*, on ne parlait plus de l'autre dossier, l'affaire Caubin…

— Merde, la lumière marche pas.

— Je vais éclairer avec mon téléphone, a proposé Martin.

On a gravi marche après marche et la musique devenait de plus en plus assourdissante. Ça ne rassurait pas, pas plus que cette impression de faire une séance de spéléologie sans moniteur. Une fois devant la porte du deuxième étage, Martin m'a saisi le bras.

— Attends… J'ai un truc dans ma sacoche. (Il a plongé la main avant de brandir une bombe lacrymo.) On sait jamais…

Bon, c'était déjà ça. Évidemment, pas de sonnette. J'ai frappé à la porte. Presque aussitôt, la musique s'est tue. Silence absolu. Martin m'a encouragé de son regard bleuté par la lumière de son smartphone. J'ai tapé à nouveau. Des bruits de pas progressaient dans notre direction.

— C'est qui ? a aboyé le Cerbère derrière la cloison.

— On est journalistes pour *L'Éclair*. On travaille sur la disparition de la petite Coline.

Un nouveau silence.

— Et alors ?

— Ben… Heu… C'est juste pour en savoir plus sur les circonstances…

— Vous êtes flics ?

— Non, journalistes.

Silence.

— Faites voir vos cartes.

On s'est exécutés en glissant nos preuves sous la porte. Une main les a aussitôt arrachées.

— Et vous voulez savoir quoi ?

— Juste… heu… Vous étiez avec M. Gordon quand sa fillette a disparu ?

— Peut-être, ouais…

— Vous avez vu quelque chose de bizarre ? Vous pensez que la fillette a été kidnappée ?

Coupure dc son à nouveau.

— Combien tu me files pour avoir la réponse ?

— Heu, je… Rien…

Martin m'a oculairement fusillé.

— Ben va te faire enculcr, alors.

Mon collègue a pioché dans une poche intérieure de son gros manteau d'hiver Gémo mal taillé, trop grand et tout bleu qui lui donnait des airs de Bibendum, ce qui ne jurait pas vraiment par ici. Et il en a sorti un billet de 20 euros en me l'agitant sous le nez. J'ai hésité.

— Allez, ça vaut le coup, a-t-il chuchoté fébrilement.

— 20 euros…, ai-je annoncé, d'une voix mal assurée.

De l'autre côté de la porte :

— Tu me prends pour un clodo ou quoi ?

J'ai fouillé dans mon porte-monnaie.

— 40 euros…

Silence de réflexion.

— Glisse-les sous la porte.

— Qu'est-ce qui me dit que tu vas pas me la faire à l'envers ?

— Rien.

— Ouais ben… et qu'est-ce qui me dit que tu étais avec Gordon quand sa fille a disparu ?

— Elle avait une bosse sur le front. Et ça, Gordon s'est bien gardé de le dire dans son appel à témoins… Il lui foutait pas sur la gueule tous les jours, mais ça arrivait de temps en temps. Comme là.

Aucun moyen de vérifier l'info. Mais ça sonnait vrai. Et le regard de Martin se faisait encore plus insistant, dans cette cage d'escalier qui sentait le renfermé. J'ai glissé les deux billets sous la porte. Une pince de vautour s'est aussitôt refermée dessus. Un silence. L'aboiement encore :

— Si vous êtes flics, je vous égorge.

La main de Martin s'est crispée sur son sac. La porte s'est ouverte. Ce n'est pas une montagne de muscles qui nous a accueillis, mais un type aux joues creusées qui flottait dans son sweat à capuche. Cheveux ras et noirs comme du charbon, cernes violacés sous des yeux azimutés, menton en galoche. Pas très grand. Quelque part entre trente et quarante ans, les traits malmenés par les excès en tout genre. Il avait dû faire de la taule, plusieurs mois ou plusieurs années. Et même s'il n'était pas si impressionnant physiquement, il dégageait un truc coléreux, violent. Il nous a inspectés de la tête aux pieds, sourcilleux jusqu'à l'excès, trop zélé pour être honnête. Ça devait lui plaire. Puis il a verrouillé la porte derrière nous, avant de glisser la clé dans la poche de son pantalon baggy. On était à sa merci.

— Suivez-moi.

L'entrée desservait une pièce fermée, à gauche, et une cuisine à droite, là où nous a conduits le toxico. Une gazinière, une table de camping jonchée de feuilles OCB, de tabac à rouler, de tablettes de Toblerone, un lecteur MP3 branché sur une prise déglinguée et un frigo sifflant comme s'il était sur le point d'exploser faisaient office de mobilier. Le type s'est assis et a commencé à se rouler une clope. Ça sentait plein de choses : le tabac froid, le shit, le moisi et peut-être un peu la pisse.

— Alors tout le monde parle de Coline dans cette ville de merde ?

— Une petite fille qui disparaît, forcément..., ai-je répondu en m'asseyant sur un tabouret probablement piqué dans un pub.

— Pauvre gosse.

— Tu connais Gordon ?

— Ouais, je connais... C'est pas un pote, mais on se croise.

— Ici ?

— Ouais, ici.

— C'est chez toi ?

— Ouais.

Je cherchais mes mots et, pendant ce temps, l'œil professionnel de Martin furetait à droite à gauche en ricochant sur le vide de la pièce. Gordon disait qu'il achetait sa came ici et on avait peut-être son dealeur face à nous, mais mieux valait éviter certains mots.

— Il est venu avec sa fille ici ?

— Ouais, a-t-il répondu en léchant le papier à rouler. Il l'amenait de temps en temps. On lui donnait un bout de biscuit pendant qu'on faisait nos trucs, dans la pièce d'à côté...

— C'est ce qui s'est passé le soir de sa disparition ?

— Y avait trop de monde ce soir-là, on se marchait sur les pieds. Il l'a laissée jouer dehors dans la rue…

— Sans la surveiller ? est intervenu Martin.

Le type a soupiré en le fusillant des yeux.

— Si, quelqu'un l'a surveillée.

— Qui ça ? a poursuivi Martin, sans se laisser faire.

— T'es vraiment sûr que t'es pas flic, toi ?

Martin n'a pas répondu, mais a soutenu le regard.

— Je suis sûr que tu crois que Gordon a buté sa fille, pas vrai ?

— Non, j'en sais rien.

— On est pas des bêtes, m'sieur le scribouillard. On fait de mal à personne, nous…

— T'as dit que Gordon avait frappé sa fille…, a insisté Martin, tandis que mes mains viraient au moite.

— Et alors, tu vas lui faire la morale ? Il fait ce qu'il peut Gordon. Il galère tout seul avec sa fille et son RSA…

Mon expérience, à moins que ce ne soit ma trouille, m'a conduit à décentrer la conversation.

— Il bosse pas, Gordon ? Même pas un petit boulot ?

— Personne ne veut embaucher un tox', mec. Bienvenue dans la vraie vie.

— Je l'ai rencontré chez son avocat, je suis sûr qu'il n'a rien à se reprocher.

Le gus a allumé sa grosse clope roulée en me jetant un œil pas dupe.

— De toute façon… C'est pas tes affaires, non ?

— Je fais juste mon boulot.

Il a forcé un rire désagréable.

— Simon, m'a soudain interpellé Martin. Est-ce qu'on vient pas de filer 40 euros à ce mec ?

Je me suis figé.

— C'est pas pour faire une partie de bridge, a priori ?

Le type lui a lancé un regard noir, en serrant sa mâchoire creusée.

— Tu veux les reprendre, ducon ?

— Non, on veut juste que tu nous racontes ce qui s'est passé cette nuit-là.

Je n'en revenais pas. Martin, mon gentil Martin, se laissait griser jusqu'à l'audace.

— La gamine jouait dans la rue en bas..., a-t-il répondu agacé. Vingt minutes après, Gordon a jeté un œil par la fenêtre et l'a pas vue. Il est descendu pour la chercher et il est remonté affolé.

— Et il a trouvé l'idée du marché de Noël tout seul ?

— Peut-être... Ou peut-être qu'on avait pas envie que les condés viennent fouiner ici. Dans tous les cas, ça a foiré.

Quelqu'un a toussé dans une pièce voisine. Une toux de grosse grippe, ou un truc encore pire, bien glaireux.

— Y a quelqu'un d'autre ici ? ai-je sursauté. (Le tox' m'a regardé, sans confirmer. Un ange est passé. Martin a ignoré.) Il était où le type qui surveillait Coline ?

— T'as qu'à lui demander.

Son regard nous a désigné la porte de la pièce voisine. Là d'où venait la vilaine bronchite. Martin s'est levé en premier, j'ai suivi. Il a frappé à la porte.

Une voix sans souffle a résonné :

— C'est qui ?

Comme on avait la flemme de se plier à nouveau aux fastidieuses présentations, Martin a ouvert. Je ne sais pas trop quelle odeur nous a aussitôt inondés, mais c'était pas du shit, c'était un truc plus fort qui me rappelait un peu le coffre de bagnole du père Gallo. Dans un coin, un Black d'une cinquantaine d'années comatait sur un matelas jauni, sans drap, posé sur la moquette beige effilochée. Juste une couverture rose en laine pelucheuse s'échouait sur ses jambes. Si le premier type n'était pas gros, celui-ci était carrément cadavérique. Ses pommettes formaient deux boules saillantes sous ses yeux, dévorant son visage rétréci, comme deux gros kystes. Ses cheveux crépus s'effilochaient, comme la moquette, en boucles blanches. Un pull rouge élimé se distordait sur ses épaules. Il tremblait de tout son corps. Martin s'est pétrifié comme moi avant de se retourner vers le premier type.

— C'est à lui que vous confiez la garde d'une gamine, espèce de malade ?

— Oh, ferme ta gueule maintenant ! s'est défendu l'ouvreur de porte. Tu commences à me casser les couilles.

— Vous êtes pas seulement toxicos, vous êtes aussi des gros connards !

Le brun a bondi de la table de camping pour faire face à Martin, ses deux poings serrés le long de son corps. Ça allait dégénérer.

— Tes leçons de morale tu te les enfonces dans le cul, putain de fils de pute. Dégage maintenant !

La main de Martin s'est dirigée vers le sac contenant la bombe lacrymogène.

— On se calme, ai-je dit. Martin, c'est bon. On pose seulement deux questions et on se barre.

Il a acquiescé d'un mouvement sec de la tête, ses yeux débordaient de colère. On s'est approchés du zombie. Il ne comprenait pas grand-chose au spectacle qui lui était imposé.

— Qu'est-ce que vous me voulez ? a-t-il susurré de sa voix plaintive.

— On va pas te déranger longtemps…, ai-je commencé. C'est toi qui surveillais la petite Coline ?

— Mec, je suis désolé. C'est allé super vite, je suis désolé…

Il a commencé à pleurer, mais peut-être surjouait-il un peu. Et une nouvelle quinte de toux l'a interrompu.

— Elle était dans la rue quand tu l'as vue pour la dernière fois ?

— Ouais, j'étais à la fenêtre, ici, dans cette pièce. Je lui ai dit de pas trop s'éloigner, je te jure… Je fumais une clope, j'ai regardé un truc sur mon téléphone, ça a pas duré longtemps.

— Et… Quand t'as levé les yeux de ton téléphone, elle était plus là ?

— Ouais, c'est ça.

— À quel niveau de la rue ?

— Au croisement, là, au croisement… Vers l'église…

— Et y avait personne autour ?

— Non, mais y avait…

Il avait un étrange regard, encore bleu océan, comme s'il était préservé du reste de son corps. Quelque chose de profond, qui surnageait dans le relief accidenté de sa tronche.

— Y avait une voiture qui tournait…

— Une voiture ?

— Ouais… Une voiture noire. Qui faisait des allées et venues dans la rue perpendiculaire.

Mais… tu crois qu'elle est montée dedans ?

— Elle était dégourdie, la petite Coline. Elle serait pas montée avec n'importe qui.

— Elle connaissait le conducteur, tu crois ?

— Nan, mais… elle cherchait son chat.

— Elle avait un chat ?

— C'était pas vraiment son chat, c'était un chat de gouttière qui traînait tout le temps là. Elle s'y était attachée à force. Si ça se trouve, le chat était dans la voiture, ça l'a peut-être convaincue de monter…

— Comme un piège, tu veux dire ?

— Ouais.

— Et tu l'as vu le conducteur ?

Quinte de toux encore. Puis :

— C'était pas un conducteur, mon frère. C'était une conductrice, c'était une femme au volant…

Voiture noire, femme au volant. J'avais déjà entendu cette combinaison.

— Une femme… Mais quel âge ? Elle ressemblait à quoi ?

— J'en sais rien, tu m'en demandes trop.

Martin avait la bouche ouverte tellement il était scotché. Il a fini par en sortir quelques mots :

— Et c'était quoi comme bagnole ? Une petite, une grosse, un break ?

— Pff, non, c'était une berline. Une berline noire…

Il tremblait de plus en plus. Et sa respiration se faisait de plus en plus saccadée.

— Je suis désolé pour cette petite. Mais le bon Dieu va me punir en m'envoyant en enfer, les gars… Je vais bientôt claquer…

Comme on n'avait pas d'arguments pour le rassurer, il a remonté sa couverture pour nous dévoiler une partie de son corps. J'étais pas sûr de vouloir regarder, mais ça m'a sauté au visage.

Son pied droit était énorme, trois fois plus gros que le pied gauche. Et une plaie rouge vif l'engloutissait à moitié, laissant apparaître un amas de chair noirâtre. Le mot m'est venu en tête presque tout de suite : nécrose. Ça devait être ça, une nécrose. Mon petit déjeuner n'allait pas tarder à ressortir.

— Bon OK, on se casse maintenant, a suffoqué Martin. (On s'est précipités vers la sortie, mais la porte était fermée à clé. Le locataire était en train de finir sa roulée dans la cuisine, immobile.) Tu nous ouvres ? a ordonné Martin.

Le type n'a pas bougé, en se contentant d'un regard de défi. Dans l'autre pièce, une nouvelle quinte de toux secouait le Black. Il crachait ses poumons. L'air était intenable.

— Tu nous ouvres, putain ? a gueulé Martin.

— Je baise ta salope de mère, a juste répondu le gars.

Martin s'est précipité vers lui en tendant la main.

— Donne-moi ta putain de clé !

Le gus s'est levé.

— Qu'est-ce qu'y a ? Tu veux te battre, tu veux te battre petite tarlouze ?

Un coup est parti tout seul. Martin l'a allongé d'une droite, la tête du squatteur a heurté la table de pique-nique et son arcade s'est ouverte. À terre, il ressemblait soudain à un gosse qui avait pris une soufflante sans s'y attendre.

— Tu m'as frappé, putain…

Martin s'est accroupi pour fouiller la poche du type, sonné, et a saisi la clé.

— Tu l'as un peu cherché, non ?

Pendant ce temps, la quinte de toux prenait encore et encore de la vigueur. J'avais l'impression d'avoir été projeté dans la quatrième dimension.

Martin s'est rué vers la porte de sortie, tremblant à son tour.

— Allez, viens, on dégage de cet enfer, putain.

J'ai suivi mon collègue comme un automate, mais au moment de franchir la porte, j'ai entendu le maître des lieux m'interpeller.

— Hé !

J'ai jeté un œil vers la cuisine, il était encore par terre. Le sang de son arcade ruisselait en diagonale sur son visage incliné. Il me regardait derrière ce filet rouge.

— Je suis sûr que la petite est morte, mec. Et vous allez crever aussi. Je baise vos salopes de mères.

Il souriait de ses chicots pourris. On a fui.

20

On buvait notre bière en silence. C'est Martin qui avait proposé de faire une pause dans ce pub à côté du tribunal pour se remettre de nos émotions. Mais à présent, sur ce zinc en bois déserté, plus un mot ne sortait de nos bouches. Je lui en voulais. Chaque fois qu'il prenait la parole en reportage, on frôlait la catastrophe. À l'évidence, la chronique criminelle de Clermont lui tournait la tête.

— Tu m'en veux ?

— Non, non…

— Ben si, je vois bien que tu fais la gueule.

— Enfin merde, Martin, on aurait pu se faire fracasser !

— Ben, au final, c'est lui qui s'est fait arranger…

— Et y a pas de quoi être fier ! Tu te rends compte ? On vient faire une interview, on repart en laissant un type en sang ! J'arrive même pas à croire à ce que je viens de dire…

— Ce type était une merde ! Ces types étaient des merdes ! C'est de leur faute si la petite a disparu !

— Mais putain (je me suis mis à crier, mais en voyant le serveur hausser les sourcils, je me suis contenu)… On est pas des juges ! On est pas des flics ! On est pas des justiciers ! On est des jour-na-listes, OK ? Tu vas finir par le comprendre ?

— C'est bon, c'est bon. Désolé de t'embarrasser de ma présence, hein…

— Arrête ton cinéma, putain. J'en ai plein le cul.

En fond sonore, on distinguait « Lonely Day » de System of a Down. Retour à la case bouderie. En fait, il me faisait peur. Ses réactions, sa passion m'effrayaient.

— Bon, je suis désolé, voilà… Je te promets que je recommencerai plus.

— Tu l'as pas déjà dit, ça ?

Possédé, voilà, c'est le mot que je cherchais. Il n'avait pas seulement l'air passionné, il avait l'air possédé.

— Je suis désolé, je te dis…

— Très bien, mets-le en pratique maintenant.

Il a repris une gorgée de sa bière au chocolat.

— Bon, est-ce qu'on peut au moins se parler d'un truc ?

— Quoi ?

— La voiture noire.

— Ouais…

— Conduite par une femme.

— Ouais…

— Comme pour le prof. C'est gros comme coïncidence, non ?

— Peut-être…

Bien sûr qu'il avait raison, mais ça m'écorchait la bouche de le reconnaître, là, tout de suite.

— Et si la petite avait pas été enlevée par un prédateur ?

— Ah… Tu penses qu'ils l'ont butée, ces grosses merdes de toxicos, c'est ça ?

— Non, pas du tout. Imagine…

Je fuyais son regard au fond de mon bock rempli de Chouffe.

— Imagine que la petite ait été enlevée… mais pas pour lui faire du mal.

J'ai dressé une oreille.

— Imagine qu'elle ait été enlevée, mais… pour la sauver de ce trou à rat. De ce père qui la cognait.

— Un enlèvement philanthrope, tu veux dire ?

— Quelque chose dans le genre… Maintenant, si on considère que Clermont n'est pas Chicago et que c'est pas un hasard si plusieurs affaires ont lieu en même temps, alors quel est le lien logique avec les autres ?

— La voiture noire et la femme, on a compris.

— Non, autre chose encore. Regarde. Le type à la station-service qui s'est foutu par la fenêtre, ou fait foutre par la fenêtre… Il se faisait accuser de pédophilie.

— À tort.

— Mettons que non. Et si on avait voulu le punir ?

— Mouais.

— Et notre prof, à la double vie, qui s'est fait castrer ? Ça ressemble bien à une punition, non… Par là où il a péché ?

— Comment ça ?

— Imagine que cette femme dans la voiture noire cherche à protéger les gosses. Elle sauve la petite Coline. Elle tue un pédophile. Elle castre le prof, va savoir si lui aussi il était pas pédophile, après tout. S'il traînait pas sur le darknet à faire des trucs dégueulasses…

J'ai fini par regarder Martin. Sa main démonstrative était encore en suspens. Il guettait mon assentiment.

— Ouais, pas mal…

— Ah !

— Et maintenant à mon tour. Imagine que la petite ait bouffé un morceau d'héroïne par inadvertance et que les tox' aient planqué son corps pour cacher leur responsabilité. Imagine que le pompiste se soit fait défenestrer par ses connards de voisins qui confondent homosexualité et pédophilie. Et imagine que le prof se soit fait castrer par sa femme, ce qui au passage était jusque-là ta théorie… Y a plus de justicière dans sa voiture noire, non ?

— C'est vraiment ce que tu penses ?

— Ce que je pense, c'est que cette histoire te monte à la tête, à moi aussi, mais toi, t'as frappé un mec. Et c'est grave.

— Je viens de te dire que je suis désolé, putain…

— Je…

Mon téléphone a sonné. C'était Rondeux, j'ai décroché aussitôt.

— Simon, un article par jour sur cette putain d'affaire, j'ai dit, t'en es où ?

— Pardon, j'avais pas vu l'heure. Je me dépêche.

Martin a sifflé sa bière cul sec et on s'est précipités dans la voiture, roulant à tombeau ouvert jusqu'au journal. Ce retard, cette négligence de notre part, c'est un signe que ces morts nous grignotaient la tête. C'était d'autant plus impardonnable que les équipes de journalistes nationaux s'étaient démultipliées, enregistrant leur duplex à tous les coins de rue pour couvrir ce feuilleton médiatique. La concurrence était rude et inhabituelle. « Où est Coline ? » était devenu un titre d'article copié-collé autant qu'un hashtag sur les réseaux sociaux.

J'ai réussi à pondre un article avant 20 heures, ce qui correspondait à un pic d'audience sur notre site, l'heure à laquelle les Clermontois se bousaient dans leur fauteuil pour nous lire.

« Disparition de Coline : la piste de l'enlèvement ».

J'ai mis la gomme dès la première ligne :

« La petite Colline a-t-elle été enlevée à bord d'une voiture noire ? C'est ce que vont tenter de vérifier les enquêteurs, trois jours après la disparition de l'enfant de six ans. Un témoin indique en effet avoir vu une berline noire rôder autour de la rue de la Tannerie, où la petite fille a été aperçue pour la dernière fois. »

Une demi-heure après la publication, l'article avait déjà été partagé sur les réseaux sociaux trois cents fois. Le nombre de vues montait en flèche. À 20 h 15, ma journée était terminée. Je suis allé rejoindre Martin et Juan dans le hall d'accueil du journal. À mon arrivée, Albert, debout derrière sa banque, a tendu vers moi une bouteille de vin pas encore débouchée :

— Apéro !

Abrité par le rideau métallique qui nous protégeait d'éventuels visiteurs du soir, on trinquait avec des verres remplis par des doses « de bûcheron ». Le rouge rubis tranchait avec la pâleur de nos mines. Chacun avait de bonnes raisons de tirer la tronche. Je soupçonnais Martin de manquer de sommeil à cause de son obsession pour la sidérante nouvelle criminalité de Clermont. Juan ne devait pas connaître des nuits plus sereines. La vidéo de sa trogne enfarinée à la descente du tram circulait comme une traînée de poudre, atteignant les trois mille vues et les quatre cents « like » sur YouTube. Non seulement l'humiliation se propageait sur les réseaux, mais elle avoisinait, sans surprise, la vidéo de son altercation au journal. Nourredine avait peut-être tenu sa parole, mais des petits malins n'avaient eu aucun mal à dupliquer le film litigieux à l'envi. Il ne lui restait plus qu'à porter plainte et à laisser le temps passer. « Un putain de cancer, disait-il. C'est comme des métastases qui se multiplient… » À vrai dire, personne ne savait ce qu'il resterait de tout ça d'ici quelques mois, quelques années. Est-ce que les images tomberaient dans l'oubli, est-ce qu'elles deviendraient cultes ? Une fois pris dans la grande Toile, on accostait un continent inconnu.

— Quelqu'un a des nouvelles de Caubin ? a demandé Albert.

— Non, ai-je répondu. La dernière fois que je l'ai vu, on aurait dit qu'il allait se foutre par la fenêtre…

— Putain, c'est dingue, a embrayé Martin. Mais ça en est où l'enquête interne ? Qui l'accuse en fait ?

— Une ancienne stagiaire, a dit Juan de sa voix enrouée. Une fille qui a fait un stage ici y a cinq ans.

— Qui ça ?

— Une certaine Clara, je sais pas si vous vous souvenez d'elle, une grande brune, le teint mat, qui était à la locale.

— Ça me dit quelque chose, a réfléchi Albert.

— Hein ? Mais pourquoi ça ressort maintenant ? a demandé Martin.

— Apparemment, elle a fait un message récemment sur les réseaux sociaux pour balancer sur le sexisme dans le journalisme.

— Je me méfie toujours des témoignages qui arrivent des années après, a jugé Albert, la voix déjà empâtée par le vin.

— Sauf que sa parole a entraîné d'autres paroles, a poursuivi Juan. Y a une autre stagiaire aussi, Emma, y a trois ans. Une petite blonde, assez grande gueule.

— Que des vieux trucs...

— Pas si vieux, et surtout y a quelqu'un qui bosse ici qui est venu appuyer leurs accusations. Alexandra. Une assistante aux ressources humaines.

— Sans déconner... Mais elles l'accusent de quoi ?

— De drague très lourde.

— Merde, c'est un crime la drague ? a pesté Martin.

Un duel s'est engagé entre les deux.

— Ben des messages jusqu'à une heure du mat' avec des propositions sexuelles, c'est plus que de la drague...

— Ouais, OK, mais elles étaient pas dans son service. Il avait pas autorité sur elles !

— N'empêche qu'il était quand même cadre alors qu'elles étaient stagiaires.

— Ouais, pfff, c'est Caubin, il a toujours dragué les minettes !

— Ben ça se fait plus...

— Et t'es d'accord avec ça ?

— Ouais, je suis d'accord.

— Mais merde, on prenait l'apéro y a deux semaines encore tous ensemble et tu trouvais rien à redire.

— Ben je savais pas tout, s'est justifié Juan.

— Tu savais pas qu'il draguait des jeunes femmes avec des grosses blagues lourdes ? Tu te fous de ma gueule, il le faisait ouvertement !

— Hé, c'est bon, calme-toi... Je savais pas que c'était à ce point-là.

— Pff, y a les résistants de la dernière heure, t'es le féministe de la dernière seconde...

— Mais je t'emmerde, mon grand !

— C'est bon, c'est bon, on est là pour se détendre et prendre l'apéro, ai-je arbitré.

Tout partait décidément en carafe.

— Et puis, de toute façon, y a encore autre chose que je savais pas ! a ajouté Juan, énigmatique. (On a tous levé notre nez vers lui.) La fille des RH dit qu'elle a retrouvé son blouson dans un drôle d'état cet automne. C'était en septembre dernier, c'est pas vieux ça !

— Ça veut dire quoi : un drôle d'état ?

— Y avait un liquide un peu... gluant dessus, si vous voyez ce que je veux dire...

— Tu déconnes ? a réagi Martin, cramponné à la banque.

— Ben non, mec, non... Alors désolé, mais se masturber sur le blouson d'une fille en son absence pour lui laisser un cadeau, c'est quand même un peu plus que de la drague lourde, non ?

Un silence de mort a figé l'apéro. Caubin, le maître ès blagues de cul, un pervers sexuel ?

— Mais t'es sûr qu'elles en ont pas rajouté pour l'enfoncer ? a tenté Martin, comme un gosse à qui on venait d'annoncer que le Père Noël, c'est en fait papa qui planque les cadeaux sous le sapin à la nuit tombée.

— Ben crois ce qui t'arrange, qu'est-ce que tu veux que je te dise ? T'as qu'à croire à un complot tant que t'y es…

Martin a contre-attaqué d'un « pfffff » appuyé, mais il se trouvait à présent désarmé. On ne savait plus quoi dire. C'est finalement Albert qui a relancé la machine.

— Allez, un petit verre de plus pour faire passer tout ça…

Boire devenait juste vital. On s'est saoulés pour oublier qu'on était assommés par la période. Et le vin aidant – un bon menetou –, on s'est remis à rire. Et même à redevenir tactiles, Martin tentant une main sur l'épaule de Juan. Albert s'est lâché au point de proposer « d'aller aux putes », comme dans sa jeunesse à l'armée. On s'est esclaffés.

À 22 heures, on s'est sauvés, laissant notre agent d'accueil-tavernier fermer la porte à clé. En nous saluant d'un « On se gèle dehors, couvrez-vous bien », il a lâché un gros rot et j'ai pensé que c'était la première fois qu'il se laissait aller à ce point-là. Martin était écroulé de rire, et moi un peu aussi, mais l'espace d'une seconde, je me suis tout de même dit qu'il y avait du déclin dans l'air.

Une fois dans le tram, Martin a proposé :

— Hé, les gars, on va en boîte ce soir ?

On a avalé un burger au McDo du Centre Jaude où ne zonaient que des filles habillées en Jennyfer et des types à casquette qui ne leur parlaient pas très bien. Puis on a marqué une escale dans un bar ratatiné, niché dans une petite rue en bas de la cathédrale de Clermont, où on consommait debout au comptoir. Quelques mois plus tôt, le patron confectionnait des cocktails au nom trash, du type « le bukkake » ou « le gang bang », mais il avait arrêté depuis qu'une association étudiante avait collé des affiches sur sa devanture, dénonçant une « culture du viol ». Pour se faire pardonner, il avait rebaptisé ses boissons avec des noms de figures féminines de l'histoire, « Rosa Parks », « Simone de Beauvoir » et un saugrenu « Lucie Aubrac » qui désignait en fait un « tequila-gin-vodka », pour les plus résistants à la gueule de bois.

Et enfin, on s'est engouffrés dans la petite boîte située quasiment juste en face, arborant un crapaud rouge comme enseigne. À l'intérieur, un bar rectangulaire prenait plus de place que la piste de danse, reléguée tout au fond, petit carré sentant la sueur et la bière-pisse poisseuse collée au sol. Dans d'autres boîtes clermontoises, on se serait sentis trop vieux, face à des gamines de vingt ans qui dansaient sur du RnB de supermarché, et dans d'autres encore, trop jeunes parce qu'elles n'accueillaient que des divorcés tentant de refaire leur vie juste avant le gong fatal de la retraite. Ce bastringue-là, bien que tout petit, avait l'avantage d'attirer quelques trentenaires, comme nous. Après, c'était comme à chaque fois. Les mots disparaissaient sous les décibels, nos corps se réduisaient à des poids morts mollement bougés au rythme des basses assourdissantes, nos yeux cherchant ceux des filles, fuyants ou indifférents, dans la pénombre saccadée. Et la fatigue finissait par triompher de l'euphorie alcoolisée, déjà évaporée.

Vers 2 heures du matin, Martin a tenté de blouser la fatalité en s'approchant un peu plus que d'habitude d'une jolie blonde coupe carrée, que j'imaginais banquière célibataire voulant se remettre d'une rupture d'il y a six mois. La fille dansait avec deux autres copines. Si on avait été optimistes, on aurait pensé : on est trois, elles sont trois, ça va bien se passer, mais ce genre de scénario n'arrive jamais dans la vraie vie. Il s'est penché vers elle, lui a baragouiné quelques mots que je n'ai pas réussi à déchiffrer sur ses lèvres, elle a déployé un premier sourire poli. Il a insisté et j'ai vu le malheur se dessiner : elle a fini par se décaler pour s'abriter entre ses deux copines, laissant mon Martin planté comme une grosse poire au milieu de la piste. Il a constaté la manœuvre avec un air de chien battu, puis il s'est rapatrié au comptoir. J'ai fait signe à Juan pour organiser une mission de soutien. Martin a commandé un whisky coca, mais avant que le verre n'arrive sur le bar, il a éclaté en sanglots.

— Je trouverai jamais personne, putain…

On a tenté de le rassurer.

— Bien sûr que si, ça arrive forcément, t'es pas plus moche ni plus con qu'un autre…

Juan y est allé de son couplet.

— T'en fais pas, aujourd'hui draguer des inconnues ça fait pervers, mais y a d'autres moyens de faire des rencontres.

À vrai dire, on aurait eu besoin d'être consolés, nous aussi. Parce qu'on savait bien que cette nuit-là finirait comme toutes les autres, à rentrer seuls, après avoir reluqué, convoité, imaginé une dizaine de filles, banales en réalité, et qui pourtant nous semblaient inaccessibles. Et que sur le chemin du retour, on aurait eu cette boule de chagrin dans le bide, à se sentir moches, vaseux et même un peu vieux. Avec ce doute, cette question lancinante, vertigineuse : trouverait-on quelqu'un au bout du compte ? Ou les statistiques nous laisseraient-elles sur le carreau jusqu'à la fin de nos jours ? Et si cette ville était trop petite pour receler la femme de notre vie ?

En revanche, ce qu'on avait pas anticipé, c'est de se retrouver en face de Nourredine en quittant les lieux. Le leader des Gilets jaunes locaux faisait manifestement des extras comme vigile à partir de 3 heures du mat'. Pendant que le patron s'occupait de restituer les manteaux d'hiver déposés aux vestiaires par les fêtards, le protestataire filtrait les derniers arrivés, se pointant au compte-gouttes à cette heure tardive. Il portait un bonnet de rappeur américain au-dessus de son gros manteau bleu sombre et ne desserrait pas la mâchoire. Juan finissait d'enfiler son anorak lorsqu'il a relevé la présence de son désormais ennemi juré.

— Hé, Nourredine, a-t-il lancé, faussement amical.

Le type était moins à son avantage que lors de notre interview, ça crevait les yeux.

— Salut…

— Ben je pensais pas te trouver là. Je croyais que tu conduisais des VTC.

— Ben tu vois, je fais des extras, faut bien que je nourrisse ma femme et ma gosse.

— Merde alors. Et dis-moi… Cette vidéo ?

— Je travaille, là…

— Y a personne.

— …

— Cette vidéo que tu devais faire supprimer ? Pourquoi je la retrouve encore partout ?

— J'y suis pour rien, moi… Je suis pas Zuckerberg !

— Ça, c'est sûr.

Il y avait un mépris acide dans cette dernière réplique. Juan pouvait partir en vrille à tout moment. L'arrivée de trois types avinés a interrompu le dialogue. Ils ressemblaient à des étudiants en commerce, bien nés, venus en prédateurs pour tenter d'embarquer une fille trop saoule pour dire non.

— On ferme dans une heure, messieurs, a averti Nourredine.

— Ben t'inquiète, mon grand, ça nous ira.

— Vous allez payer le plein tarif, quand même.

— Oh, mais on a les moyens, t'en fais pas pour nous !

Profitant de cet échange, Juan s'est positionné derrière Nourredine, a ouvert sa braguette et s'est mis à uriner sur les chaussures de son ennemi. Au lieu d'entrer dans une colère noire, le chauffeur est resté figé par la surprise – tout comme les trois noctambules, sciés de tomber sur cette animation surprise. Tout comme Martin et moi.

— Mais t'es malade ! a fini par réagir Nourredine.

Aussi bourré qu'il était, Juan a réussi à faire un pas en arrière pour éviter de se faire envoyer contre le mur. Il en riait, mais c'était un rire de vengeance, méchant, un rire qui ne riait pas vraiment. Avec Martin, on avait aucune envie d'être associés à ça et on s'est éloignés fissa. La dernière image que j'aie vue, c'était Nourredine avec un air de gros balourd, les bras ballants et de la pisse sur les chaussures. Les trois fêtards le regardaient comme une bête de foire, la stupeur laissant place au rire. Je me suis senti sale.

21

LE LENDEMAIN MATIN, alors qu'une migraine métallique m'écrasait les tempes et que Flocon rôdait pour obtenir son petit déjeuner de croquettes, j'ai allumé mon téléphone. J'avais quatre ou cinq messages de gens que je ne connaissais pas sur ma boîte mail et qui m'avaient trouvé parce que j'étais l'auteur de l'article sur la disparition de Coline. Tous disaient la même chose, en substance : « Moi aussi, j'ai vu une voiture noire suspecte. »

Mon article publié la veille au soir sur le site de *L'Éclair* faisait un carton d'audience. Des Gilets jaunes l'avaient relayé sur leurs différents groupes Facebook et plusieurs d'entre eux confiaient la même observation. Oui, ils avaient vu, eux aussi, une voiture noire rôder autour de leur domicile ou de l'école de leur gamin. Certains publiaient même une photo prise à la volée et sur l'un des clichés, on discernait la plaque d'immatriculation qui, bien sûr, n'avait pas été floutée. D'un témoignage et d'une photo à l'autre, ce n'était en réalité jamais le même véhicule : un coup, c'était une berline, un autre, c'était un break et encore un autre un 4 × 4. La vraie bagnole faisait-elle partie du lot ? En tout cas, la chasse à la voiture noire était lancée.

Je bossais ce samedi-là et Martin aussi : lequel des deux gagnait la palme de la gueule la plus déterrée ? Difficile à dire. La journée serait longue. Pour se motiver, on a commencé à recenser les témoignages qui tombaient de tous les côtés : sur ma boîte mail, sur Facebook et même un appel au standard. On a pris contact et, le programme étant calme, on a pris parti de les solliciter un par un. Au pire, on en sortirait tout de même un article du genre « Panique à Clermont ». D'autant que, pendant ce temps, la petite Coline était devenue une figure nationale à la une de tous les journaux télévisés.

Ma première correspondante s'appelait Noémie. Elle vivait rue Saint-Simon, à quelques minutes de la place de Jaude. Son appartement donnait sur une école primaire et, affirmait-elle, une voiture noire allait et venait peu avant la sortie des classes à 16 heures. Martin a conduit, et, sur le chemin, il ne m'a parlé ni de l'humiliation de Nourredine ni de son gros coup de cafard de la veille, mais de Caubin.

— J'arrête pas d'y penser, putain. Je l'imagine s'absenter de nos apéros en faisant semblant d'aller pisser pour finalement se tripoter dans le bureau de l'assistante des RH. C'est glauque !

— On connaît jamais vraiment les gens…

Noémie vivait au quatrième étage d'un immeuble qui flirtait avec la vétusté. Avec ses cheveux châtain-blond volumineux et bouclés, elle ressemblait à une chanteuse des années 1980. Dans son salon, peuplé de figurines de petits chats asiatiques qu'elle collectionnait, elle parlait avec de grands gestes en désignant sa baie vitrée et surtout l'école primaire en contrebas.

— Ça fait des semaines que je vois cette voiture, je vous jure, elle va et vient. Quand j'ai lu votre article, j'ai fait tout de suite le rapprochement…

— Elle va et vient, mais est-ce qu'elle s'arrête de temps en temps ?

— Oui, elle se gare juste avant la sonnerie. Elle attend. Les gosses sortent. Et une fois le dernier enfant parti, la voiture redémarre. Le conducteur ne sort jamais et personne ne monte à bord.

— Vous n'avez jamais aperçu le conducteur ?

— Non. Il a des vitres teintées. On peut pas le voir.

— Et comment vous savez que c'est un conducteur ?

— Ben… Je sais pas… Ça me semble logique.

— Comment vous la décririez cette voiture ?

— C'est une Ford Fiesta, dernier modèle. Sûre et certaine.

On a goûté son café, un peu trop noir, avant de repartir. En descendant l'escalier, Martin m'a glissé :

— Elle avait un regard de givrée, non ?

— Un peu, ouais…

La deuxième destination nous emmenait à Galaxie, un grand immeuble donnant sur le boulevard circulaire qui entourait la ville. Karima m'avait envoyé un mail depuis le dixième étage de sa tour. Elle nous attendait dans la pénombre de son deux-pièces qui sentait la clope et dont les volets n'étaient qu'entrouverts. La jeune femme de vingt-cinq ans, vautrée en jogging dans son canapé, recevait sans faire de manières. Sur sa table basse, un emballage jaune de Big Mac vidé.

— C'était la semaine dernière, le lundi, vers 23 heures. Je marchais dans la rue Blatin, je rentrais de chez un pote. Il faisait moins dix ou un truc comme ça, on se pelait et y avait personne. C'était l'angoisse. À un moment, j'ai senti une bagnole qui arrivait, puis qui ralentissait. Elle s'est arrêtée à ma hauteur, sans couper le moteur. C'était un type qu'avait bien cinquante ans et qui m'a demandé son chemin. Il cherchait la direction de Saint-Ours, mais c'était bizarre…

— Bizarre comment ?

— On aurait dit que c'était juste un prétexte. Il m'a fait répéter la direction et je suis sûre qu'il était à deux doigts de me proposer de monter à bord pour le guider.

— Mais il l'a pas fait ?

— Non, parce qu'une autre voiture est arrivée à ce moment-là et j'ai fait exprès de bien la regarder. Au cas où…

— Et il s'est barré ?

— Ouais, exactement.

— Il avait quel style ?

— Je vous dis, cinquantaine bien tapée, mais il avait un bonnet et une écharpe qui lui mangeaient le visage. Il était plutôt gros…

— Et la voiture, c'était quel modèle ?

— Une berline. Ce qui m'a marqué, c'est qu'elle avait de la neige sur le toit.

Elle s'est allumé une cigarette et la flamme a éclairé son visage. Plutôt jolie quoiqu'elle n'ait pas l'air de s'entretenir.

— À tout hasard, vous auriez pas noté sa plaque d'immatriculation ? a demandé Martin, plus flic que jamais.

— Nan, mais je me souviens qu'il était du 63. C'était un gars d'ici. C'est pour ça que demander la direction de Saint-Ours, là-haut vers le puy de Dôme, ça me paraît d'autant plus chelou.

En descendant les six étages, pour cause d'ascenseur en panne, Martin m'a glissé :

— Personne n'a vu de femme pour l'instant, ça me fait douter…

Avant d'avaler un sandwich poulet-mayonnaise dans une boulangerie qui voisinait le siège du journal, on a relevé un dernier témoignage. Ce type aux cheveux gris et grosses bajoues tenait le bureau de tabac de la gare de Clermont. Le temps de nous causer, il a confié la caisse à sa femme.

Derrière lui, le panneau d'affichage annonçait une heure de retard pour le train Paris-Clermont, rien que du très banal. Derrière la caisse, une radio locale signalait des bouchons à hauteur d'Orcines.

— Ça bloque partout aujourd'hui, a-t-il commenté en nous rejoignant. Comme je vous le disais dans mon mail, je prends mon boulot très tôt et j'ai vu un truc bizarre y a de ça deux jours. Une bagnole noire, type Jaguar, qu'était garée dans l'avenue de l'Union-Soviétique, là, devant la gare. Un type est rentré dedans avec une gamine et a démarré en trombe. J'aurais juré que la gamine marchait comme un zombie. Comme si on l'avait droguée…

— Il ressemblait à quoi ?

— Grand, avec un grand imperméable. Mais faut que je vous dise… Y avait un autre détail sur cette voiture. Y avait un caducée. Au début, j'ai pas forcément pensé à la petite disparue, mais en lisant votre article, là, ça m'a fait comme un flash.

— Vous pensez que c'était la petite ? Vous avez vu sa photo depuis ?

— Ben, c'est difficile à dire, hein… Mais ça se pourrait bien…

— Vous l'avez dit aux flics ? a demandé Martin.

— Bien sûr. J'espère juste que si c'est un toubib, personne ne le protège. On sait comment ça marche avec les notables…

Le buraliste nous a lancé un regard entendu – du genre, je suis pas dupe.

En regagnant la voiture garée le long de l'avenue, Martin a bougonné :

— Une berline, une Ford Fiesta, une Jaguar… Un grand type dans un imper, un gros avec un bonnet. En fait, on est pas plus avancés.

— C'est toujours comme ça avec les appels à témoins.

— Et si ça se trouve la gamine est à l'abri avec une tueuse de pédophiles.

— Tu devrais écrire des romans policiers, ai-je souri.

C'est à ce moment-là que mon téléphone a sonné. Avant même de voir le nom s'afficher à l'écran, j'ai eu comme un pressentiment. C'était Caroline. Rien qu'à entendre le ton de sa voix, comme si elle avait pleuré, je savais ce qu'elle allait m'annoncer.

— Simon… On l'a retrouvée !

En ouvrant sa portière, Martin m'a jeté un regard interrogateur.

— Vivante ?

Elle a soupiré. En fond, j'entendais des cris d'oiseaux.

— Si seulement…

22

Les Auvergnats appellent ça une « verrue ». C'est une station-service désaffectée sur la route des Volcans qui pourrit depuis vingt ans et que les pouvoirs publics vont bientôt raser. Il faut dire que les touristes qui viennent à Clermont ont droit à ce paysage désolé en arrivant, il y a des façons plus riantes de souhaiter la bienvenue. Des colonnes en béton soutiennent encore des toits de tôle soumis aux vents. À une époque révolue, il devait y avoir des pompes à essence, aujourd'hui il n'y a plus que des tags, même pas artistiques, qui recouvrent chaque parcelle, chaque résidu encore debout. Habituellement, ça ressemble à un décor de film de science-fiction fauché, les derniers survivants d'un monde ravagé par une épidémie pourraient se planquer ici. Mais ce midi, avec le défilé de flics et d'hommes en blanc, qui font les relevés et les constatations, c'est plutôt un thriller qui déroule son fil sanglant. Et au fond, plus loin, il y a ces pins massifs remués par le vent et qui sifflent une plainte à vous coller des frissons.

Assis sur une palette de chantier abandonnée, recroquevillé, un petit bonhomme d'une cinquantaine d'années, lunettes et crâne chauve, gémissait plus qu'il ne pleurait. Une femme pompier s'est accroupie à ses côtés pour le rassurer. Il ressemblait à un comptable, mais un comptable retombé en enfance qui venait de rencontrer en chair et en os le monstre du placard. Je me suis demandé s'il était de la famille.

On savait maintenant pourquoi ça bouchonnait à Orcines. Le barrage routier des gendarmes ralentissait le flux des bagnoles. Caroline est sortie du fourmillement d'uniformes pour m'accueillir, avec son regard grave et son teint pâle. Martin, lui, est resté en retrait. Pas d'écart sur une scène de crime.

— Alors, c'est là ?

— Oui, a répondu Caroline. Le corps est sous le chapiteau au fond. Il l'a abandonnée dans ce qui reste du bâtiment.

— Il ?

— Ben j'imagine… Il l'a déshabillée totalement… et…

Elle a regardé Martin d'un œil méfiant, et le photographe s'est éloigné en dévisageant ses pompes.

— C'est une horreur, a-t-elle chuchoté en s'étouffant presque sur la dernière syllabe.

— Qu'est-ce qu'il lui a fait ?

Elle a marqué un silence pour peser ses mots.

— Il l'a mutilée… Entre ses jambes…

Son regard fixe me demandait si j'avais compris.

— Comme…

— Oui. Comme Miguel Gallo. Mais en plus violent encore. La première fois, il s'est contenté de découper. Cette fois, on dirait qu'il s'est acharné. Comme s'il était en colère…

— Bordel…

J'ai relevé la tête vers le bâtiment désossé. Des flics faisaient les cent pas en prenant des bouffées d'air pour tenir le coup. Des croassements d'oiseaux montaient en décibels.

— Est-ce qu'elle était vivante quand…

— Je sais pas encore. Sûrement.

L'envie de gerber n'était pas loin et sans doute largement partagée.

— C'est forcément le même tueur ?

— Souviens-toi… On n'avait rien dit pour les mutilations sexuelles sur Gallo. Donc c'est pas un imitateur. Personne savait.

— Presque personne…

— Ouais… Des flics, quelques témoins, pas beaucoup. Et le tueur lui-même.

J'ai cru qu'une pluie glaciale commençait à tomber, mais c'était de la neige. Mes doigts brûlaient. Quel genre de type avait déposé un corps ici, à la nuit tombée ?

— Y a autre chose autour ?

— Il n'a pas fait ça ici. Il a simplement déposé le corps, il a dû faire son truc ailleurs. On a peut-être les empreintes de pneus d'une voiture, mais va savoir. Regarde les tags, ici n'importe qui peut passer, on est juste au bord de la route. Des jeunes qui viennent picoler, des automobilistes qui s'arrêtent pour pisser… Comme lui.

Du menton, elle a désigné le petit comptable gémissant.

— Il a vu quelque chose ?

— On va l'interroger, enfin, quand il sera en état…

— C'est lui qui l'a trouvée ?

— Oui. Le tueur n'a pas cherché beaucoup à la cacher. Comme Gallo…

J'ai pensé à voix haute :

— Déjà que les gens s'excitent sur cette bagnole noire… Ça va partir comme une traînée de poudre.

— C'est bien, ça va vous faire vendre du papier, a-t-elle ajouté en y glissant toute l'acidité qu'elle pouvait, mais sans me regarder dans les yeux. Excuse-moi, s'est-elle aussitôt reprise. J'ai besoin de refouler toute la gerbe.

— Je comprends.

— Quand je pense à son père…

D'où nous étions, la tôle nous cachait le corps, mais on pouvait l'imaginer. Tout autour, le no man's land avait déjà blanchi. Caroline a évacué encore un peu d'acidité :

— Et joyeux Noël, surtout…

On est repartis avec Martin qui n'a pas décroché un mot pendant tout ce temps. Il avait l'air sous le choc. On a laissé passer quelques minutes dans la voiture, sur le chemin du journal, avant de rompre le silence. Au volant, il restait concentré sur la route et avait réduit un peu sa vitesse pour ne pas glisser sur la neige. À cette hauteur, c'était dangereux. C'est la vue de Clermont qui nous a sortis de cet étourdissement, cette multitude de toits qui nous ramenait à la civilisation, un peu rassurante après la solitude de la station-service abandonnée.

— On dirait bien que ma théorie en a pris un coup.

— Ouais. Malheureusement…

— Y a plus de chasseuse de pédophiles, mais une tueuse en série !

— C'est peut-être une complice, j'en sais rien.

— T'imagines, mec…

— Quoi ?

— Une tueuse en série… On a une tueuse en série… C'est notre Fourniret, notre John Doe. Il faut que je relise tous mes bouquins sur le sujet, j'en ai des tonnes.

Son regard, brusquement trop vif, ses yeux, trop écarquillés, m'ont foutu la trouille.

— On dirait que ça te fait plaisir…

— Mais non ! C'est juste que… ça change vachement des conseils municipaux et des foires expos !

Il ne cessait d'accélérer, sans doute sans s'en rendre compte, sur la route verglacée.

— Hé, va moins vite !

— Cette histoire est dingue, c'est l'affaire de notre vie !

— Mais arrête, arrête !

Je criais. La voiture a marqué un à-coup, comme si on allait sortir de route. Il y a eu un bruit de frottement sourd contre l'asphalte. Martin a perdu le contrôle et la bagnole a fait un tête-à-queue. J'ai juste eu le temps de me cramponner à mon siège. Le décor a tournoyé. Et, finalement, la voiture s'est immobilisée contre le talus. Quelqu'un a klaxonné derrière, plusieurs voitures ont ralenti. On s'est regardés comme deux idiots.

— Merde… Merde, j'ai dérapé…

— Ouais… Dans tous les sens du terme !

— Putain, je… je suis désolé… Pendant un moment, j'ai ressenti… comme si j'étais bourré !

— C'est rien, c'est rien… Ça nous tape sur le système.

— Faut qu'on respire.

Martin a remis le contact et roulé quelques dizaines de mètres de plus jusqu'au petit dégagement surplombant Clermont-Ferrand, offrant sa vue la plus imprenable sur les toits, les artères, les cheminées, les clochers de la ville, une cime au-dessus des cimes, habituellement recouvert par une brume qui ressemblait à un nuage de pollution – ou l'inverse. Mais à cet instant, c'est le voile blanc de la neige qui envahissait notre champ de vision. Martin a coupé le moteur, jeté un œil à la carrosserie – le pare-chocs arrière était un peu enfoncé, avec l'impact contre le talus. Puis on s'est assis sur le capot de la voiture à regarder notre ville.

— Une tueuse en série, putain…, a-t-il repris.

— Peut-être…

— Je suis désolé, hein… De penser qu'une prédatrice se balade là quelque part… chez nous… Sans se faire attraper…

— Pour l'instant…

— Ça te fait rien, toi ?

Comment lui dire que je ne dormais pas ? Et si mes insomnies ne dataient pas d'hier, l'irruption de ces crimes sanglants à Clermont prenait sa part dans l'amputation de mon sommeil.

— Je le sens pas, c'est tout, ai-je résumé le plus brièvement possible.

— Pourquoi ?

— Un mauvais pressentiment.

— Et t'as pas envie de savoir ?

— Si… Mais j'essaie de me calmer. Et toi tu m'entraînes…

— Moi ?

Martin a enfin lâché un petit rire, inhibé, mais un rire tout de même.

— Ben désolé, hein…

— Mais non, mais non… Je comprends… Pfff… On devrait se trouver une meuf, voilà ce qu'on devrait faire.

— J'ai l'impression qu'on a plus de chances de trouver une tueuse en série qu'une meuf, putain.

Ça m'a fait rire, Martin s'est détendu.

— À la station, je te jure que je faisais pas le fier. Attends, regarde…

Il s'est relevé pour aller farfouiller dans la voiture avant de revenir avec son appareil. Il l'a allumé pour faire défiler, sur l'écran de son boîtier, des clichés pris quelques minutes plus tôt.

— Putain… T'as eu le temps d'en prendre… J'ai rien vu…

— Rapide comme l'éclair, mec ! Sauf que, sur le coup, j'avais loupé un truc.

Il a zoomé sur l'une des photos. Au milieu des flics scientifiques en combinaison blanche qui œuvraient sous le hangar décharné, au sol, on apercevait des petits pieds nus. Tout blancs, tout glacés. Martin ne décollait pas ses yeux de l'image.

À cet instant, il n'y avait plus que le bruit monotone et cafardeux des voitures passant derrière nous.

— T'imagines…, a repris Martin. La gamine joue dehors, et *pfuit*, l'instant d'après, elle est dans la voiture de sa ravisseuse…

J'imaginais, oui. Je voyais la petite Coline jouer dans la rue de la Tannerie, chercher son chat, et brusquement cette voiture noire qui s'avance à pas de loup.

J'ai répété machinalement :

— *Pfuit*.

— *Pfuit* !

— Heu… Ça va Simon ?

— *Pfuit*, putain, ouais.

— Qu'est-ce qu'y a ? J'ai dit un truc con ?

— Non, au contraire.

Soudain, ça me semblait évident.

— *Pfuit*, en un éclair il l'a enlevée.

— Ouais, c'est bien ce que je dis.

— Attends. On va faire un détour avant de rentrer au journal.

23

Le temps qu'on rejoigne la piscine de Chamalières, j'ai raconté à Martin ce qu'il s'était passé avec la gosse de Lucie. La petite qui disparaît, sa mère qui la cherche partout, la fillette qu'on retrouve dans une cabine de vestiaire. Et puis les cauchemars nocturnes dont Lucie m'avait parlé. Tout semblait s'imbriquer.

— En plus, l'école où cette femme a cru voir une voiture rôder… Tu te souviens, celle qui nous a contactés par mail ? C'est l'école de la fille de Lucie.

— Merde. Tu crois que quelqu'un a tenté d'enlever cette gosse ? Comme ça, pendant que vous étiez à côté ?

— Peut-être bien… Tu veux que je te dise le nombre de comparutions en correctionnelle de vieux dégueulasses qui ont tripoté des gosses ou des filles à la piscine ?

À l'accueil de l'établissement, j'ai reconnu le rouquin qui avait validé nos tickets ce jour-là.

— Bonjour, je suis venu y a une semaine. Vous devez vous en souvenir, c'est le jour où on a cherché une petite fille partout dans les vestiaires.

— Ah ouais, la petite qui s'était planquée dans une cabine. Bien sûr, je me souviens de vous. Elle va mieux ?

— Ben… Justement… Elle est un peu perturbée, depuis…

Le gars paraissait surpris, mais comme il n'y avait pas foule, il avait un peu de temps pour parler.

— Ah mince, la pauvre.

— Pour tout vous dire… mais je voudrais que ça reste discret… On a quand même un doute…

— Un doute ?

— Si ça se trouve, quelqu'un a essayé de l'enlever ce jour-là.

En m'écoutant parler, je me suis senti comme un allumé du bulbe décrivant un complot franc-maçon au commissariat du coin. Il me regardait d'ailleurs comme tel.

— Enlevée ? Ici ? Mais qu'est-ce qui vous fait penser ça ?

— Ça peut vous paraître dingue, hein, mais c'est juste pour vérifier. Je vous dis ça, sans vouloir affoler tout le monde.

— Y aurait de quoi, hein, notez.

— Ouais. Je veux dire : la gosse fait beaucoup de cauchemars depuis. Et je me dis que peut-être quelqu'un lui a fait peur ce jour-là. Quelqu'un qui n'aurait pas réussi à aller au bout de son… de son projet.

— Ben écoutez, monsieur, je sais pas quoi vous dire. Elle a joué à cache-cache, elle a eu peur en voyant qu'elle faisait peur à tout le monde, c'est peut-être ça qui lui fait faire des cauchemars, non ?

Formulé de cette façon, ça paraissait évident et j'avais vraiment l'air con. J'étais à deux doigts de déposer les armes comme Vercingétorix aux pieds de César, mais Martin est arrivé en renfort.

— À tout hasard, vous avez rien vu de bizarre ce jour-là ?

— Ben franchement…, a répondu le rouquin d'un air ahuri.

— Un type louche ? Ou une femme louche ?

La face du type s'est allongée encore plus, sous l'effet de la perplexité. Mais une voix féminine a résonné derrière nous.

— Y a eu un truc bizarre, effectivement, mais pas sûr que ce soit lié à votre histoire.

C'était une blonde d'une cinquantaine d'années, un peu trapue, avec la coiffure de Daniel Balavoine, probablement une maître nageuse. Elle venait de saisir notre conversation au vol.

— On nous a signalé des vols ce jour-là. Faut croire qu'y avait de mauvaises ondes…

— Des vols ? ai-je répété.

— Ouais. Des affaires de mômes. Un maillot de bain, une paire de lunettes. Et une autre connerie, je ne sais plus quoi. Ah si, une serviette.

— Ah ? Et vous avez trouvé le voleur ?

— Non… D'ailleurs, à vrai dire, les gens ont juste signalé une perte… Mais vu la multiplication des pertes, j'ai pensé que quelqu'un avait fait… sa petite razzia.

Un silence a ponctué sa révélation, on phosphorait à l'aveugle.

— Ça veut pas dire que quelqu'un a essayé de kidnapper votre fillette, hein…, a ajouté le rouquin.

— Non, je sais bien, mais…

La maître nageuse est intervenue :

— N'empêche, c'était que des affaires de gosses qui ont disparu ce jour-là…

Un flottement a traversé ce hall d'accueil. Martin a été plus vif que moi :

— Et vous avez regardé la vidéosurveillance ?

— Oui… Mais on voit rien, ça a dû se passer dans les angles morts à chaque fois…

— Et c'est possible de la visionner ?

— On garde pas les enregistrements, désolé. Respect de la vie privée, tout ça…

Douche froide. On n'avait plus rien à se dire. Au moment où on décampait, la femme m'a interpellé :

— C'est votre gamine, la petite de la cabine de vestiaire ?

J'ai hésité à mentir.

— C'est la gamine de ma copine.

Mensonge quand même.

— Vous devriez la questionner cette petite. Si vous pensez vraiment que quelqu'un a tenté de l'enlever.

Autant le rouquin avait l'air obtus, autant celle-ci semblait plus ouverte à mon hypothèse. Sans doute qu'elle sentait quelque chose. « Les ondes », comme elle disait.

— Je vais le faire, oui. Merci.

— Demandez-lui si elle a vu quelqu'un avec une serviette Mickey. C'était ça le motif sur la serviette qui a disparu.

— J'y manquerai pas.

Au moment de passer la porte de la piscine pour quitter les odeurs de chlore et replonger dans la neige, je me suis immobilisé. Les mots de Lucie me sont revenus à l'esprit. Je suis revenu en trombe vers la maître nageuse.

— C'était Mickey ou Minnie ?

— Ah merde, z'avez raison. C'était Minnie ! Comment vous savez ça ?

24

J'AI RATÉ MON COUP. Et au fond de ma baignoire à l'eau déjà tiédie, je maudissais Martin de m'avoir entraîné dans ce mauvais enchaînement, mais en réalité je ne pouvais m'en prendre qu'à moi-même. Moi aussi, je cédais. Moi aussi, je basculais.

En rentrant de la piscine de Chamalières, j'avais tenté d'appeler Lucie et laissé deux messages sur son répondeur. Puis Martin avait suggéré de me déposer devant son immeuble, à moins que ce ne soit moi qui l'ait proposé, je ne sais plus. Elle avait ouvert la porte, mais m'avait trouvé salement intrusif. Dans l'excitation du moment, le récit que je lui avais rapporté était si décousu qu'elle n'avait probablement pas tout compris. Sa réaction avait fusé comme une gifle. « S'il te plaît Simon, j'ai mille choses à faire, arrête de me mêler à tes histoires sordides sans queue ni tête… »

Sa fille, Melinda, était alors apparue, collée à ses jambes, et j'avais tenté une opération de la dernière chance. « Est-ce qu'il y avait quelqu'un avec toi dans cette cabine à la piscine, tu te souviens ? Un homme ? Une femme ? » La petite avait l'air encore plus apeurée et Lucie m'avait repoussé de sa main.

« Arrête d'emmerder ma gosse ! Je t'ai ouvert la porte de chez moi, je me suis livrée ! »

D'un coup, j'étais redescendu sur terre. Les pièces du puzzle que j'avais pensé emboîter parfaitement ressemblaient maintenant à des boulettes de papier mâché. Mais il y avait pire encore. Mes chances avec Lucie venaient d'être pulvérisées.

En général, dans les films, c'est à ce moment-là que le personnage principal s'enfonce la tête sous la flotte de sa baignoire, comme pour disparaître, et la caméra ne montre plus que la surface de l'eau. Je n'ai pas pris la peine de me livrer à une séance d'apnée : j'ai préféré attraper mon téléphone pour me reconnecter au site de rencontre. Retour aux affaires. J'ai fait défiler les photos. J'ai mis des cœurs sur chacune, en les regardant à peine. Quel que soit leur âge, quel que soit leur visage. Il fallait que je rencontre quelqu'un, peu importe qui. Il fallait me changer les idées. Clermont n'étant pas immense, à chaque connexion, il m'arrivait de retomber sur un profil déjà vu. Dix fois, je le zappais. La onzième fois, par ennui, je finissais par le sélectionner. La réciproque ne se vérifiait pas toujours.

Depuis deux ans, j'avais eu quelques histoires, qui ne duraient jamais plus de trois semaines et en moyenne pas plus d'une nuit. À deux rendez-vous sur trois, il ne se passait rien, mais en abaissant ses critères d'exigence, on pouvait espérer grappiller quelques minutes de plaisir. Je ne me souvenais pas de tous les prénoms, mais je gardais en mémoire chaque corps. La coiffeuse de Riom qui m'avait attrapé la bouche sur le parking de Buffalo Grill. La prof de fac qui s'était saoulée avec moi dans un bar du centre-ville. L'aide-soignante de cinquante ans qui m'avait directement invité chez elle dans sa maisonnette en périphérie décorée comme une pouponnière. La comptable qui m'avait donné rendez-vous à la médiathèque pour y emprunter le *Kamasutra*. Je picorais d'une vie à l'autre, j'alternais les rôles de confident, de taquin, de romantique, selon les contextes, passager clandestin et éphémère du lit d'une autre avant d'être frappé par le dégoût ou le cafard et de repartir à la chasse. Les plans d'un soir ignoraient les barrières entre les classes sociales. On couchait avec des femmes que le quotidien ne nous aurait sans doute jamais présentées, sans cette grande loterie numérique.

Ting. J'avais une « correspondance » : une fille, rousse, aux jolis yeux verts. « Cathy ». Photo prise de très près, avec une peau trop lisse pour être honnête, ça sentait le filtre à plein nez et l'absence totale de prises de vue plus larges mentait tout autant. Les défauts, petits ou gros, avaient été passés à la moulinette du recadrage, probablement. Tant pis. Pas un soir à faire le difficile. J'ai écrit un premier message, puis un autre, et encore un autre. C'était toujours la même histoire : ça fait longtemps que t'es ici, tu fais quoi dans la vie, tu cherches quoi... Et en face les mêmes réponses qui n'engagent à rien : ça fait un moment, je vais et je viens, je travaille dans la vente, je cherche rien de spécial. Ça tombe bien, je n'ai rien de spécial.

Flocon a poussé la porte entrouverte de la salle de bains. On aurait dit qu'il me jugeait.

— Sois pas trop dur avec moi..., lui ai-je demandé, mais peut-être réclamait-il simplement son rab de croquettes.

Ting.

Ce n'était pas le message d'une jeune femme, cette fois, mais un mail. Avec le nouvel article que j'avais signé sur la disparition de Coline, les messages pullulaient de nouveau. Une autre marche blanche serait bientôt organisée. Et on voyait de plus en plus de voitures noires. C'est bien simple : il y en avait partout. La tueuse en série était devenu omniprésente. J'ai commencé à lire la quinzaine de messages reçus. Parfois, ça partait dans le délire habituel sur les dirigeants pédophiles, même des dirigeants sans pouvoir : « Intéressez-vous à un élu municipal qui aime bien les petits enfants. » D'autres fois, c'était très flou : « Je faisais mon footing sur les hauts de Chamalières, il m'a semblé être suivi par une voiture noire… »

Et puis il y a eu ce message, envoyé à 19 h 58. Qui m'a fait aussitôt me redresser dans la baignoire.

« Monsieur,

« Je vous écris après avoir lu votre article sur cette pauvre petite retrouvée à la station-service. La veille du marché de Noël où elle a été kidnappée, il est arrivé quelque chose à ma fille de dix ans. Elle rentrait de l'école qui se trouve à seulement cent mètres de notre domicile. Sur le chemin, une voiture noire s'est arrêtée à sa hauteur. La conductrice lui a demandé son chemin. Ma fille a eu très peur et n'en a pas dormi la nuit suivante parce que cette femme avait l'air d'une sorcière, selon elle, et qu'elle lui a proposé de monter à bord pour la guider, ce que ma fille a refusé. Si vous souhaitez plus d'informations, je me tiens à votre disposition. »

De tous les récits reçus, c'est le premier qui parlait d'une femme. Et comme ce n'est pas exactement ce genre de profil qu'on imagine quand on parle d'un tueur d'enfants, j'ai pensé que celui-ci n'était ni inventé ni déformé. J'ai d'abord ressenti une brève montée d'adrénaline. Puis un frisson. Et ce n'est pas parce que l'eau du bain refroidissait. Manifestement, ces derniers jours, quelqu'un avait à tout prix cherché à kidnapper un enfant.

25

Mon dimanche matin a débuté par un message rageur de Caroline sur mon répondeur. « Je pensais que je pouvais te faire confiance, Simon, mais avec ce titre sensationnaliste, je m'en mords les doigts ! Le prédateur de Clermont, sérieusement ? Je vais oublier ton numéro quelque temps, désolée. »

Et merde. Ils avaient changé mon titre. J'avais écrit « Nouveau meurtre sanglant », faut croire qu'il manquait des mots-clés. On évitait de moins en moins les unes racoleuses. Au départ, on s'autorisait quelques écarts uniquement sur le site du journal, parce que nos chefs s'en désintéressaient. Ils étaient le plus souvent largués et, pour certains, n'arrivaient même pas à taper l'adresse d'un site dans une barre de recherche. Longtemps, ils avaient pensé que « service web » et « service informatique » étaient synonymes et il n'était pas rare qu'un stagiaire affecté à recopier des dépêches sur leclair.fr soit sollicité pour débuguer un ordinateur. Il avait beau expliquer que c'était pas son taf, ledit chef s'étonnait d'un manque de bonne volonté. Mais, progressivement, la tendance à taper fort au niveau de la titraille s'était généralisée. Non seulement le lecteur se raréfiait, mais en plus il était volatile. Pour capter son attention, il fallait lui coller une gifle quand, quelques années plus tôt, une main délicate sur le bras aurait suffi.

J'ai rappelé Caroline pour laisser un message d'excuse, elle a fait la morte. Elle avait parfois des emportements pour un rien, qui duraient une demi-journée. Un message auquel je n'avais pas répondu dans les temps. Un article un peu trop bavard. Mais, cette fois, je sentais que la brouille serait plus longue. Parce que le contexte était plus lourd et l'affaire criminelle plus tragique encore que d'habitude. Je risquais de perdre une source et presque une copine aussi.

Alors j'ai composé un autre numéro, celui de cette mère de famille qui m'avait écrit la veille. Au téléphone, une voix féminine, énergique, m'a répondu. Mon radar anti-givré pouvait parfois me tromper, mais elle me paraissait fiable.

— Quand est-ce que je peux vous rencontrer, vous et votre fille ?

— Cet après-midi, si vous voulez.

La famille vivait rue de Durtol où il n'y avait rien que des maisons et des immeubles. Si j'étais une kidnappeuse d'enfants, est-ce que je me hasarderais ici ? L'absence de commerces rendait le quartier tranquille, mais la route passait sous des dizaines et des dizaines de fenêtres, cachant peut-être autant de témoins potentiels. À moins que la « sorcière » ne soit du coin.

Mme Houanou vivait dans un de ces bâtiments dont les vieux volets effrités trahissent à eux seuls le manque d'entrain des propriétaires, sans doute retirés à la campagne bien au chaud, à raquer pour éviter que leur bien ne devienne une passoire. J'ai sonné à l'interphone, mais ça ne répondait pas, j'ai téléphoné.

— J'ai oublié de vous dire, l'interphone ne marche pas.

Quinze secondes plus tard, une femme d'une petite quarantaine d'années à la peau noire et à la coupe afro a ouvert sa porte. Belle femme, sportive et souriante, quoique les yeux bien cernés, fatigue de fin d'année peut-être. On a pris un ascenseur branlant (« Vous inquiétez pas, il ne tombe en panne que six fois par an et les six fois sont déjà passées cette année », a-t-elle souri). L'intérieur n'était pas plus moderne que l'extérieur, avec moquette au sol, mais coloré et gai. Mme Houanou m'a conduit jusqu'au séjour que réchauffait un sapin de Noël, petit mais très bien décoré, en rouge et bleu, avec des guirlandes faites maison et des boules transparentes qui enveloppaient des bougies électriques. La télé tournait sur une émission de M6 où des gens pas plus fortunés « pimpaient » leur baraque en périphérie de la Seine-et-Marne avec l'aide d'un animateur populaire.

— Asseyez-vous monsieur, je vais chercher ma fille... Mais... s'il vous plaît... ne lui parlez pas de l'enfant trouvée à la station-service, ça va lui redonner des cauchemars.

Je me suis posé sur un canapé grinçant au rembourrage dur recouvert d'une couverture plucheuse. Sur la table basse, un catalogue Lidl restait ouvert à la page jouets où la main d'un enfant avait entouré un chien qui parle. D'une chambre me parvenait le dialogue entre la mère et sa fille :

— Chérie ? T'as fait tes devoirs ? Bien. Le monsieur du journal est là.

Mme Houanou est réapparue en guidant sa petite, regard curieux, mais pas si farouche, et j'ai pensé : *Tiens, il n'y a pas de papa dans le coin.*

— Tu dis bonjour, Fatou ?

— Bonjour.

La voix était fière et ses petites lunettes lui donnaient l'air d'une première de la classe. Je n'étais pas habitué à parler aux gosses, j'ai souri de mon mieux.

— Bonjour Fatou. Tu sais pourquoi je suis là ?

— Oui. C'est à propos de la madame dans la voiture…

— Exactement. Tu… Tu pourrais m'en parler ?

À la télé, une famille parvenait à vendre sa maison et se mettait à chialer de soulagement.

— Pourquoi tu veux savoir des choses sur elle ? Elle a fait du mal à des enfants ?

— Non, non… C'est juste que ça fait plusieurs fois qu'on me parle d'elle, alors, pour le journal, j'aurais bien voulu pouvoir la rencontrer, comprendre si elle fait ça pour embêter exprès les enfants ou si, peut-être, elle perd la boule et se perd tout le temps, mais n'ose pas demander son chemin à des adultes…

— Ah…

Elle m'examinait de la tête aux pieds et surtout au fond des yeux pour jauger si elle pouvait m'accorder sa précieuse confiance.

— Le monsieur est journaliste, il veut juste que tu lui racontes…, a encouragé sa mère.

Dehors, il ne neigeait plus depuis la veille, mais la lumière était faible et le vent sifflait, au point de couvrir la musique tire-larmes de M6.

— Je suis sortie de l'école… Et je rentrais à la maison…

J'ai sorti mon calepin et j'ai commencé à noter.

— Tu vas écrire sur mon histoire ?

— Je prends seulement des renseignements pour l'instant.

— D'accord. Je rentrais à la maison et y a une voiture qui est arrivée derrière moi…

— Tu te souviens comment était la voiture ?

— Hum…

Elle a pris la pose d'une réflexion intense, regard vers le plafond et sourcils froncés.

— Noire… Elle était noire…

— D'accord. C'était une grosse voiture ? Une petite voiture ?

— Une grosse voiture. Plus grosse que la nôtre !

— On a une vieille Clio, a souri sa mère.

— Je vois.

— Et y avait de la neige sur le toit…

Machinalement, j'ai pensé qu'il n'avait pas neigé à Clermont ce jour-là. Mais sur les hauteurs de Clermont, sans doute.

— Et alors la voiture s'est arrêtée… à côté de moi… Enfin, elle s'est pas vraiment arrêtée parce que le moteur y tournait…

— Je vois.

— Elle a baissé sa fenêtre.

— Côté passager ?

— Oui. C'était une dame. Elle conduisait.

Le vent a redoublé encore. L'image à la télé s'est brouillée une seconde, mauvaise réception.

— Elle était toute seule, cette dame ?

— Oui… Enfin, je crois…

— Qu'est-ce qu'elle t'a dit ?

La petite a réfléchi encore.

— Elle m'a dit qu'elle cherchait une route…

— Quelle route ?

— Heu… c'était… la route de Saint-Ours.

— Et qu'est-ce qui s'est passé ensuite ?

— J'ai dit que c'était plus loin.

— D'accord.

— Elle a demandé si je pouvais monter avec elle dans sa voiture pour la guider. Mais j'ai pas voulu.

— Et elle est partie ?

— Non. Elle a demandé encore, elle a dit qu'elle était embêtée parce qu'elle était complètement perdue.

Le générique de fin démarrait. On n'entendait plus que le *scritch scritch* de mon stylo et la plainte du vent dehors.

— Je me suis dépêchée de rentrer à la maison.

— Elle te faisait peur ?

— Oui.

— Pourquoi ?

— Ma maman m'a toujours dit de me méfier des inconnus.

— Elle a bien raison.

— Mais en plus de ça elle avait l'air… (Nouvelle réflexion intense.) Elle avait l'air… je sais pas… Bizarre…

— Bizarre comment ? Tu saurais dire ?

Mme Houanou a aidé un peu sa fille.

— Tu te souviens de l'expression que tu m'as dite ?

Elle a acquiescé en regardant sa mère, mais à vue d'œil on sentait l'émotion qui la gagnait de plus en plus. La petite première de la classe chancelait.

— Je t'ai dit qu'elle avait l'air d'une sorcière…

J'ai tenté l'humour :

— Elle avait un grand nez avec un bouton dessus, et un balai ?

— Non… Elle était grosse…

Le vent redoublait. Une grosse sorcière, donc.

— Et quand tu t'es dépêchée de rentrer, elle t'a laissée tranquille ?

— Non. Elle a dit qu'elle pouvait me raccompagner chez moi.

Cette petite disait la vérité. Ça se sentait.

— Et tu t'es dépêchée encore plus ?

— Oui… Et elle a… elle a ouvert la portière.

— La portière de son côté ?

— Non. La portière passager. Elle a dit : « Monte ! » Elle avait une voix qui faisait peur…

— Et tu t'es enfuie ?

— Y a une voiture qu'est arrivée dans l'autre sens. Alors elle a refermé la portière et elle est partie.

Une larme a coulé le long de la joue de l'enfant. Mme Houanou lui a caressé la tête pour l'apaiser.

— C'est bien, chérie... C'est très bien...

Mais la petite n'avait pas l'air rassurée. Au contraire. Elle a relevé la tête vers sa mère, d'un regard implorant.

— Maman... je t'ai pas tout dit...

À la télé, une publicité pour je ne sais plus quoi faisait chanter des cerfs robotisés dans un décor de Noël. La mère s'est accroupie devant son enfant. La terreur venait de contaminer son visage.

— Qu'est-ce qu'il y a Fatou ? Qu'est-ce que tu m'a pas dit ?

Comme si je n'étais plus là.

— La dame... Quand elle a ouvert sa portière...

Un sanglot s'insinuait maintenant dans son filet de voix.

— J'ai vu sa main... Elle était... Elle était...

— Dis-moi, comment elle était, ma chérie ?

— Elle avait de gros doigts...

Encore un sanglot.

— Et des poils sur les doigts...

Mme Houanou a étouffé un hoquet d'effroi. Elle a serré sa petite dans ses bras. Puis elle m'a regardé. Ses yeux exorbités posaient une question vertigineuse. Enfin, deux. À quoi a échappé ma fille ? Et à qui ?

26

Martin vivait dans un quarante mètres carrés, rue des Gras. La lumière de l'extérieur passait difficilement à travers ses carreaux et s'écrasait contre des murs ternes, seulement décorés des photos dont il était le plus fier (un éclair immortalisé fracassant le puy de Dôme, un portrait de sa mère en clair-obscur dans son salon). Mais en sortant la tête par la fenêtre, on voyait la cathédrale noire se dresser comme le château d'un royaume imaginaire au bout de la rue. On trouvait bien quelques bars ouverts à Clermont le dimanche soir, mais on avait la flemme d'y traîner nos carcasses empâtées.

En débarquant sur les coups de 21 heures, j'ai eu la surprise de tomber sur Juan affalé dans le canapé, un verre de whisky à la main, les pieds sur la table basse. On n'avait pas digéré sa prestation à la boîte de nuit, il avait sali ce pauvre videur et par ricochet, ou par éclaboussure, disons, il nous avait salis aussi. C'est sans doute pourquoi, en m'ouvrant, Martin avait affiché une moue désolée, gênée, comme l'air de bredouiller : j'allais pas lui fermer la porte au nez…

J'ai salué Juan d'un ton hivernal, en m'étonnant un peu qu'il soit déjà reparti sur de l'alcool fort, à peine quarante-huit heures après notre cuite sévère.

— Alors… T'es bien rentré, l'autre soir ? ai-je demandé en tombant dans le fauteuil rocking-chair de l'Ikea du coin, face au canapé.

— Difficilement… Je voyais plus très clair, a-t-il répondu d'une voix rauque.

J'ai laissé passer un peu de temps, puis j'ai osé :

— Et tu te souviens de tout ce que t'as fait ?

— Ouais.

Silence encore. Martin s'est décapsulé une bière.

— Et comment tu le vis ?

— Qu'est-ce que tu veux me dire ?

— Ben rien… T'as merdé, quoi.

— J'ai pas merdé du tout et je regrette pas, OK ? Ce mec s'est foutu de ma gueule en me faisant croire qu'il supprimerait cette putain de vidéo. Son humiliation, c'est pas grand-chose par rapport à la mienne…

— C'est pas une excuse.

— Si t'es pas content, c'est le même tarif, a-t-il sifflé en avalant une rasade de whisky.

— Je m'en fous de ton tarif, je te dis juste que je trouve ça complètement con.

— Vas-y, lâche-moi.

Martin est intervenu :

— Oh les gars, on va pas s'engueuler, c'est bon ! Ce qui est fait est fait, chacun en pense ce qu'il veut, maintenant on passe à autre chose…

J'étais trop fatigué pour remettre une pièce dans la machine. Ce n'était plus le Juan que je connaissais. Ce n'était plus que le fantôme du beau brun ténébreux, bien sapé, qui faisait son footing à Montjuzet deux fois par semaine (j'avais tenté une fois de le suivre, mais j'avais vu tout noir au bout de trente minutes en tentant de me caler sur son rythme), soucieux des regards portés sur lui. Il plaisait plutôt aux filles et pourtant il n'était pas plus maqué que Martin et moi. Il vivait quelques histoires qui ne duraient jamais longtemps, sans qu'on sache pourquoi. Un jour qu'on avait passé la soirée chez lui à boire de la bière à sept degrés et qu'il était allé pisser, Martin s'était connecté à son ordinateur pour jouer les DJ et mettre la musique qu'il aimait tant et que Juan détestait tout autant (« Les démons de minuit » ou « Alexandrie Alexandra »). En saisissant les premières lettres dans la barre de recherche, il était tombé sur les sites précédemment visités par Juan : que des trucs de cul particulièrement hardos type sado-maso. On s'était bien gardés de lui en parler, mais on en avait conclu qu'il nourrissait peut-être des fantasmes trop particuliers pour trouver chaussure à son pied facilement.

Martin m'a ramené une bière, s'est assis dans le canapé à côté de Juan et a commencé à siroter la sienne.

— Et si on parlait du prédateur ?

Juan est resté impassible.

— Je veux dire… du maniaque déguisé en vieille.

— Un maniaque de quoi ? J'entrave que dalle à ce que vous racontez, a relevé Juan d'un ton méprisant.

Martin a résumé toute l'histoire, en ménageant quelques silences de suspense et sans rien oublier, de l'épisode de la piscine jusqu'à la petite Fatou. Juan a ravalé son dédain, séché dans le canapé.

— Votre gus s'en prend aussi bien à un homme qu'à des enfants ?

— Ouais, a répondu Martin du tac au tac. Bon maintenant… Virez vos bières. J'ai un truc à vous montrer.

Il avait préparé son coup. D'un sourire fiérot, il a saisi sous la table basse un paquet de feuilles A4, collées entre elles avec du scotch et a déplié l'ensemble sur toute la longueur du plateau. Ces pages, il les avait noircies au feutre de mots, de schémas, de dessins, de flèches. Vu de loin, ça ressemblait à une grosse araignée.

— Ah ouais… Mais t'es complètement mordu, en fait, a commenté Juan.

— Ben quoi ? J'ai bossé…, s'est défendu Martin en refrénant la rougeur de sa gêne.

J'ai repéré dans ce labyrinthe des mots comme VOITURE NOIRE, DÉGUISEMENT, MUTILATIONS, MME GALLO… Par curiosité, Juan a promené ses yeux bouffis sur l'œuvre tortueuse.

— C'est quoi, ça ? Jaguar ?

— Le tueur roule peut-être en Jaguar, d'après un témoin.

— Ben voyons…

Martin n'a pas moufté, il devait serrer les dents.

— Et ça, caducé ?

— Le type avait peut-être un caducée sur le pare-brise. Ça pourrait être un médecin, surtout qu'il mutile ses victimes…

— Sacré Martin… Caducée, y a un *e* à la fin.

— Si c'est pour te foutre de ma gueule, tu peux aussi te casser.

Juan a senti qu'il allait trop loin, il a fait mine de s'excuser en levant les deux mains et s'est relevé du canapé pour faire les cent pas, mais Martin avait déjà viré au cramoisi. Notre ami faisait souvent des fautes dans les légendes des photos, mais il ne fallait pas trop le lui faire remarquer. Il prenait aussitôt la mouche en s'autoflagellant : « Ben excusez-moi, les gars, je ne suis qu'un pauv' photographe, je ne suis pas un vrai journaliste comme vous… »

— Bon et toi… Qu'est-ce que t'en penses ? m'a demandé Martin, cherchant fébrilement un soutien.

À vrai dire, il y avait à prendre et à laisser. Tout était traité à égalité : les témoignages intéressants comme les moins crédibles. Dans un coin de ce tableau, il avait écrit CONSEIL MUNICIPAL.

— C'est pour quoi, ça ?

— Je pense que le type est protégé.

Un barouf en provenance de l'étagère nous a interrompus. Juan venait de renverser des livres en les consultant.

— Désolé !

Pas que des romans d'ailleurs, mais aussi l'imposante collection de la revue *Nouveau Détective* de Martin. Juan a ramassé son bordel, mais s'est arrêté sur un ouvrage massif en particulier.

— Voilà exactement celui que je cherchais…

Et il a brandi ce bouquin du XIXe siècle consacré à la Bête du Gévaudan.

— Ah tiens, j'ai le même ! ai-je remarqué.

— Martin…, a dit Juan en changeant de ton, délaissant le mépris pour quelque chose qui ressemblait à de la pédagogie. Tes histoires de Jaguar, de médecin, de notables… C'est plus le journaliste qui parle, là, c'est sa bibliothèque. Regarde. T'as au moins quatre bouquins sur Jack l'Éventreur, et quand tu parles de Clermont, j'ai l'impression que t'es à White Chapel. Le médecin de la reine qui serait le tueur, le fiacre noir… Tu nous sors la même histoire.

— Ben je…, non, je…, a bredouillé Martin.

— Le coup du notable pédophile, c'est du vu et revu. Et la Jaguar… T'irais kidnapper quelqu'un en Jaguar, toi ?

— Ben déjà, j'irais kidnapper personne…

— Ça te rappelle rien, la Jaguar ? La Bête du Gévaudan, la panthère du Sancy… Et maintenant la Jaguar !

— Mais enfin, ça n'a rien à voir !

— Ça a tout à voir, c'est juste un symbole inconscient ! LA Jaguar ! LE jaguar ! Le prédateur surgi de nulle part qui s'en prend aux petits enfants. La sauvagerie qui revient dans la civilisation.

Sa démonstration nous a coupé le sifflet. Si Martin avait pu remballer sa mosaïque en papier en un éclair, il l'aurait fait.

— Votre tueur, là, c'est sans doute juste qu'un pédophile du coin…

Martin n'a plus rien dit, blessé. Au bout d'une minute de digestion dans le silence total, il a fini par poser son doigt vers le centre de la cartographie.

— Un pédophile, y en a bien un sous notre nez…

Son index désignait un nom : Nicolas Marchand. Là, c'est moi, qui ai tenté de le raisonner.

— Non, je crois pas qu'il était pédophile.

— Et les inscriptions à la station-service ? s'est impatienté Martin. Y a pas de fumée sans feu.

— Si, justement. C'est surtout des rumeurs de quartier gravées en toutes lettres. D'après les flics, il était juste homo. Mais dans le quartier où il vivait, y en a qui peuvent assimiler l'un à l'autre, sans problème.

— M'en parle pas, a rebondi Juan en sirotant son whisky. T'étais pas encore à Clermont, mais y a quatre ans… quand ils ont mis en place des ateliers pour sensibiliser à l'homophobie dans les classes, y en a qui ont retiré leurs gosses en pensant qu'ils leur donnaient des cours de sexualité avec travaux pratiques. Qu'ils allaient en faire des homosexuels dépravés. Les gens sont débiles.

— Je veux bien vous croire, les gars, a dit Martin. Mais c'est la seule piste, là. Et, tu l'as dit toi-même, il connaissait les mutilations du prof alors qu'elles sont pas sorties dans la presse.

— Il était déjà mort quand la petite Coline a disparu.

— Alors ce serait quoi ? Un témoin ? Un complice ?

— Je sais pas. Il avait pas l'air d'avoir beaucoup d'amis.

— On devrait enquêter sur lui. On devrait retrouver les gens à qui il a parlé.

— Tu veux aller faire du porte-à-porte à la Gauthière ?

— Non. On devrait aller là.

Hop, nouvel indice sous la pulpe de son doigt. LE ZÈBRE. Juan a ri de nouveau en regardant par-dessus son épaule.

— C'est quoi ça ? Quelqu'un a vu le tueur se balader sur le dos d'un zèbre, aussi ?

— Non, Le Zèbre, c'est un bar gay.

— C'est pas parce qu'on est gay qu'on va dans un bar gay.

— Non. Mais ça faisait partie des lieux préférés de Marchand, d'après sa page Facebook.

Il fallait bien l'admettre : il avait bûché son dossier. Son regard est passé de Juan à moi.

— Alors ? On y va ?

Juan s'en est étouffé.

— Quoi, maintenant ? Vous êtes sérieux ?

27

Peu de bars à Clermont étaient encore ouverts à 22 heures un dimanche, mais heureusement pour nous, Le Zèbre en faisait partie. On trouvait son drapeau arc-en-ciel à dix minutes de marche de chez Martin, un peu plus loin que la place Gaillard, dans la rue Fontgiève, après un kebab, une épicerie de nuit et un resto qui servait l'une des meilleures truffades de la ville – dixit Juan. Le pub n'était pas très grand, tout en longueur, et les clients consommaient debout. Pas très loin de là, une boîte prolongeait la nuit. De la musique résonnait jusque dans la rue.

On est entrés. Il y avait une quinzaine de personnes, essentiellement des mecs, mais deux femmes se roulaient des patins à une table haute au fond. Quelques regards curieux nous ont calculés à peine la porte passée. Une télé diffusait un clip – George Michael et son « *Last Christmas I gave you my heart* » – et un poster derrière le bar convoquait une troupe de Pères Noël jeunes, musclés et torse nu. En dessous, le serveur qui avait aussi enfilé un bonnet de Papa Noël, souffrait un peu de la comparaison niveau musculature, mais au moins il avait le sourire commerçant.

— Qu'est-ce que je vous sers, les gars ?

Juan a opté pour un nouveau whisky, la mine coupable, Martin et moi pour un demi. Je sentais physiquement mes cernes se creuser encore.

— OK, qu'est-ce qu'on fout maintenant ? a demandé Juan.

— On leur montre la photo du pompiste, a dit Martin.

— On risque de se faire jeter, je le sens pas…, ai-je modéré.

Accoudé au comptoir, j'ai tenté de rassembler mes idées : qu'avais-je appris de l'approche des autres ? Que c'était toujours une mauvaise idée de jouer les flics au lieu de faire son boulot de journaliste ? Que ça n'apportait que des emmerdes ? Et qu'est-ce qu'on était en train de faire depuis la découverte de ce pauvre prof enfermé dans le coffre de sa bagnole ? Les flics.

— Je t'ai jamais vu ici, toi…

Un type d'une trentaine d'années, brun et fin, casquette verte sur la tête, a abordé Martin.

— Ben, c'est la première fois que je viens.

— Et c'est parce que ça t'a intimidé que t'es venu avec deux copains ?

— Ah non, mais on est pas ensemble, hein…

— Comment ça, vous êtes pas ensemble ? a repris le mec, amusé.

— Je veux dire : on est juste potes.

Juan a levé les yeux au ciel, consterné.

— Oh, mais je te demande pas ton état civil, tu sais… Tu fais quoi dans la vie ?

— Je… Je suis photographe de presse.

— La classe, dis-moi… Tu viens faire un reportage sur le milieu gay à Clermont ?

— Non, non, promis, s'est justifié, emmerdé, Martin.

— Je peux juste te dire que ça vaut pas Lyon, ici, t'as vite fait le tour.

— Ah bon ?

— Tu vois toujours les mêmes têtes, c'est chiant. C'est pour ça que je suis à l'affût quand y a des nouveaux.

— On vient juste prendre un verre, hein…

— On vient pas au Zèbre, par hasard. Tu cherches quoi ?

Martin a hésité, je fixais la mousse de mon verre pour canaliser mon stress.

— Je cherche un type qui était peut-être un habitué du coin.

— Un type ? Ah mais alors, c'est une enquête. Qu'est-ce qu'il a fait ce pauvre garçon pour que trois mecs débarquent dans ce bar à sa recherche ?

Le ton du gus n'était pas agressif, mais au minimum curieux et sans doute cachait-il quelques soupçons derrière son apparente bonhomie.

— Il est mort.

— Ah merde… Et pourquoi tu le cherches du coup ?

— Ben il s'est peut-être fait buter.

— Mais… t'es flic ou t'es photographe ?

— Pourquoi opposer les deux ? Ça arrive bien que des journalistes exhument des affaires que les flics avaient oubliées.

— Mouais… Il est mort y a longtemps, alors ?

— Non, quelques jours.

— Pff, je comprends rien à ton histoire, je croyais que tu voulais exhumer une affaire.

Plutôt que de se paumer dans ses explications, Martin a sorti son téléphone et l'a posé sur le bar pour montrer la photo de Nicolas Marchand sur Facebook.

— C'est lui. Tu l'as déjà vu ?

Le mec a regardé avec sérieux.

— Je suis pas là tous les soirs, mais non, je l'ai jamais vu.

— T'as dit que tu connaissais tout le monde et, apparemment, il a mis sur Facebook qu'il aimait bien cet endroit.

— Presque tout le monde. Regarde, lui, il connaît tout le monde, a-t-il dit en désignant le serveur.

— Vous parlez de moi ? a-t-il répondu en mimant une star qui pose devant les photographes de la Croisette.

— Ouais, on a dit que tu connaissais tout le monde. Ce monsieur est photographe et il cherche des infos sur un type mort...

— Un type mort ? Mort de quoi ?

— Heu... suicide... peut-être..., a bredouillé Martin.

— Il s'est suicidé ou il s'est fait tuer ? Non seulement on comprend rien à ton histoire, mais en plus c'est glauque, je vais aller prendre l'air, a soldé le client en filant dehors.

Le serveur a détaillé la photo à son tour.

— Jamais vu ici... Franchement, je l'aurais reconnu.

Martin lui a souri par politesse, puis nous a cherchés du regard, Juan et moi, pour appeler à l'aide.

— On peut demander à d'autres, non ?

— Hé, dis-moi, a réagi le serveur en l'entendant. Ici, on est là pour se détendre, pas pour parler d'un macchabée. Tu vas pas emmerder mes clients avec tes histoires...

C'était sec et glacial, comme un coup de vent qui aurait soufflé dans le bar. Terminé le sourire commerçant. On a sifflé nos verres plus vite que dans un binge drinking. Derrière nous, on commençait à sentir quelques regards hostiles. Un type s'est approché de Martin pour commander un verre et l'a collé d'un peu trop près, pas du tout pour le draguer, mais pour lui foutre la pression.

— Venez, on se casse, a dit Juan en sortant un billet de vingt balles.

On s'est éclipsés en fendant le petit agglutinement d'habitués. Il m'a semblé entendre un « barrez-vous les fouinemerde », mais je n'ai pas pris la peine d'identifier l'auteur de cette amabilité. Le mal de crâne revenait me maltraiter. L'air froid était un soulagement. Une fois dehors, le petit brun à casquette qui fumait sa clope à l'écart, sur un bout de trottoir, nous a zieutés.

— Déjà partis ?

— Je crois qu'on dérange..., a répondu Martin.

— C'est parce que vous êtes chelous avec vos méthodes ! Vous trouvez pas que l'ambiance est déjà pourrie en ce moment dans cette ville ? Vous croyez qu'on a envie qu'on nous parle de suicide, de mort, de cadavre ?

— On fait ce qu'on peut.

— Et puis on est quelques-uns à avoir déjà été entendus par les flics...

On s'est tous figés. Il a baissé les yeux.

— À propos de Marchand ? a demandé Martin.

— Nan... À propos de Gallo.

— Il venait ici ? ai-je enchaîné.

— Non, trop risqué pour môssieur... Mais on était deux ou trois à le connaître...

— Tu l'avais rencontré comment ? a continué Martin.

— Un truc qui sert à faire des rencontres, justement, une appli... Tu devrais essayer, Kodak boy.

— Ben je...

Le dragueur a tiré une latte de plus. Il avait l'air tristc.

— Il a brisé quelques cœurs, le gentil prof. À faire croire qu'il était libre pour finalement avouer qu'il avait une femme. N'empêche qu'il était bien content de trouver des types pour assouvir les fantasmes qu'il pouvait pas réaliser avec elle. Le truc qu'il aimait le plus, c'était qu'on s'habille en femme, ça l'excitait...

— Vous...

Martin semblait gêné, je l'ai devancé.

— T'as eu une relation avec lui ?

— Affirmatif, c'est ce qui m'a valu vingt-quatre heures de gardav'. Comme si j'étais capable d'émasculer un homme. Ils sont givrés, ces flics…

— Ils t'ont soupçonné parce que votre histoire s'est mal terminée ?

— Ce pauvre type avait peur que je balance tout à sa femme. Un soir, je fumais ma clope, très précisément ici. Je l'ai vu dans la bagnole avec sa grosse.

L'histoire que nous avait racontée la veuve Gallo m'est revenue aussitôt. Le couple qui rentre d'une soirée, Miguel qui blêmit brusquement dans la voiture…

— J'ai été con. Pour lui foutre la trouille, je suis allé crever les pneus de sa bagnole dans la nuit. Mais bon, si j'avais su que ça ferait de moi le suspect d'un meurtre…

— S'ils t'ont relâché, c'est que t'es plus un suspect, non ? ai-je tenté.

— Heureusement que j'ai un alibi, ouais… Pauvre mec, il méritait pas ça.

— Tu crois que c'est un amoureux déçu qui lui a fait ça ?

— Franchement ? Je pense pas. Il a dû tomber sur un maniaque sexuel. Pas de bol.

Le type a tiré sur sa clope et la braise a rougi son visage. Juan a murmuré :

— Bon… On y va ?

Il était mal à l'aise et nous crevés. On a cheminé en silence jusqu'à la place de Jaude. Juan titubait légèrement. Martin semblait absorbé dans ses pensées. Brusquement, il a dit :

— Je suis un maniaque sexuel…

On a marqué le pas, surpris.

— Sois pas trop dur avec toi-même, a répliqué Juan.

— Non, pas moi. J'essaie de me mettre à la place du tueur de Miguel Gallo.

— Ah… Nous v'là bien, a dit Juan.

— Je suis un maniaque sexuel. Je donne rendez-vous par Internet à Gallo. Je le déshabille. Je le castre.

— Tu es effectivement un maniaque sexuel.

— Pourquoi je le castre ?

— Parce que t'es un maniaque sexuel, ai-je répondu. Tu peux pas te mettre dans la tête d'un maniaque sexuel.

— OK. Je suis un maniaque sexuel. Je le planque dans le coffre. Mais pourquoi ?

— Allez, on va se retaper toute la séquence, a maudit Juan en allant s'asseoir sur les marches de l'église des Minimes, qui donnait sur la place.

Au contraire, Martin s'est mis à faire les cent pas sur la dalle.

— Tu le planques dans le coffre pour pas qu'il soit visible, évidemment, ai-je tenté.

— D'accord. Et je laisse la bagnole sur place. Comme ça, bêtement.

— Tu fais au plus vite parce qu'il y a des gens qui promènent leur chien dans le coin…

— C'est ça ! Je le planque et je me casse. Mais je reviens quelques jours plus tard. Pourquoi ?

— Parce que…

— Parce qu'une bagnole qui reste toujours au même endroit, ça attire les regards. Et que j'ai pas intérêt à ce qu'il soit retrouvé trop vite.

— Donc tu reviens et tu déplaces la bagnole ?

— Ouais. Je pourrais la foutre dans un petit chemin de campagne, bien paumé. Mais, au lieu de ça, je la fous pas très loin sur le parking d'un supermarché.

— Parce que t'es con, est intervenu Juan.

— Je suis con ? Je me suis toujours pas fait choper, pourtant…, a observé Martin. Non, je cherche autre chose.

Je me suis pris au jeu.

— Tu voulais déplacer ta caisse, mais pas de bol, les flics font des contrôles sur la route et tu t'arrêtes en catastrophe en les voyant…

— Je m'arrête en les voyant. Si c'est prouvé que les flics faisaient vraiment des contrôles ce jour-là.

— Avec tous ces Gilets jaunes en liberté, pourquoi pas…

— Mais je connais le parking, puisque je gare la voiture pile en dehors du champ de la caméra de surveillance…

— Tu connais l'endroit ou tu connais quelqu'un qui connaît l'endroit ?

— Marchand ?

— Marchand.

— Je connais Marchand. Je me tape tout ce qui bouge et Marchand passait par là. Il était peut-être sur Internet, lui aussi.

— Il était sûrement sur Internet. Et Marchand est faible. Un gros enfant attardé.

— Et je lui fous ça sur le dos.

— Tu lui fous ça sur le dos ou alors…

J'ai repensé aux confidences de Caroline. Une autre idée me venait à l'esprit.

— Attends… Qu'est-ce qui est mieux que de planquer un corps ?

— Ben heu… Le faire disparaître, a percuté Martin. N'importe quel numéro de *Détective* nous le confirme.

— Exact. Mais comment tu le fais disparaître ?

— En l'enterrant.

— Possible, mais avec les bêtes sauvages, c'est un coup à ce que le corps soit déterré… Et, en plus, creuser le sol par le temps froid, en ce moment, bonjour la galère.

— En le foutant à l'eau, alors ?

— Pareil, ça peut remonter. Ils disent pas ça dans *Détective* ?

— Si.

— Si c'est pas l'eau, alors c'est quoi ?

— Heu… Le feu !

— Exactement !

— Ben quoi ? Il voulait cramer la bagnole sur le parking ?

— Non… Pas sur le parking. Mais peut-être la confier à quelqu'un pour qu'il fasse le sale boulot.

— Quelqu'un ?

— Quelqu'un qui saurait faire…

— Marchand ?

— Il avait un casier judiciaire pour incendie volontaire !

Martin a ouvert grand ses billes comme si j'étais Sherlock Holmes. Au fond de moi, je me sentais rougir de fierté.

— Putain, c'est ça ! Et Marchand a merdé. Il est arrivé trop tard.

— Et il a pas pu cramer la bagnole et les flics ont trouvé le corps…

— Et je vais chez Marchand pour lui mettre une branlée. Et je le pousse par-dessus le balcon.

— Et tu le pousses par-dessus le balcon.

Derrière, des noctambules nous regardaient comme des bêtes de foire.

28

LE LENDEMAIN MATIN, j'ai dégueulé. J'ai à peine eu le temps de me lever de mon lit pour me ruer sur la cuvette des chiottes. Pas à cause des deux bières de la veille, mais parce qu'une migraine atroce me serrait la tête dans sa mâchoire en acier. Trop de stress, trop d'émotions, trop de courtes nuits et de longues journées. J'ai mis la télé en fond, mais pas trop fort : ça parlait des manifestations de Gilets jaunes du week-end, un peu partout en France, toujours un peu plus violentes. De temps à autre, je me hasardais sur l'application de rencontres. La fille, Cathy, m'écrivait encore, elle me posait des questions sur mon boulot, mes passions, je répondais par petite session de trois minutes, puis je lâchais le téléphone, dès que l'étau se resserrait à nouveau sur mon cerveau.

La journée est passée à toute vitesse et, vers 18 heures, tandis que Flocon ronronnait sur mes genoux, j'ai appelé mes parents pour prendre de leurs nouvelles. Ils s'étaient rapprochés d'un groupe de Gilets jaunes qui occupaient un rond-point près de leur village. Mon père s'était greffé timidement, d'abord en spectateur, puis de plus en plus acteur.

Ma mère avait cuisiné un cake pour le partager avec eux. Au téléphone, elle m'a évidemment parlé de la petite Coline.

— Tu travailles dessus, j'imagine ? Fais attention à toi, m'a dit ma mère, pas comme la dernière fois…

Je lui ai menti.

— T'inquiète pas, je me tiens à l'écart.

La nuit suivante, avantage de la migraine, j'ai dormi d'un sommeil lourd et sans somnifère. Petite victoire. Mais au lendemain matin, si le mal de crâne était parti, ma fatigue avait redoublé. Je me suis traîné jusqu'au journal – Martin était en reportage sur les préparations des stations de ski et Juan bouclait un article sur un magasin de chocolat. La réalité après l'aventure.

En m'installant à mon ordinateur, j'ai trouvé sur le clavier une enveloppe plutôt élégante, blanche et rectangulaire, le papier épais, comme on en fait plus. On aurait dit une carte de vœux à l'ancienne qui aurait été envoyée trop tôt. Je l'ai ouverte… et suis resté un instant comme une poule devant un couteau. À l'intérieur, une carte de visite à la calligraphie datée indiquait :

Monsieur Pierre Valzey
Enquêteur
22, rue Savaron, 63000 Clermont-Ferrand

Et au centre de la carte, on avait écrit au stylo plume :

Passez me voir à l'occasion.

Enquêteur. Ben voyons.

À ma pause de midi, j'ai filé dans le tram pour descendre à l'arrêt « Hôtel-de-Ville », grimper l'escalier qui mène jusqu'à la mairie et déboucher sur la place de la cathédrale. Le marché de Noël n'avait pas baissé pavillon, mais, à l'évidence, ses allées s'étaient vidées de leurs chalands. Tout le monde avait beau savoir que la petite Coline n'avait pas disparu là, il restait quelque chose dans l'air, une angoisse ou une superstition.

Mon correspondant surprise habitait cette petite rue nichée derrière la place, celle-là même où j'avais croisé ce chien errant (ce loup ?) apparu comme par magie le lendemain de l'enlèvement. En arpentant la ruelle, une drôle d'inquiétude m'a saisi. Je me sentais observé. J'ai levé les yeux vers les étages les plus élevés des immeubles, des fois qu'un riverain soit à sa fenêtre en train de me surveiller. Il n'y avait personne. Personne de visible, en tout cas. Au numéro indiqué sur le courrier s'élevait un vieil immeuble noir comme la cathédrale, haut de cinq étages. J'ai hésité une poignée de secondes, puis j'ai pressé le nom « Valzey » sur l'interphone. Un craquellement électronique a précédé une voix grave annonçant sans doute un mâle quinquagénaire, voire sexagénaire.

— Oui ?

— Bonjour, c'est Simon Magny. De *L'Éclair*.

— Ah ! Cinquième étage.

De la musique d'opéra virevoltait dans la cage d'escalier et rendait plus agréable la longue montée des marches. L'espacement des paliers laissait deviner des appartements aux hauts plafonds. L'« enquêteur » vivait derrière la porte de droite. Précisément celle d'où provenaient les vocalises de la cantatrice. Faute de sonnette, j'ai frappé. Quand il a ouvert, l'homme a souri, comme un gamin fier de son coup. On s'était déjà vus. Look de dandy, cheveux poivre et sel ramenés en arrière, lunettes cerclées d'écaille, la soixantaine sereine. Où avais-je croisé ce type ?

— Bonjour Simon. Merci d'être venu.

D'un geste de la main, il m'a fait entrer dans son appartement spacieux.

— Oui, oui… Nous nous sommes déjà rencontrés.

— Je suis désolé, je n'arrive plus à me souvenir…

— C'était à deux pas d'ici et je vous avais lu l'avenir sans vous tirer les cartes.

Ça y est, ça me revenait. Le type du pub, le soir du marché de Noël. Celui qui avait compris que le père de la petite Coline mentait.

— Ah ! Oui ! Vous aviez vu juste.

— Voulez-vous un café ? a-t-il souri, victorieux.

L'enquêteur m'a guidé dans un couloir, où un vieux parquet craquait fort sous nos pas, décoré de statuettes en bronze d'un mètre, toutes à l'effigie d'animaux exotiques : là un tigre, ici un éléphant, plus loin une hyène. Un vrai bestiaire. On est entrés dans son bureau, d'où provenait la musique, éclairé par plusieurs lampes douces disposées sur ses meubles. Il n'avait pas poussé le style vintage jusqu'à écouter des disques sur une vieille platine, monsieur avait une chaîne hi-fi, mais le reste du décor ressemblait à un salon d'antiquaire qui aurait vécu quelques années en Asie ou en Afrique. D'autres animaux de lointaines contrées garnissaient les multiples compartiments d'une grande bibliothèque. On pouvait déchiffrer quelques titres au vol : des encyclopédies, des classiques de la littérature (à peu près tout Balzac et Kessel), mais aussi des ouvrages de psychologie.

— Asseyez-vous, je vous en prie, a-t-il proposé en désignant un siège avec un dossier en cuir noir qu'on trouve habituellement chez le médecin.

En rejoignant la cuisine pour prendre le café, il a baissé le son de l'opéra, puis a posé deux tasses sur ce bureau massif où trônait un ordinateur portable et une girafe réduite, avant de s'asseoir derrière. La consultation pouvait commencer.

— Vous devez vous demander ce que vous faites là, non ?

— C'est grave, docteur ?

Ma blague lui a dérobé un rire franc et viril.

— Pardon pour la mise en scène. Je passe des heures ici, je ne me rends plus compte du décor.

— Vous êtes détective privé, c'est ça ?

— Oh non, restons modeste. Disons que je suis un flic à la retraite qui s'occupe...

— Ah ! Si vous êtes un ancien de la police judiciaire, vous devez bouillir en suivant l'actualité locale.

— Je vous le fais pas dire.

Une mine grave a effacé son sourire, c'était pas du Martin qui s'excitait sur du fait divers, c'était le regard d'un flic qui s'est déjà confronté au mal, comme un exorciste au diable.

— J'ai fait la moitié de ma carrière à la sûreté publique, la moitié en judiciaire. Un passage par Paris, formateur, et je suis revenu ici où toute ma famille a grandi depuis... à peu près Vercingétorix.

Nouveau sourire, j'ai pris une gorgée de café, il était noir à vous repeindre les parois de l'estomac.

— Même pas un petit détour par l'Afrique ?

— Non, ça c'est une passion de ma femme que j'ai longtemps partagée : passer chaque Noël en Afrique. Sans exception. Mais depuis que le crabe l'a emportée, je ne voyage plus que par ma collection de statuettes. Enfin bon...

J'ai pris un air compatissant, bouche pincée, il s'en foutait un peu.

— J'aurais pu vous dire que ce qui se passe en ce moment dans notre bonne vieille ville, c'est du jamais-vu. Mais justement. Je n'en suis pas si sûr...

J'ai aussitôt oublié cette envie de gerber mon café et j'ai tendu l'oreille.

— Vraiment ?

— J'ai lu vos articles. Vous avez une bonne plume.

— Merci...

— Ne m'en voulez pas, mais flic un jour, flic toujours. Je me suis renseigné sur vous, vous avez un joli fait d'armes à Poitiers...

— Ah...

— Comment s'appelait ce tueur qui s'en prenait aux étudiants, déjà ?

— Richard Pasco.

— C'est ça ! Saloperie... Mort avant d'être jugé en plus, y a de bon Dieu que pour la canaille...

J'ai tenté une nouvelle gorgée, mais mon estomac était vraiment trop fragile pour cette mixture.

— Au moins, vous savez que les tueurs en série existent et à quoi ils peuvent ressembler. Ça a fini de me convaincre de vous parler.

— Vous pensez qu'il y a un tueur en série à Clermont ?

— J'en suis même persuadé. Vous savez... Pendant longtemps en France, on pensait que les assassins multirécidivistes n'existaient qu'aux États-Unis, c'était du folklore amerloque. À partir des années 1990, on a fini par s'apercevoir qu'on avait quelques spécimens dans notre beau pays aussi.

— Mais un tueur en série s'attaque toujours au même type de victimes, non ?

— Ça, c'est un mythe justement...

— Vous avez l'air de bien connaître le sujet.

— J'ai beaucoup lu, j'ai regardé, je me suis renseigné. Évidemment si vous croyez que les tueurs en série ressemblent à ceux des films, vous ferez fausse route. La plupart d'entre eux ne sont pas des artistes maudits qui élaborent des mises en scène satanistes pour jouer avec les flics, non. Ce sont souvent des pauvres types qui agissent par pulsions... Pas toujours des marginaux, mais des hommes qui ne sont pas allés très loin dans leur vie professionnelle, c'est difficile de concilier ses crimes avec une vie sociale épanouie. Mais des tueurs qui agissent par opportunité, qui peuvent s'en prendre aux hommes et aux femmes, ça existe...

— Et aux enfants...

— Surtout aux enfants. Proies faciles.

L'enquêteur a fait glisser devant lui l'un des derniers numéros de *L'Éclair*, dont la une était consacrée à la découverte du corps de Miguel Gallo.

— J'ai gardé quelques contacts chez mes anciens collègues. À l'occasion, je vais sur le terrain aussi, comme ça, juste pour voir, pour ressentir...

— Vous enquêtez sur ces affaires ?

— Non, je me renseigne juste. Moi, mon truc, c'est d'aider les familles de victimes. Je les aide à faire leurs démarches face à ce grand monstre froid qu'est l'institution judiciaire. Je peux éventuellement suggérer une piste, mais c'est tout...

— Vous avez des affaires à relier à ces crimes ?

— Peut-être...

J'ai failli ingurgiter un peu de café en plus, mais je me suis retenu. Ça aurait été dommage de filer aux chiottes à ce moment de la conversation. Un rai de lumière est venu irradier son visage. Quel âge avait ce mec ? Un peu plus vieux que ce que j'avais pensé dans un premier temps. Au moins soixante-cinq ans.

— Beaucoup de tueurs en série sont d'abord des violeurs en série. Le premier mobile de leur crime, c'est le viol. L'envie de violer.

— Il a violé la petite Coline ?

— Non. Parce qu'il n'y arrive pas... ou plus. Alors il se déchaîne sur les organes sexuels de ses victimes. C'est ça, les mutilations.

— Il n'y arrive plus parce qu'il est impuissant ?

— Ou trop vieux, ou malade, je ne sais pas. D'un crime à l'autre, il devient de plus en plus violent parce qu'il est de plus en plus frustré. Chez Gallo, c'était propre. Avec la petite Coline, c'était une boucherie…

— Vous avez eu accès aux rapports d'autopsie ?

— Je vous ai dit que j'avais gardé des contacts dans mon ancienne maison…

Il s'est levé d'un coup pour se diriger vers une étagère fermée, à sa droite. Il en a extrait une chemise poussiéreuse qui contenait quelques papiers imprimés. À vue d'œil, d'antiques procès-verbaux. Et une deuxième chemise, plus propre et moins fournie, qu'il a posée sur le bureau, sous la première.

— C'est justement parce que j'ai lu les rapports d'autopsie que j'ai repensé à deux vieilles affaires.

— Vieilles comment ?

— Vous étiez né, mais tout juste. La première, c'était en 88.

— J'avais cinq ans.

— Et moi un peu plus. J'étais à la sûreté publique, à l'époque. Un jour, une mère de famille me signale la disparition de sa fille. La fille avait une vingtaine d'années, et elle était plutôt fragile psychologiquement. On ne disait pas encore bipolaire, mais c'était de ce genre. Elle travaillait dans un magasin de fleuriste dans le centre de Clermont, qui est sans doute devenu soit une banque, soit un kebab aujourd'hui.

— Ou une boutique de vapotage…

— Voilà. Au départ, évidemment, toutes les hypothèses étaient sur la table : un suicide, un accident… Ou un meurtre. Mais, immédiatement, une hypothèse s'est imposée. La dernière.

— Elle s'appelait comment ?

— Marie Chanez. Une belle femme, blonde, yeux verts. Pas épaisse, c'est sûr, elle devait se faire vomir quelquefois dans les toilettes de la boutique. On l'a retrouvée dans son appartement, rue Jeanne-d'Arc. Le tueur l'avait enfermée à l'intérieur et avait embarqué toutes les clés. On n'a jamais trouvé le type qui l'a tuée. On pense qu'elle avait un petit copain, mais on n'a pas réussi à l'identifier. J'ai longtemps pensé qu'elle devait avoir rendez-vous avec lui le soir où elle est morte.

— Et quel est le rapport avec les victimes d'aujourd'hui ?

— Ah ça ! Je vais vous lire le rapport de l'autopsie.

L'ex-flic a chaussé des lunettes et a picoré dans le procès-verbal plus qu'il ne l'a lu.

— La victime est morte par strangulation. Des traces de griffures sur les avant-bras, laissant penser qu'elle a tenté de se défendre face à son agresseur. Une coupure au niveau de l'aine, avec un instrument de type Laguiole. Autant vous dire qu'à l'époque, on est allés chercher du côté de Thiers où on fabrique de jolis couteaux...

— Une coupure... Vous pensez qu'il voulait la mutiler ?

— J'en suis sûr ! Pourquoi couper à cet endroit ? Ça n'a aucun sens. Sauf s'il voulait mutiler.

— Et pourquoi il ne l'a pas fait ?

— Est-ce qu'il a été interrompu ? Je me souviens qu'un voisin avait entendu un cri et était venu frapper à la porte. Mais, bien sûr, il n'a pas ouvert.

— Il l'a violée ?

— Non.

Le drôle d'enquêteur a ôté ses lunettes pour contempler l'effet que produisaient sur moi ses révélations. Mon téléphone a vibré à cet instant, message de Martin :

Tu bouffes où ?

Il était déjà pas loin de 14 heures, il ne fallait pas que je tarde, dommage.

— Et puis y a autre chose, a poursuivi mon hôte. Le corps était entièrement nu. C'est pas rien de déshabiller un corps, ça prend du temps. Pour moi, ça fait partie de la signature criminelle. Strangulation, mise à nu, mutilation. C'est le mode opératoire d'un tueur en série…

— OK, vous allez pas tarder à me convaincre. Mais pourquoi un tueur aurait-il arrêté de tuer depuis 88 ? Vous allez pas me faire le coup du rituel qui revient tous les trente ans, ça ce serait un film américain…

— Bien sûr que non, et pour deux raisons. D'abord, un tueur peut s'arrêter et reprendre pour des tas de raisons. Il était incarcéré, il est ressorti de prison. Il était invalide, il est rétabli. Il avait trouvé un équilibre dans sa vie personnelle, l'équilibre a volé en éclats.

— Je vois.

— Et puis il y a autre chose, mais je suis sûr que vous allez deviner…

Je me sentais benêt sur ma chaise, mais non, je ne devinais pas. Faut dire que j'avais rien avalé depuis 7 heures du matin. Il a compris que je galérais et a interrompu le supplice.

— Il n'a pas arrêté en 1988…

Il a rechaussé ses lunettes, fait défiler quelques feuilles volantes supplémentaires dans sa chemise avant de s'arrêter sur un autre procès-verbal.

— Alban Lafon. Vingt et un ans. Le 7 juillet 1992, on l'a retrouvé dans un sentier proche du lac Pavin, à trois quarts d'heure d'ici. Totalement nu, l'autopsie a conclu à unc strangulation…

— Avec un début de mutilation ?

— Impossible à déterminer. Il avait fait très chaud cet été-là et le corps était bien planqué dans un sentier. Comme il n'avait pas vraiment d'amis et qu'il était en froid avec son père, on a mis trois semaines à le trouver. C'est l'odeur qui a alerté les promeneurs. L'odeur et les mouches.

— Dégueu…

— Le corps était dans un trop sale état pour qu'on sache ce qu'il a vraiment subi. Mais au niveau des organes sexuels, c'était vraiment très très dégradé. J'étais à la police judiciaire à ce moment-là, et j'ai pensé qu'il y avait peut-être eu une intervention humaine dans cette zone.

J'étais déjà allé me promener une fois autour de ce lac. L'un des plus beaux coins de la région, avec un côté ténébreux, du genre à générer des légendes affirmant qu'une ville entière aurait été engloutie sous ses eaux au Moyen Âge. Certains disaient d'ailleurs que Pavin venait du mot « épouvante ». D'autres, moins excitants, que c'était dérivé d'un mot latin signifiant « palissade », rapport à la ceinture d'arbres qui l'entourait. Un sacré coin pour planquer un cadavre en tout cas.

Mon ventre s'est mis à gargouiller très fort, je me suis redressé d'un coup dans la chaise. L'heure tournait, il fallait que j'y aille. Même si j'en avais aucune envie.

— Il faut que je retourne au bureau. Je… Qu'est-ce que vous attendez de moi ?

— L'histoire de Marie Chanez m'a laissé comme un clou dans le cœur… Une impression d'échec, un regret qui se réveille régulièrement et qui me pèse. Je suis peut-être un vieux flic gâteux qui voit des coïncidences là où y en a pas. Mais vous, plutôt jeune journaliste, avec votre regard neuf, peut-être que vous trouverez quelque chose…

— Ça vous ennuierait de me prêter ces procès-verbaux ?

Il a souri, satisfait, et s'est emparé de la deuxième chemise, moins épaisse, qu'il avait conservée sous la première jusque-là.

— Je vous ai photocopié une petite sélection.

Je me suis pas fait prier pour l'annexer.

— Vous me tiendrez au courant, vous me le promettez ? m'a-t-il demandé.

— Je vous le promets.

Au fond, depuis le départ, je courais vers cette histoire, sans me l'avouer. Comme aimanté. En sachant, au fond de moi, que ça finirait mal.

TROISIÈME PARTIE
MARIE ET ALBAN

29

La nuit suivante, j'ai fait connaissance avec Marie et Alban. L'enquêteur m'avait photocopié quelques procès-verbaux essentiels pour comprendre les dossiers : une synthèse de l'enquête, des auditions de témoins, de proches de toutes les victimes.

Les flics ont forcé la porte de l'appartement de Marie Chanez pour retrouver son corps, le matin du 9 septembre 1988. La jeune femme avait disparu depuis deux jours : ni son employeur (une fleuriste) ni sa mère n'avaient eu de nouvelles.

Elle occupait un modeste appartement dans le quartier de la gare et elle devait être en train de manger quand son tueur a sonné à sa porte, au vu de l'assiette de pâtes froides à moitié mangées sur la table de sa petite cuisine. Un voisin pensait avoir entendu un cri, mais quand il était venu frapper à la porte, il n'avait plus rien entendu et avait fini par penser à autre chose. Elle avait sans doute laissé entrer en confiance son visiteur, et devait donc le connaître.

Les enquêteurs avaient creusé pas mal de pistes en cherchant dans son cercle intime : ils avaient notamment interrogé un ancien apprenti de la fleuriste, connu pour de la petite délinquance, deux-trois cambriolages, un autre voisin qui en pinçait pour elle et aussi des patients de l'hôpital psychiatrique de Sainte-Marie, vu qu'elle y avait séjourné deux ans plus tôt pour anorexie. Mais ça n'avait strictement rien donné.

Sa patronne avait cependant livré une confidence très troublante (comme on dit dans les articles de faits divers) aux flics :

« Je me souviens d'une scène particulière au mois de juin dernier. J'étais à la caisse et j'ai aperçu à travers la vitrine, sur le trottoir d'en face, Marie discuter avec un homme. Comme il était de dos par rapport à moi, je n'ai pas pu voir son visage. Mais Marie semblait gênée, et lui insistant. Au bout de cinq minutes, elle a fini par s'en débarrasser, mais comme un client est entré, nous n'en avons pas parlé. Vous me demandez si elle pouvait connaître cet homme, je dirais que oui, car elle avait l'air de tenter de le raisonner. Vous me demandez une description de cet homme : je vous répète que je n'ai pas vu son visage, mais qu'il était plus grand qu'elle, les cheveux rasés et assez large d'épaules avec un bombers noir. C'est tout ce dont je me souviens. »

Un sacré bon suspect, ce type aux larges épaules, mais le problème, c'est que personne ne savait qui c'était. On avait trouvé un ADN partiel dans l'appartement et vingt ans plus tard, en 2008, on l'avait de nouveau analysé pour conclure qu'il appartenait à un homme, et non une femme. Mais qui n'était pas fiché. Piste en suspens.

Il était 23 heures quand je suis passé au dossier Alban, et je n'avais aucune envie de dormir. Alban était fâché avec son père depuis la mort de sa mère et avait foiré sa scolarité. Pour vivoter, il fluctuait d'un petit boulot à l'autre. Neuf mois avant sa mort, il s'était stabilisé au Mont-Dore qui attirait quelques touristes aux vacances de Noël et d'hiver pour ses pistes de ski. Il créchait dans un petit appartement en face du casino et faisait la plonge dans un resto, mais son contrat s'était arrêté fin mars. Un type un peu marginal, cet Alban, pas très apprécié par ses collègues de boulot. Et pas que pour des raisons valables. Ainsi, l'un d'entre eux se souvenait d'une bagarre entre un autre saisonnier en cuisine et lui, le type l'avait traité de « sale pédé ». Probablement qu'Alban préférait les garçons. Mais il semblait surtout très seul. Ce sont des promeneurs près du lac Pavin qui ont trouvé son corps un matin de juillet 1992. Pas complètement par hasard, vu que le cadavre était assez bien planqué, mais ils avaient suivi une odeur de puanteur infâme, étaient tombés sur une nuée de mouches. Quand les gendarmes se sont pointés, un nuage noir tournoyait autour d'un corps nu, allongé sur le dos et les bras en croix. Des plaies pouvant correspondre à des coups étaient devenues des béances noires colonisées par les insectes. Bon, j'en rajoute un peu, car le rapport décrivait tout cela dans des termes plus scientifiques, mais c'est l'idée. Là non plus, l'enquête n'avait rien donné. Personne n'avait rien vu : ni les promeneurs habituels, ni les clients du petit resto de la plage du Pavin, ni son propriétaire, ni son gardien. Plusieurs pistes avaient été explorées : collègues homophobes, petits dealeurs du coin, mais les gardes à vue n'avaient pas débouché sur la moindre inculpation.

J'allais m'endormir sur ces liasses de documents quand un message a fait vibrer mon téléphone. Je l'avais presque oublié. Ce foutu corbeau et ses messages anonymes. Camille.

J'ai appris pour vos exploits. Bravo... Mais vous êtes encore loin de la vérité.

Vos exploits. Le type se mettait à me vouvoyer. Bizarre. J'ai rembobiné les derniers jours. Quels exploits avais-je réalisés ces derniers jours ? Le type était-il au bar gay ? Faisait-il partie des clients ? Il aurait fallu être sous hypnose pour revoir tous les visages croisés ce soir-là. Le patron derrière le comptoir, le type à casquette, les deux filles qui se roulaient des pelles au fond de la salle… Était-il juste à côté de nous ? Il y avait de quoi virer taré. Quand Flocon s'est pointé dans ma chambre en miaulant et s'est frotté contre les bords du lit, j'ai caressé sa petite tête pour m'apaiser et je lui ai demandé : « Et toi, tu sais ce qui s'est passé, non ? » Je vous laisse imaginer s'il m'a répondu.

Le lendemain, j'ai exposé mes informations à Rondeux, en lui relatant ces cold cases de 88 et 92 dans le secret de son bureau.

— Merde alors, je me souviens de l'histoire du jeune mec, j'étais localier à l'agence d'Issoire à l'époque…

— Vous aviez travaillé dessus ?

— Très peu, c'était Chappey, le fait-diversier de l'agence.

— Vous pensez que je pourrais le rencontrer ?

— Hélas, non, une crise cardiaque l'a emporté trois mois après sa retraite. T'imagines quand même, la saloperie de vie. Tu crois que tu vas savourer ta retraite, et paf, le cœur lâche.

— Le type s'appelait Alban Lafon. Son père est peut-être encore en vie, mais le nom est beaucoup trop courant par ici.

— Ah oui ? Je crois que le père était du côté de Murol, de mémoire. Tu devrais chercher un Lafon de ce côté.

— Merci du tuyau. Vous me donnez votre feu vert pour creuser, alors ?

Il a hésité, soupiré.

— Mouais. Pas trop longtemps quand même, t'as déjà le tout-venant à traiter…

— Merci.

Au moment où j'allais décamper, le patron m'a interpellé :

— Simon, attends… (Il s'est levé de son bureau, en laissant s'échapper une infime grimace comme s'il avait mal au dos, et m'a parlé à voix basse.) Je crois bien que l'enquête avait été sévèrement bâclée. Au départ, elle était confiée aux gendarmes et ils pensaient que c'était une affaire de… heu… de pédés. Le soir, les rencontres autour d'un lac, je te fais pas un dessin. Après, ils ont filé le dossier à la police, mais c'était sans doute trop tard.

— Je vois. Merci.

— J'ai l'impression que cette ville est en train de devenir zinzin. Il se passe plus une journée sans qu'on me raconte qu'une fille s'est fait suivre dans la rue par un pervers en imperméable ou qu'un gosse a failli être enlevé dans un bus. Les gens ont peur et croient le premier bobard qui passe, ça sent pas bon ! Pourvu qu'ils le coincent bientôt.

J'ai grimpé dans une voiture de service et j'ai foncé à Murol, un patelin surtout connu pour son château médiéval qui se dressait comme un paysage d'heroic fantasy, au milieu des routes sinueuses. J'ai arrêté chaque habitant qui bravait le un degré du thermomètre en leur demandant s'ils connaissaient un monsieur Lafon, et tous me regardaient comme si j'allais leur faire les poches. Je me suis échoué à la mairie où une secrétaire d'une cinquantaine d'années, cheveux teints en noir et lunettes sur le nez, mi-méfiante, mi-accueillante, auvergnate donc, m'a dit qu'effectivement il y avait un monsieur Lafon sans « t » ni « d » à la fin qui vivait au village depuis longtemps.

— Pourquoi vous le cherchez ?

— Vous savez s'il a perdu son fils dans les années 90 ?

— Bien sûr, qu'il a perdu son fils, le pauvre… Depuis, il se claquemure chez lui. Vous allez quand même pas ressasser des souvenirs douloureux avec lui ?

Autant dire que j'étais au bord du demi-tour, mais comme il vivait à deux pas de la mairie, c'était trop bête de renoncer si près du but. Pas bien vaillant, j'ai sonné à la porte d'un doigt endolori par le vent hostile. De l'extérieur, j'entendais la télé gueuler un jeu télévisé de la mi-journée.

Un type m'a finalement ouvert la porte de cette masure en pierre qui semblait sur le point de s'écrouler. Pas très grand, visage couperosé, cheveux blancs en bataille. Il ressemblait un peu à l'acteur Jean Carmet, je lui donnais quatre-vingts balais, je crois qu'il en avait en réalité soixante-dix.

— C'est pourquoi ? m'a-t-il demandé d'une voix rugueuse.

J'ai déroulé mon fil. Je pensais qu'il allait m'envoyer paître, il a peut-être hésité à le faire. Mais il a finalement consenti à me laisser entrer, trop curieux d'en savoir plus.

Le père d'Alban vivait dans une pénombre étroite. Un grand fauteuil poussiéreux et disproportionné bouffait la pièce, posté devant la télévision. Un petit coin cuisine se résumait à deux plaques de gaz et un évier où séchait une casserole et une assiette, à côté d'une toute petite table en ferraille équipée d'une seule chaise sur laquelle trônait un gilet jaune.

— Ben… je pensais pas qu'on reviendrait me voir pour le gamin, moi…

Rugueux, certes, mais déjà radouci.

— Vous avez vu des journalistes à l'époque ?

— Ouais, à l'époque, un peu… Un peu des gendarmes, puis des flics, mais bon, au bout de deux ans, y avait plus personne.

M. Lafon se tenait face à moi avec ses petits bras ballants, d'un air désolé autant qu'ébouriffé.

— Ben chais pas, asseyez-vous, a-t-il proposé en m'indiquant la chaise.

Je me suis exécuté en sortant mon calepin et mon stylo. Il est allé chercher son paquet de tabac dans le coin cuisine et a commencé à se rouler une cigarette.

— Vous fumez ?

— Non, merci.

— Et pourquoi maintenant alors ?

— Vous savez qu'il y a eu deux crimes à Clermont ces dernières semaines…

— Oh ben oui, je suis pas complètement coupé du monde, vous savez.

Du doigt, il a désigné deux objets : la télévision et un gros ordinateur portable posé sur un petit placard. Une vieille bécane, mais qui avait l'air de fonctionner.

— Je regarde les infos sur Facebook. J'ai vu qu'y cherchaient une bagnole noire.

— C'est courant, une bagnole noire.

— Je préfère Facebook aux conneries de la télé. C'est pas contre vous, hein, mais les journalistes…

— Vous avez plus confiance dans ce que vous lisez sur Facebook ?

— J'crains pas, ouais. Et puis je participe moi aussi, j'écris des trucs, je suis déjà allé sur un rond-point rencontrer les gens, ça fait plaisir de mettre des visages sur des noms.

— Et qu'est-ce qui se dit du tueur de Clermont sur votre groupe Facebook ?

— Plein de trucs. C'est quand même bizarre qu'ils arrivent pas à le choper, non ?

— Il a l'air de prendre ses précautions…

M. Lafon a allumé sa grosse cigarette, puis a aussitôt retiré un bout de tabac fugitif de sa langue.

— Mouais, ou alors il est protégé. M'enfin bref, ça nous dit pas quel bon vent vous amène, monsieur…

— Je vais tout vous dire. Il se pourrait bien qu'on ait un tueur en série. Et si c'en est bien un, alors il a peut-être sévi avant.

— Ouais ?

— Peut-être en s'en prenant à votre fils…

Sa mâchoire était prête à se décrocher. Il s'est immobilisé de longues secondes, puis il a fait quelques pas et s'est laissé tomber sur son fauteuil. *Pouf.*

— Bordel à cul, j'en étais sûr… Quand j'ai vu ces crimes, je me suis dit : et si c'était le même type ?

— Vraiment ? Mais pourquoi ?

— Comme ça, une intuition. Le type qui a fait du mal à cette gamine, c'est sûr, il a dû y prendre du plaisir. Et le type qui s'en est pris à mon gamin… aussi…

— Et… Qu'est-ce que vous savez de la mort d'Alban ?

Jean Carmet a repris une latte pour se donner du courage.

— Depuis la mort de sa mère, Alban avait coupé les ponts avec moi. Il disait que j'étais un bon à rien, que j'avais rien fait pour empêcher ça…

— Elle est morte de quoi, votre femme ?

— Cancer fulgurant. Les poumons. Faut dire qu'elle avait bossé à Amisol, une charmante usine bourrée d'amiante, tapez sur Google, vous verrez ce que c'était… et le nombre de ses collègues qui ont passé l'arme à gauche avec des cancers à plus savoir quoi en foutre. Qu'est-ce que je pouvais y faire, moi ?

— Je vois ce que c'est. Désolé pour votre femme. Et vous, vous bossiez dans quoi ?

— Dans un garage. Mais je gagnais pas ma croûte. L'hiver dernier, j'ai dû aller au Secours populaire pour becter. Qu'est-ce que vous voulez, c'est la vie…

J'ai regardé mes pompes.

— Et Alban, il était saisonnier, lui ?

— Ouais, il avait pris une piaule au Mont-Dore. Mais bon, ce qu'il faisait de sa vie, j'en savais rien. Ça faisait un an, je crois bien, que la communication était coupée.

— Comment vous avez appris sa mort ?

— Par la maréchaussée. J'ai dû aller reconnaître le corps.

Sa voix s'est brisée net, il a refréné un sanglot.

— Qu'est-ce qu'ils lui ont mis, les salopards. Personne mérite ça.

J'ai repensé aux procès-verbaux, aux constatations des enquêteurs scientifiques. Je pouvais imaginer le corps, dévoré par un nuage de mouches noires, sous le soleil de plomb.

— Je suis désolé…

— Ben vous y pouvez rien, mon pauvre ami. Sauf à me dire qui a fait ça. Mais si on trouve qui a fait ça, le type, je veux l'avoir entre les mains. Je veux qu'on me l'amène ici. Avant de le tuer, je lui poserai juste une question… (Un silence de mort.) Pourquoi ? Pourquoi tu lui as fait ça ?

— À l'époque, on vous a parlé de pistes…

— Pff, vaguement… Il paraît qu'on l'avait emmerdé dans la cuisine où il plongeait.

— Vous savez pourquoi ?

— Ben… soi-disant qu'il était homo… Qu'est-ce que ça pouvait bien leur foutre, à ces cons-là ? Chacun fait ce qu'y veut avec son cul !

— Et l'enquête a été classée… au bout de deux ans ?

— Deux-trois ans, oui. Autant dire qu'ils en avaient rien à foutre.

— Et vous, vous avez essayé de chercher ?

— J'ai fait ce que j'ai pu. Mon patron, à l'époque, avait été plutôt sympa, on était allés interroger des types.

— Et ça n'a rien donné ?

— Si…

Sa clope s'est éteinte, il s'est levé péniblement de son vieux fauteuil pour saisir son briquet oublié sur la table de la cuisine et rallumer la flamme. Dehors, le vent redoublait, prêt à souffler la petite maison.

— Comme on savait que mon fils préférait les hommes, on est allés dans les boîtes ou les parcs à la tombée de la nuit, si vous voyez ce que je veux dire. On cherchait des types qui l'auraient connu, quoi.

— Je vois.

— Soi-disant, y avait un type un peu louche qui abordait les gars, un peu insistant, quoi… C'est un ancien collègue de mon fils qui m'a raconté ça. Il s'appelait… Merde, comment il s'appelait déjà ? Lapin…

— Comme un lapin ?

— Non… Non, attendez c'est pas ça… C'était Lièvre… Lelièvre !

J'ai noté sur mon calepin.

— Vous l'aviez raconté aux flics ou aux gendarmes ?

— Ils trouvaient ça trop flou. Le dossier était refermé, y avait plus rien à faire. On dirait que ce mec a réussi tout ce temps à rester dans l'ombre, comme un chasseur…

Et comme il disait ça, justement, la pénombre semblait avoir gagné du terrain dans la baraque. Le père orphelin se recroquevillait devant son fauteuil, la pointe incandescente de sa clope brillait dans l'obscurité.

Dans l'ombre, c'était exactement ça.

30

PAR CHANCE POUR MOI, le type que m'avait indiqué le père Lafon n'avait jamais bougé du Mont-Dore. Par chance pour lui, il avait bien sûr quitté la plonge du petit resto qui l'employait en 1992 et s'était installé à la tête de deux échoppes : un magasin d'accessoires de ski pour l'hiver et un petit café pour le reste de l'année. Il s'appelait Lelièvre, Paul de son prénom.

J'ai roulé de Murol au Mont-Dore. D'un bled à l'autre, la même ambiance planait, celle de paysans montagnards, de pâturages gelés, de brouillards persistants, de vieilles baraques grises, témoins d'un autre siècle.

À l'époque, Alban créchait dans un studio, juste en face du casino – un établissement tout simple pour touristes de vacances d'hiver, sans chichis et sans smoking. Une rue principale animée de restaurants, d'hôtels et de magasins de ski débouchait sur la route des pistes. Une ceinture de sapins délimitait l'horizon, mais leurs cimes se perdaient dans une brume épaisse, la saison n'avait pas encore commencé et cette petite ville semblait hiberner dans sa brume.

J'ai d'abord erré au pied de l'immeuble, fenêtres encadrées de gris, sans lumière, persiennes qui grinçaient. J'ai croisé quelques voisins, personne n'avait entendu parler de l'affaire à part une vieille qui devait vivre seule avec un petit chien : « Ah oui, il y avait un monsieur qui habitait au deuxième étage et qu'on a retrouvé mort, je me souviens très peu de lui, je crois qu'il était un peu sans le sou... et puis il est pas mort ici. » Marrant, cette façon qu'ont parfois les gens de se prémunir d'une éventuelle malédiction – il s'est fait trucider, oui, mais pas chez nous.

Quelques mètres plus loin se tenait la boutique de Lelièvre. C'est son associé, à moins que ce ne soit son mec, qui m'a ouvert la porte, au milieu des luges et des chaussures de ski. Avant le début des vacances, et en pleine semaine, pas un seul amateur de poudreuse ne se hasardait dans le coin. « Paul ? Vous le trouverez au pied des pistes à cette heure, il va bientôt rentrer de son ski de fond, m'a dit sans poser plus de questions ce grand type mince aux cheveux rares avec un accent anglais. Vous pourrez pas le louper avec sa combinaison rouge. »

J'ai roulé cinq minutes de plus en voiture, jusqu'au parking de la station du Mont-Dore, avec ses télésièges légèrement agités par le vent et sa remontée mécanique pour luges, on n'arrêtait plus le progrès. Plus loin, les reliefs du massif, pourtant plus modestes que les Alpes ou les Pyrénées, ressemblaient à un continent hostile. J'ai passé cinq minutes à contempler cette frontière vaporeuse avant de distinguer une forme rouge, trace de vie rassurante émergeant progressivement des ténèbres. Tandis que mes doigts de pied se congelaient dans mes chaussures de ville, j'ai précipité la rencontre.

En m'écoutant me présenter, M. Lelièvre a ôté son masque de ski aux reflets bleu éclatant, pas du tout dérangé par ma visite impromptue.

— Ce pauvre Alban… Bien content que vous ne lâchiez pas l'affaire, je vais tout vous raconter…

Il m'a conduit vers un cabanon en bois abritant un petit bar de fortune qui m'avait échappé jusque-là.

— Hé, Jeannot, tu nous fais deux cafés ?

Un grand brun aux sourcils broussailleux, cinquante berges, a surgi de l'abri, ours adouci par une voix amicale.

— Ça va, mon Paulo ? T'as réussi à retrouver ton chemin dans cette brouillasse ?

— Et j'ai même pas croisé de loup !

La réplique les a fait s'esclaffer. C'est là qu'un loup avait été aperçu quelques semaines plus tôt par deux randonneurs.

— Vous y croyez pas, c'est ça ? ai-je demandé.

— J'dis pas que c'est pas possible, hein, a répondu Lelièvre. Mais y a plus de chances que ce soit un chien errant. Et puis quand Jeannot se pointe avec ses grosses paloches, les loups font demi-tour tout de suite, ils ont trop peur…

Nouveaux rires francs. On s'est assis à une table en plastique, Lelièvre était réchauffé, pas moi.

— Vous n'auriez pas préféré un petit vin chaud ?

— Non non, ai-je menti.

— Avec Alban, on était les deux seuls homos du patelin, à mon avis, a-t-il enchaîné sans même attendre ma dernière syllabe, avec un sourire amer. De là à dire qu'on s'est rapprochés, non, il était beaucoup trop… solitaire, sauvage… Mais on avait causé un peu.

— Il avait eu des soucis à la plonge, je crois.

— Oh oui, avec un trou du cul dont j'ai oublié le nom qui singeait son air soi-disant efféminé. Ils en étaient venus aux mains. Y a des cons partout…

— Le trou du cul en était venu aux mains, mais pas au point de se venger en le tuant, donc ?

— Oh non, là, vous chercheriez sur la mauvaise voie, a-t-il poursuivi tandis que M. Sourcils nous apportait nos deux verres en plastique remplis de café.

— Alban allait souvent au casino. Faut dire que c'était juste en face de chez lui. Il jouait pas des sommes énormes, hein, il en avait pas les moyens. Il y allait comme il serait allé acheter des tickets à gratter au PMU. C'est pas un casino sélect, tu peux y entrer en baskets trouées. N'empêche qu'il y passait une partie de sa paie.

Lelièvre avait le teint hâlé, celui des skieurs confirmés qui bronzent sur les pistes comme d'autres sur les plages. On sentait le type maqué avec la montagne. Si lui-même ne croyait pas au loup, on pouvait donner du crédit à sa conviction. Et tant mieux d'ailleurs, parce que l'épais rideau blanc qui nous encerclait avait l'air de couver un bestiaire de créatures sauvages.

— À force de jouer, Alban a fini par gagner un bon pécule, 1 000 balles je crois, ce qui était pas dégueulasse vu nos salaires. Vous savez ce qu'il en a fait ?

— Sûrement pas un cadeau à son père…

— Oh non, c'est sûr. Non, il s'est acheté le joujou de l'époque.

— C'est-à-dire ?

Il a plissé les yeux de malice en sirotant son jus.

— Un Minitel.

Mon témoin avait bien quinze ans de plus que moi.

— Z'avez pas connu ? Z'êtes trop jeune ?

— Si si… J'ai consulté les résultats du brevet dessus.

— Ah… Eh ben disons que… Alban s'en servait pour autre chose.

— Et qu'est-ce qu'il y faisait ?

— À l'époque, y avait pas de sites de rencontres. Le Minitel rose, ça vous parle ?

— Bien sûr.

— Le Mont-Dore, c'était déjà pas Paris. Y avait pas les boîtes qu'il fallait. On pouvait s'amuser comme ça, à échanger des messages un peu chauds. Et puis on pouvait aussi donner rendez-vous.

Enfin, la météo s'éclaircissait dans ma tête.

— Vous pensez qu'Alban avait rendez-vous au lac Pavin le jour de sa mort ?

— Je peux pas vous le prouver. C'est un peu comme le chien errant et le loup. Mais ça m'aurait pas étonné. C'est un bel endroit pour une rencontre, le Pavin. Mais ça dépend sur qui on tombe.

— Je comprends.

Il s'est redressé sur sa chaise pour jeter un œil vers le cafetier qui déballait des cartons dans son cabanon. Puis il a baissé d'un ton.

— C'était assez nouveau pour nous, le Minitel rose. Un terrain à défricher. Le Far West, presque. Et c'est là où je voulais en venir. J'avais pas les moyens de m'acheter un Minitel, mais un copain à moi en avait un. Il nous est arrivé d'y passer quelques soirées. Un soir, en particulier, on était trois ou quatre, on avait un peu bu. Notre pote se met à nous raconter ses aventures. Il nous explique qu'il a discuté sur Minitel avec un type bizarre. Non pas parce qu'il voulait baiser à tout prix, ça, il était pas le seul, mais parce qu'il donnait rendez-vous dans des coins pas possibles, déserts, à minuit. Soi-disant que c'était un fantasme. Aller dans l'appart d'un inconnu, c'est déjà imprudent, mais, au moins, y a des voisins. Alors que sur un parking ou un chemin de randonnée…

— Un vrai guet-apens, quoi.

— Exactement. Mais, ce soir-là, comme on était un peu saouls, on a décidé de se prendre au jeu. On s'est connectés et rapidement on est tombés sur lui. Alors, on lui a parlé…

— Vous vous souvenez de son nom ?

— C'était un pseudonyme, forcément, c'était l'usage. Dans mon souvenir, c'était un prénom un peu vieillot, genre Raymond ou Roger.

J'ai noté sur mon calepin les deux hypothèses. Mes pieds devenaient douloureux.

— Et vous êtes allés à son rendez-vous ?

— Il nous l'avait donné au bord du lac de Servières. Joli coin, aussi. Comme le lac Pavin, mais à minuit, bonjour l'angoisse…

— Vous y êtes allés à plusieurs, j'imagine ?

— Ouais. On a pris une bagnole, on a roulé jusque-là. On est arrivés en premier sur ce parking glauque. Ça devait être au mois de mars, on se gelait encore. Au bout de quelques minutes, on a vu arriver une autre caisse. C'était forcément lui.

— Quelle couleur, la voiture ?

— Vous m'en demandez trop. Je dirais bleue, mais ça remonte à presque trente ans.

J'ai noté « bleue » et j'ai hésité à demander un verre de vin chaud. J'avais fini mon café, contrairement à lui.

— Il s'est garé à l'autre extrémité du parking et il a fait des appels de phares. Avec l'obscurité et la buée, il pouvait pas voir qu'on était plusieurs dans la bagnole, mais, par précaution, on s'est tous recroquevillés sur la banquette. Et comme on voulait continuer à jouer, on a tiré au sort pour savoir qui sortirait de la caisse pour aller à sa rencontre. C'était celui à qui il restait le plus de bière dans sa bouteille…

Il a souri et s'est auto-désigné de la main.

— Vous deviez pas être rassuré…

— J'avoue que quand je suis sorti de la bagnole, avec le froid en plus, j'en menais pas large. Je me suis approché. À cause de la buée, je voyais juste sa silhouette. J'espérais encore m'en sortir en lui parlant à la vitre. Mais, au lieu de ça, il a ouvert la portière côté passager pour me faire monter. Et là, je savais plus trop quoi foutre. C'était la limite du jeu... J'ai pensé que si le type était effectivement un malade, même si je hurlais, mes copains n'auraient sûrement pas le temps d'intervenir.

— Ça fout la trouille, votre histoire. Je prendrais bien un verre de vin chaud.

Rien qu'à voir son regard posé sur moi, en équilibre entre la surprise et le jugement, j'ai regretté ma prise de parole. Trop tard, il avait déjà hélé Gros Sourcils.

— Moi aussi, j'avais les chocottes, imaginez... Je me suis dit que j'allais m'asseoir sur ce siège en gardant la main sur la poignée pour dégager en quatrième vitesse au cas où. Heureusement pour moi, à l'époque, il n'y avait pas de verrouillage centralisé des portes.

— Quelle gueule il avait ?

— La première chose que j'ai vue, c'est pas lui. Mais son putain de chien sur la banquette arrière. C'était une espèce de berger allemand bâtard croisé avec je sais pas quoi, plein de poils et qui respirait fort. Pas tout jeune.

— De plus en plus rassurant...

— Ouais. Je me suis assis quand même. Le mec avait notre âge à l'époque, c'est-à-dire vingt-cinq, trente ans. Il avait les cheveux ras, un blouson type bombers. Carré des épaules.

Aussitôt, j'ai repensé à la description du type qui emmerdait Marie Chanez à sa boutique.

— Un molosse ?

— C'est surtout son regard. Le mec me matait comme un bout de viande. De la tête aux pieds, pas gêné.

— Il vous a parlé ?

— Il m'a dit un truc du genre : ça te dérange pas que mon chien soit là ? Mais il avait une voix… Je sais pas comment dire. Un homme des cavernes. Comme si chaque syllabe lui demandait un effort. Et puis… il sentait l'alcool.

Le cafetier velu m'a déposé un nouveau gobelet à la senteur de cannelle. J'ai tenté de boire une gorgée, mais je me suis cramé la langue.

— Évidemment que son clébard me dérangeait. Je savais plus comment me sortir de là. Je jetais des coups d'œil vers la caisse de mes potes, de là où j'étais, on aurait dit qu'ils avaient disparu. J'ai essayé de faire bonne figure en posant les questions à la con habituelles du genre : « Tu fais quoi dans la vie ? », « T'habites dans quel coin ? ». Mais il répondait que par des phrases à côté de la plaque, presque absurdes. Du genre : « Ah faut bien travailler, hein. » Alors j'ai déblatéré encore deux ou trois banalités et je me suis rendu compte que le type transpirait de plus en plus. Il ruisselait. Alors qu'on se pelait le cul. Et puis, comme ça, il m'a sorti : « Tu veux pas me la mettre dans la bouche ? »

J'ai failli renverser mon gobelet.

— Le type était dégueulasse. J'ai dit non et j'ai essayé d'ouvrir la portière. Mais il s'est précipité pour la refermer. Il était penché sur moi, je pouvais sentir son odeur de sueur et de vinasse. J'avais plus le choix, j'ai dit : mes potes sont dans la bagnole, là. Fais pas le con… Il m'a regardé, il cherchait sûrement à savoir si je bluffais. J'avais tellement peur qu'il… me cogne. Mais au lieu de ça, il est retourné à sa place en se tenant la tête, comme s'il était pris d'une migraine terrible. Je comprenais plus grand-chose à ce qui se passait. Et derrière, son chien devait piger que ça partait en couilles parce qu'il respirait de plus en plus fort. Et puis le type s'est mis à chialer.

J'en ai oublié de boire mon vin chaud, pourtant, il avait l'air bon.

— Ça donne quoi un homme des cavernes qui chiale ?

— Une sorte de… d'enfant monstrueux. J'aurais pu me tirer à ce moment-là, mais, bizarrement, je suis resté. Je sais pas pourquoi. Je voulais savoir. Et il s'est mis à parler. Je croyais qu'il s'adressait à moi, mais non. Il a dit un truc du genre : « Tommy… Arrête Tommy… Je peux pas lui faire ça… » Ou un truc comme ça.

— Tommy ?

— Ouais. Autant je me souviens plus de son pseudo sur Minitel, autant, Tommy, je m'en souviens. En tout cas, ça m'a carrément foutu la trouille. J'ai ouvert la portière et je me suis taillé. Mes potes ont compris que le jeu était plus drôle du tout. J'ai gueulé : « Il est malade ! Il est malade ! » Mais le temps que je dise ça, la voiture a démarré derrière nous. Le type s'est barré. Même pas eu le temps de relever sa plaque.

— Bordel… mais vous l'avez dit aux gendarmes, ça ?

— Oui ! Mais ils ont même pas pris mon témoignage, ces cons-là. Ils m'ont presque ri au nez. Peut-être parce qu'à leurs yeux, j'étais une pauvre pédale…

— Putain, quel gâchis. Vous croyez qu'Alban est tombé sur lui ?

— Franchement, des tarés comme ça, j'espère qu'il y en avait pas dix sur un seul département.

Il a sifflé son café pour ponctuer la fin de son récit. Je me suis autorisé à boire mon vin chaud, un tout petit peu moins brûlant. Lelièvre a regardé cette ceinture rocheuse autour de nous, comme s'il réfléchissait à une bonne conclusion.

— C'est pour le prof retrouvé mort, c'est ça ?

Je percutais à peine qu'il ne m'avait même pas posé la question rituelle : pourquoi remuer cette vieille affaire ? Pour lui, ça coulait de source.

— Ouais, c'est ça. Vous pensez que ça peut être le même type ?

— Quand j'ai appris ce qu'il avait fait à ce pauvre homme, j'y ai repensé. Je me suis demandé si c'était ça que lui ordonnait le fameux « Tommy » : me couper la bite !

La question me collait la chair de poule, comme quoi on pouvait être pris de vertiges sans monter au sommet du Sancy.

— Mais… C'est qui, Tommy, pour vous ? Son ami imaginaire ?

— Pour moi, Tommy… c'était le passager de la banquette arrière.

— Quoi ? Le chien ?

— Ça nous ramène à notre discussion de départ : parfois la gueule du loup, ça ressemble plutôt à la gueule d'un clébard.

Sur mon calepin, j'ai noté « Clébard ». Un jour, ça finirait par faire sens, peut-être.

31

Tandis que Martin écrasait sans complexe sur son passage l'interdiction de rouler à plus de quatre-vingts à l'heure, je lui détaillais ma pêche de la veille. D'Alban Lafon à Miguel Gallo, on était passé du Minitel au smartphone, mais c'était le même mode opératoire. En considérant que le vieux Lafon avait vu juste.

— Le mec s'est simplement adapté à l'époque..., a commenté mon camarade.

On filait vers les hauteurs immaculées, au-dessus de Clermont. Quelques minutes plus tôt, au bureau, Rondeux nous avait confié une mission : « Trois moutons se sont fait trucider du côté de Saint-Ours. Tous mes copains chasseurs sont prêts à parier sur le loup. Vous filez et je veux de la photo sanglante, Martin. Il est temps de montrer les ravages que fait cette gentille bête par chez nous. »

Forcément, j'avais repensé au chien-loup que j'avais aperçu le soir de la disparition de la petite Coline. Et aussi aux empreintes invisibles dans la neige – et ça foutait encore plus la trouille.

— Tu crois que le loup pourrait arriver jusqu'à Clermont ?

— T'es sérieux ? a demandé Martin comme s'il parlait à un extraterrestre.

— Non, laisse tomber, c'est la fatigue…

Vingt minutes plus tard, on a trouvé le lieu de rendez-vous indiqué par notre patron. Un agriculteur grand comme s'il était perché sur des échasses et barbu comme un Père Noël au chômedu nous attendait devant une ferme, l'œil noir et contrarié. On l'a fait monter sur la banquette arrière, puis on s'est enfoncés dans les routes de campagne qui grimpaient, de plus en plus haut, avec le puy de Dôme en roi géant qui nous dominait. Plus on prenait de l'altitude, plus le brouillard s'épaississait, comme si on s'enfonçait dans ses entrailles, et plus la température indiquée sur le tableau de bord informatisé baissait. On était à moins quatre quand on a fini par atteindre le pâturage de notre témoin.

— C'est là, garez-vous sur le côté, vous gênerez personne ici.

En descendant de la voiture, un froid paralysant m'a saisi à la gorge, un coup de poignard dans l'œsophage. Un troupeau de moutons nous réservait un comité d'accueil bêlant. On aurait pu s'en amuser, sauf que leur façon de se tenir très près du barbelé et de la route laissait penser à un mouvement de frayeur : comme s'ils s'étaient agglutinés pour s'enfuir, bloqués par la clôture, reculant devant une menace invisible, sans pouvoir s'enfuir. On s'est contorsionnés sous le fil torsadé pour explorer le pré. La purée de pois réduisait notre visibilité à même pas dix mètres. On suivait aveuglément notre guide qui connaissait l'endroit comme sa poche. Dans ces ténèbres blanches, n'importe quelle silhouette aperçue m'aurait fait l'effet de la Bête du Gévaudan. En réalité, les premières formes aperçues n'ont pas été celles d'un prédateur, mais de ses proies. Un premier cadavre de mouton nous attendait au milieu de ce nulle part. L'animal avait été éventré et vidé, seul un bout de viscères gelait déjà sur l'herbe blanche. Son bourreau avait aussi arraché ses yeux, laissant à la place deux cavités noires.

— Regardez-moi ce massacre, a commenté l'agriculteur, écœuré.

Quelques mètres plus loin, la scène de crime se répétait, un peu plus sanglante encore, avec une patte arrachée, comme si le supplicié avait été rattrapé par des crocs en pleine fuite.

— Et on va me dire que c'est pas le loup, ça, hein ? s'énervait l'agriculteur tandis que Martin commençait à mitrailler le décor. Un chien errant ? Mon cul, ouais !

Il me tardait de revenir à la civilisation pour échapper à ces limbes sibériens.

— Tenez, regardez là ! a crié l'agriculteur. Une trace dans la neige !

On s'est approchés.

— Pendez-moi si c'est pas une empreinte de loup ! a encore braillé l'éleveur.

Je n'étais pas expert. Mais, cette fois, il y avait bien une trace, oui (contrairement au soir du marché de Noël, m'a soufflé une vilaine voix flippante dans un coin de mon cerveau).

Une trace. Le mot a fait son chemin. Martin a posé un genou par terre pour immortaliser l'indice. Une trace. Si les téléphones de Gallo et Marchand avaient disparu, ce n'était pas pour rien. Ce n'est pas sur leur ordinateur, mais sur leur smartphone que leur assassin avait dû les accoster. Sur l'application de rencontres. Les flics pouvaient bien explorer le PC de Gallo, ils n'auraient rien à se mettre sous la dent. Son histoire de poker, c'était du pipeau. Il faisait semblant de jouer sur son ordi pour créer l'illusion auprès de sa femme, mais c'est sur son téléphone qu'il devait s'activer frénétiquement. C'est cette trace que le tueur avait voulu faire disparaître. Et pour trouver le prédateur, il fallait aller sur son terrain de chasse. Le soir même, j'ai mis en pratique mon idée.

D'abord trouver une photo d'inconnu. Pas une célébrité évidemment, pas quelqu'un du coin non plus. Surtout pas ma trombine pour ne pas être démasqué. Une banque d'images américaine ferait très bien l'affaire. Au bout d'un bon quart d'heure à farfouiller, et tandis que certaines gueules me disaient étonnamment quelque chose, comme si je les avais déjà vues quelque part, j'ai fini par trouver un gus à la trogne banale avec une tête à inviter ses voisins au barbecue. Puis j'ai complété la fiche de renseignements. Je m'appellerais Bruce, ça fait légèrement acteur porno pour donner un peu envie, j'aurais trente-deux ans. Si on me demande, je dirais que je suis dans la com'. Genre une petite agence locale qui aurait des contrats avec des élus pour annoncer un festival ou des trucs dans le genre. Je serais bien sûr célibataire et ouvert à toutes les rencontres, « sans prise de tête » selon la formule d'usage qui signifiait : j'ai envie de baiser. Je serais bi pour ne fermer aucune porte, mais un peu plus branché mecs, tout de même. Et j'habiterais dans le centre de Clermont, ce qui m'arrangeait pour organiser un rendez-vous.

J'ai lancé la moulinette, calé dans ma baignoire et je n'ai fait apparaître que les profils masculins. Ça n'a pas traîné. Trois minutes plus tard, j'avais déjà des « matchs », des types qui voulaient entrer en relation avec moi. Avant d'entamer les discussions, j'ai sélectionné. Je ne voulais ni risquer de passer à côté du bon candidat, ni perdre du temps. J'entamais le dialogue avec les prétendants sans image, les gueules de quinquagénaires et les paumés qui le portaient sur eux. En trente minutes, je me suis retrouvé avec dix discussions simultanées.

Salut bogosse, qu'est-ce qui t'amène ici ?

Moi ? Rien de spécial, juste l'envie de faire une rencontre.

~

CC Bruce, t'as un joli prénom est-ce que t'a ski va avek ?

Pourvu que ski va avek ne soit pas sektionné.

~

Bonjour Bruce, toi aussi tu es un solitaire du vendredi soir ?

Et des autres jours de la semaine aussi.

Si tu cherches un plan d'un soir, passe chez moi.

Si tu cherches l'amour, passe ton chemin.

Cinq minutes plus tard, un candidat en moins : il venait de m'envoyer une photo de son chapiteau dressé, et de sa tronche en même temps, sans la moindre prudence. Il n'avait pas cinquante balais.

Tu cherches quoi ici ?

Pas de prise de tête, et toi ?

Pas sûr que ça colle alors, moi j'en ai marre des relations sans lendemain, bonne continuation.

Un de moins.

L'eau était devenue trop froide, je me suis résigné à m'arracher à la baignoire pour m'avaler un plat cuisiné, sans fierté, j'avais encore pris du bide ces derniers jours, la faute à ces sandwichs poulet-mayonnaise avalés à la va-vite. *Salut les gars, qui veut rencontrer un gros sac ?*

Toujours dispo demain soir ?

Ah, tiens, Cathy. Je l'avais oubliée celle-ci.

32

Même endroit, même joueur joue encore, comme dans un jeu vidéo. J'avais fixé le rendez-vous dans un de ces cafés neutres et anonymes de la place de Jaude, précisément celui où j'avais rencontré Lucie. Je me suis posté à la même table, en repensant avec amertume à cette histoire manquée. Cette fois, je ne venais pas chercher l'amour. Ni traquer un prédateur sexuel. J'espérais seulement une nuit. Après plusieurs échanges aussi brefs que banals, j'étais passé à l'étape supérieure avec Cathy. J'avais négocié de la retrouver en centre-ville alors qu'elle préférait un pub sans âme à côté du multiplexe, pas loin de chez elle, en périphérie. Elle avait peur, disait-elle, de ne pas trouver de place pour se garer et jugeait que Clermont ça craignait, que les bars étaient oppressants, trop de monde. Mais devant mon insistance, elle avait fini par céder.

J'étais en train de vérifier que je n'avais pas de tache sur mon pull noir quand j'ai perçu depuis le comptoir une voix familière réclamer une autre bière au serveur. C'était Caubin. Les traits effondrés, les joues creusées, comme si sa peau était aspirée par la pinte qu'il tenait de sa main veineuse. Aucune envie de passer ma soirée à côté de lui. J'ai fait comme si je n'avais rien vu et j'ai commencé à écrire un petit message à mon inconnue pour changer le lieu de rendez-vous. Comme le serveur n'avait toujours pas daigné m'accorder d'attention, j'ai remballé mes affaires et me suis dirigé vers la sortie, priant pour que Caubin ne se retourne pas vers moi. Mais au moment de passer la porte, j'ai entendu :

— Alors, je pue la mort maintenant ?

J'ai joué l'étonné.

— Tiens, je t'avais pas vu. Comment tu vas ?

Ses yeux se sont levés de son verre pour me toiser avec aigreur.

— Je vais comme un condamné à mort…

Difficile de tourner le dos dans ces conditions. Je l'ai rejoint au comptoir.

— J'ai appris… Enfin, dans les grandes lignes, tu sais…

— Ah ah, les grandes lignes, a-t-il répété d'un rire acide. C'est pas des lignes, c'est des tranchées et j'ai pris un obus. Ils vous ont dit quoi ?

— Ils ont parlé de… harcèlement sexuel. Avec des stagiaires, je crois.

— Putain, je suis fini… Tout le monde va penser que je suis un pervers.

Je manquais d'inspiration. On nous mettait sous les yeux et dans les oreilles des accusations, je n'étais pas juge d'instruction. Qu'était-on censés penser ? Comment se déterminer quand on vous pousse à perpétuellement choisir un camp ?

— Et toi, comment ils te l'ont annoncé ?

— Un beau jour, je me retrouve convoqué à la DRH. On me sort une liste de courses sans que je puisse me défendre de quoi que ce soit. Avec des trucs qui remontent à des années.

— Et… ces filles, tu sais ce qu'elles ont raconté ?

— Mais c'est des conneries tout ça. Je suis peut-être un gros dragueur, mais je suis pas un violeur. J'ai jamais forcé personne !

— Ils disent que c'est parce que tu étais chef…

— Et alors, un chef a plus le droit de baiser avec une stagiaire ? Un chef doit baiser avec des chefs ?

— Je sais pas…

— En plus, y a que des chefs hommes, à *L'Éclair*. Ça complique les choses.

— Ah ben ça…

— Ils sont allés jusqu'à me reprocher de me branler sur le manteau d'une fille. Mais j'ai jamais fait ça, moi ! En plus, la période où c'est arrivé, j'étais en vacances au Japon. Merde, quoi !

— C'est vrai ?

— Ben oui ! Il suffit de vérifier les plannings, merde !

Mon portable a vibré, nouveau message de Cathy :

Je suis vraiment trop à la bourre… Ça t'ennuie pas de venir à côté du multiplexe finalement ?

Finalement, ça m'arrangeait même. J'ai pris congé de Caubin d'un très lâche « Faut que j'y aille, on se tient au courant » et je suis parti chercher ma voiture pour gagner la zone industrielle. Aucune idée de qui disait vrai entre Caubin et ces filles, peut-être que tout le monde racontait sa vérité, peut-être que Caubin était d'une autre époque en train de crever sous nos yeux.

Nouveau message :

Le pub est fermé pour travaux, il reste la cafétéria d'Auchan.

Bon. Peu importe le décor pourvu qu'on ait le plaisir. Je me suis garé sur le grand parking de cette zone commerciale, lugubre et quasi vide à cette heure-ci. La cafétéria était à peine moins déserte, seule une famille nombreuse finissait des steaks hachés frites. Des guirlandes rouges, bleues, dorées rampaient sur les murs. J'ai longé le coin « enfants » flanqué d'une piscine à balles sur laquelle régnait un énorme ours polaire en peluche. Tout au fond, près d'une baie vitrée donnant sur le parking, elle était là. À présent, il était clair qu'elle avait procédé à un mensonge par omission en ne montrant sur le site de rencontres qu'un gros plan de son visage. Elle n'était pas obèse, mais presque. Elle avait trente ans, peut-être trente-cinq. Elle savait que ses yeux verts constituaient son meilleur atout physique, puisque son maquillage les mettait en valeur. S'il y avait eu foule, peut-être, j'aurais agi comme un salaud et j'aurais fait demi-tour discrètement, en basculant mon téléphone sur le « mode avion » et en faisant le mort jusqu'à ce qu'elle passe, comme moi, à la prochaine consommation dans les rayons virtuels de ce supermarché de plans cul. Mais il était trop tard : j'étais seul face à elle, impossible de s'enfuir.

— Il faut prendre une conso à la caisse, m'a-t-elle informé en guise de bonsoir.

Je suis allé m'acheter une bière, et, au moment de régler, l'employée semblait me demander de ses yeux mornes : « Qu'est-ce que tu fous là ? » et j'aurais pu lui répondre : « Aucune idée. »

Je lui laissais une heure. Au-delà, je foutrais le camp en prétextant une migraine.

— Ça fait plaisir de se rencontrer enfin. C'est ton vrai prénom, Simon ?

— Oui, et toi ?

Sur le moment, j'avais oublié son pseudo.

— Je m'appelle Catherine mais tout le monde m'appelle Cathy. T'es vraiment journaliste ?

— Oui, oui…

— Tu travailles sur l'histoire de la petite Coline ?

— Ouais. Sale histoire.

Comme je n'avais pas mangé, la bière m'a légèrement fait tourner la tête. Assez pour tenter quelques petites blagues, rendre plus agréable ce moment qui n'allait mener nulle part. Les doigts de Cathy trahissaient de temps à autre des signes de trac en se crispant sur son verre. Elle était vendeuse dans une boutique de chocolats – « c'est l'usine en ce moment » – de cette même zone commerciale. Elle y faisait aussi ses courses et elle n'habitait qu'à quelques centaines de mètres. On se trouvait sur son terrain de chasse.

— Je viens rarement dans le centre de Clermont, avec les embouteillages, c'est trop chiant… Et puis, a-t-elle ajouté, avec ces histoires horribles, ça donne encore moins envie de venir, si je peux éviter de me faire éventrer, moi…

J'ai tenté une mauvaise blague :

— Et t'as pas peur de rencontrer des inconnus comme moi ? Si ça se trouve, c'est moi le tueur en série…

— Si ça se trouve…, a-t-elle répondu d'un air canaille.

— Tu rencontres souvent des inconnus ?

— Non, je sélectionne.

— Et là, t'es pas déçue ?

— Pas du tout. Et toi ?

J'étais pris à mon propre piège. J'ai dit non et je suis allé commander deux autres bières. À mon retour, elle avait enlevé son pull pour laisser voir son décolleté généreusement prononcé. J'ai pensé qu'ici, personne ne nous verrait. On a expédié la bière. Et tandis qu'on se racontait nos rencontres précédentes, elle m'a lancé :

— On va chez moi ?

J'ai dit oui. J'ai suivi sa large silhouette sur le parking, elle est montée dans une 206 blanche, moi dans ma tire, et on a rejoint un quartier résidentiel juste à côté de la zone commerciale. Quelques pavillons s'alignaient dans une artère tranquille, on était seuls au monde. C'était une petite maison de plain-pied. Elle m'a guidé jusqu'au salon et là, surpris, j'ai découvert quelques peluches, petites voitures et livres pour gosses entassés dans un coin de la pièce.

— Mais t'as des enfants ?

— Ben oui, j'ai un garçon.

— T'en as pas parlé.

— Ça te dérange ? m'a-t-elle demandé d'un air inquiet.

— Rien ne me dérange ce soir, ai-je menti.

Je me suis assis dans le canapé, je regrettais déjà d'être venu, je serais mieux dans mon pieu, mais qu'est-ce que je foutais là avec une fille qui ne m'attirait pas ? J'ai tenté de donner le change : Quel âge a ton fils ? Ça fait longtemps que tu habites là ? Je n'ai même pas retenu l'âge de son gamin, cinq ans, je crois, là, il était chez son père dont elle était séparée depuis un an et qui avait son entreprise de maçonnerie. Ça faisait un an, du coup, qu'elle habitait là, c'est beaucoup moins cher qu'à Clermont et on galère pas pour se garer, au moins elle a une maison, au moins elle est propriétaire, elle a que vingt-cinq ans de crédit, c'est pas si mal, et c'est tranquille ici, sauf quand les Gitans d'à côté font du quad dans la rue, certains soirs, elle appelle les flics, mais ils viennent jamais. À mesure qu'elle se dévoilait, ses mains trouvaient de plus en plus d'occasions de me frôler, puis de me toucher, et enfin de s'installer. Elle m'a servi une autre bière, et j'espérais ne pas croiser de flics, en rentrant. J'y pensais quand elle m'a embrassé. On a commencé à se déshabiller là dans le salon, puis elle m'a pris la main pour m'emmener jusqu'à sa chambre. Dans la pénombre, on a fait ce qu'on voulait faire, c'était rapide, brouillon, un peu brusque, je me suis senti soulagé, mais sale, elle était un peu trop tendre et me regardait d'un peu trop près, je me suis senti obligé de rappeler que je lui promettais rien, elle a répondu :

— Pas de souci.

J'ai laissé tourner l'heure, même si j'avais envie de rentrer chez moi.

— Tu te rends compte ? Si y avait pas Internet, on se serait jamais rencontrés, moi, je connais aucun journaliste dans mon entourage.

— Oui, c'est vrai.

— Une fois, j'ai rencontré un gendarme, mais c'était un gros con. Il m'a baisée et il a plus du tout donné de nouvelles.

J'ai répondu un truc du genre « Ah oui ? Quel connard » et je me suis dit qu'il faudrait espacer de plus en plus mes messages avec elle avant de disparaître. Elle m'a détaillé ses autres rencontres en ligne : l'infirmier qui voulait un premier rendez-vous dans l'obscurité totale (« Ça m'a fait peur, j'ai dit non »), l'informaticien qui a réglé son affaire en trente secondes ou le pompier devenu « hyper jaloux dès le lendemain » de leur première relation.

— Y a même des filles qui me font des propositions..., a-t-elle confié en dessinant des petits cercles sur mon torse avec son index.

— T'as déjà dit oui à une fille ?

— Pfff... Je me suis fait avoir.

— Raconte.

— Une fois, une fille m'aborde et de fil en aiguille elle me propose un plan à trois...

— Et t'as accepté ?

— J'ai dit oui au rendez-vous, juste par curiosité... Et évidemment, quand je me suis pointée, y avait que le mec, soi-disant la femme était malade...

— Ah ah, les grosses ficelles...

— Je me suis cassée, vite fait. En plus le mec foutait la trouille.

— Ah oui ?

— Un gros porc de cinquante balais.

— Ah tiens… À quoi il ressemblait ?

— Il faisait nuit, j'ai pas bien vu. Sauf son regard de pervers. J'avais l'impression d'être juste de la chair fraîche.

— C'était quand, ça ?

— Y a trois mois environ.

— Et tu l'as rencontré où ?

— Sur un parking à Montjuzet.

Ça a fait *tilt*. Ou *ting*.

— Je suis pas restée longtemps. J'ai eu l'impression qu'il m'a suivie après.

— En voiture ?

— Oui…

— C'était quel genre de voiture ?

— Pourquoi tu me demandes ça ?

— Comme ça, pour savoir.

Son index a cessé de tourner sur mon torse. Un voile d'angoisse a traversé ses beaux yeux verts. Elle était plutôt jolie, à cet instant.

— En fait, j'ai pas vraiment vu sa voiture, mais quand je suis rentrée chez moi, j'ai eu l'impression d'entendre des bruits de pas devant la maison. Comme si quelqu'un cherchait à entrer. Je te jure, ça m'a foutu la trouille.

— Tu crois qu'il était là ? Devant chez toi ?

Machinalement, j'ai regardé par la fenêtre qui donnait sur la rue déserte. Et angoissante.

— J'en sais rien. J'ai vu aucune voiture dans mon rétro, mais le peu de temps que j'ai parlé avec lui, j'ai cru qu'il m'avait appelé par mon prénom. Catherine.

— Et t'avais donné que ton pseudo ?

— Ouais. Peut-être qu'il l'a juste déduit. Ou peut-être qu'il s'était renseigné sur moi.

— Mais comment il aurait p…

— T'as entendu ? m'a-t-elle demandé subitement.

— De quoi ?

— Dans la rue… Y a eu un bruit, non ?

Je sentais mon corps devenir moite.

— Quel genre de bruit ?

— Chut… Écoute.

J'ai tendu l'oreille. J'avais l'impression d'être absorbé tout entier dans un étau de terreur. J'étais partagé entre la curiosité et la trouille d'entendre quelque ch…

— Aaaaah !

Cathy m'a crié à l'oreille. J'ai hurlé et bondi hors du lit. Elle s'est esclaffée.

— Ah ah, monsieur le journaliste a chié dans son froc…

— Non, mais ça va pas ?

— C'est bon, c'est drôle !

J'avais très envie de l'insulter, mais, bizarrement, j'ai réussi à me retenir. Surtout en contemplant ma pauvre carcasse, nu comme un ver, le ventre bedonnant et le cœur battant la chamade au point qu'on pouvait presque l'apercevoir à travers mes côtes.

— Non mais sérieusement… C'est vrai ou c'est pas vrai ce que tu viens de me raconter ?

— C'est vrai, je te jure que c'est vrai ! Mais je préfère en rire, sinon ça me fait peur d'y repenser. Dis, tu veux bien dormir avec moi cette nuit ?

Je n'en avais pas la moindre envie. Mais, après cette charmante anecdote, je n'avais pas le courage d'affronter la rue déserte.

— Ouais, ouais…

— Ben cache ta joie !

— Non, c'est pas ça, mais… T'as gardé les messages avec ce mec en mémoire ? Tu veux pas me montrer ?

— Oh non, j'ai pas gardé, tu sais, moi, je m'inscris, je me désinscris. Même si je prends toujours le même pseudo.

— Ouais, je fais pareil. Et son pseudo ! Tu te souviens de son pseudo ?

— Houla, mais tu fais une enquête, là ? Je sais plus, je crois que c'était un vieux prénom.

— Un vieux prénom ? Genre Roger ?

— Non, c'était un prénom féminin, puisque c'était censé être sa femme qui me parlait…

— Ah oui, merde.

Elle n'a pas dû comprendre ma nervosité.

— Tu le connais ou quoi ?

— Non, mais… J'aimerais bien.

— Houla, t'es trop bizarre comme gars, toi…

Elle s'est allongée sur le flanc et a pris ma main pour la caler contre la sienne. J'ai cédé, mon corps contre le sien, en pensant que je n'allais jamais réussir à dormir à présent.

33

Je me suis réveillé en sursaut à 6 heures du matin. Cathy a émis un grognement, puis s'est tournée pour se caler la tête sous l'oreiller. Je venais de faire un cauchemar : je courais, nu, sur une route déserte et verglacée. Une voiture noire démesurée, haute de cinq mètres, me pourchassait, sans que je parvienne jamais à distinguer le visage du conducteur.

Il était temps de se tirer, je me suis levé, à la lueur de la lune par la fenêtre, j'ai ramassé mes fringues sur le sol de cette chambre qui sentait la sueur. J'ai hésité, puis me suis penché au-dessus de Cathy et j'ai murmuré : « J'y vais… On s'écrit ! »

Elle a répondu par un nouveau grognement, mais n'a pas bougé. J'ai traversé le salon, butant contre une peluche bizarre, une sorte de chat avec des yeux de dessin animé japonais qui se sont illuminés au contact de ma chaussure. J'ai franchi la porte, comme un voleur, je ne me suis pas attardé à contempler la rue, j'avais encore en tête l'immense bagnole et les bruits de pas devant la maison, je me suis engouffré dans ma voiture, j'ai mis le contact et j'ai tracé ma route.

Quelques phares de travailleurs de l'aube croisaient de temps en temps mon chemin, les guirlandes de Noël scintillaient par-ci, par-là aux balcons endormis. Au feu rouge, qui m'immobilisait avenue des Paulines, je repensais au récit de Cathy. Ce type chassait toutes les proies, partout, tout le temps. Un prédateur vorace, jamais rassasié. C'était lui qui l'avait embobinée avec son plan à trois avant de la suivre chez elle ? À moins qu'il ne soit juste devenu mon obsession.

À ma droite, une voiture s'est arrêtée sur l'autre file, musique à fond, genre gros rap de boîte de nuit de merde. Nourredine. Il ne m'avait pas vu. Visage dur, sourcils froncés, il éructait l'air de sa bouillie, donnant l'impression de se défouler davantage que de prendre son pied. Son corps gigotait sur les basses, faisant légèrement trembler sa voiture. J'ai repensé au triste exploit de Juan et j'aurais voulu me dissoudre dans mon siège. J'ai tourné totalement la tête de l'autre côté, à m'en flanquer un torticolis. Le feu est passé au vert, Nourredine a démarré en trombe, droit devant.

Il roulait dans une voiture noire. Une Audi A3 pour être précis. Je l'ai laissé prendre un peu de champ, il n'y avait personne derrière moi pour me klaxonner. Et je l'ai suivi. D'un peu loin, prudemment. Il a mis la gomme vers le quartier de la gare. À hauteur du parking SNCF, une bagnole s'est intercalée entre lui et moi : tant mieux, ça m'arrangeait. Des yeux, j'ai suivi le bolide qui avalait les axes endormis pour s'élancer à la sortie de la ville, direction les zones industrielles. J'ai grillé un feu orange pour ne pas me faire larguer. Sans relâcher ma concentration, j'ai commencé à mettre les pièces du puzzle dans l'ordre. Bagnole noire. La cinquantaine. Baraqué. Un sacré bon client. L'Audi a quitté les voies principales pour celle de droite, menant vers les bleds de la périphérie de Clermont, Lempdes. Où allait-il ? Bloquer un rond-point ? D'autres voitures ont emprunté le même chemin, augmentant un peu plus de distance entre lui et moi. Peut-être venait-il de finir son taf à la boîte de nuit et s'apprêtait-il à aller se coucher, rejoindre sa femme et sa gosse pour qui il se saignait. Encore quelques dizaines de mètres, puis il a tourné dans une rue perpendiculaire. Les volcans d'Auvergne paraissaient loin, tout était plat, les baraques de plain-pied, les bâtiments industriels récents, on avait construit des quartiers dortoirs pour ceux qui trimaient à Clermont. La berline noire s'est engagée dans une allée plus étroite, la filature devenait de plus en plus périlleuse. Je me suis arrêté le long d'un trottoir et j'ai éteint mes phares. J'ai laissé passer trois minutes, puis j'ai redémarré. J'ai parcouru la rue et tourné à droite où j'avais cru voir Nourredine bifurquer. Plus âme qui vive, seulement des petits pavillons qui ressemblaient tous à celui de Cathy. J'avais l'impression d'emprunter une boucle temporelle et de revivre encore le même voyage. Au bout de la voie, d'autres allées encore, à droite et à gauche. J'ai roulé au pas, scrutant les modèles de voiture et les fenêtres allumées. Si ça se trouve, c'était une feinte, un piège, il avait repéré mon manège… Voiture noire, cinquantaine, baraqué. Trop troublant pour laisser tomber.

Soudain, je l'ai vue. Son Audi A3 stationnait sagement le long du dernier pavillon de l'artère. J'ai calé ma caisse trois mètres plus loin et coupé le moteur. Qu'est-ce que je faisais là ? Des éclats de voix ont rompu la tranquillité matinale. Ça venait de la maison de Nourredine. Ça s'engueulait. J'ai ouvert discrètement ma fenêtre. Je reconnaissais la voix du videur. « J'ai plus quatorze ans, fous-moi la paix ! » Une autre voix, féminine, nasillarde, âgée, ne se laissait pas démonter en face : « Oublie pas que tu vis sous mon toit, si t'es pas content, tu dégages ! » Nourredine à nouveau : « Ferme-la, tu me casses les couilles ! » La vieille : « Tu vas attraper une cirrhose, à force de rentrer bourré tous les matins ! »

C'était très clair. Nourredine ne s'engueulait pas avec sa femme. C'était sa mère. Il y a eu encore des cris de part et d'autre, plus lointains, plus difficiles à comprendre, puis une porte qui a claqué très fort et plus rien. Je me suis faufilé hors de ma voiture, j'ai marché accroupi sur le trottoir, jusqu'à la boîte aux lettres. J'avais l'air con, mais c'était plus prudent. Dessus, il était écrit :

Mohamed, Fatima et Nourredine Randagg.

Le leader Gilet jaune vivait chez ses parents. Et même si j'étais pas frais, mon petit doigt me disait qu'il n'y avait ni femme ni enfant dans sa vie. Et qu'il n'y en avait jamais eu.

34

« Il va falloir que nos dirigeants comprennent qu'on est là pour durer, qu'on est pas venus jouer les figurants. Quand ma gamine rentre de l'école en chialant parce que ses copains de classe se sont moqués de ses chaussettes trouées dans les vestiaires, ça me fout la rage. »

Dans sa dernière vidéo, toujours filmée au volant de sa bagnole, Nourredine invoquait encore la situation de sa fille pour s'attirer les sympathies de son public toujours plus nombreux. Dix mille vues en quarante-huit heures. Sauf qu'à bien y regarder, je reconnaissais en arrière-plan les allées rectilignes du quartier traversé quelques heures plus tôt. Le sien.

— J'en reviens pas… Quand Juan va savoir ça, il se contentera plus de pisser sur ses pompes, il ira carrément lui chier dessus…

À côté de moi, captivé par l'écran du smartphone dans l'habitacle seulement éclairé par un lampadaire, Martin avalait la dernière bouchée de son burger. Exciter Juan ne me semblait pas l'idée de l'année.

— Tu crois vraiment qu'il faudrait lui dire ?

— Je sais pas. Il est tellement à cran depuis l'histoire de cette vidéo. Et puis il picole toujours. L'autre soir, chez moi, avant que je lui serve un whisky, il tremblait…

— On picole tous trop, de toute façon…

— Mouais, enfin depuis que Caubin est plus là, on fait moins d'apéros au journal.

— Tiens, je l'ai croisé dans un bar.

— Sérieux ?

Pendant que je lui racontais la scène, mon camarade a donné à manger le nom du leader contestataire au moteur de recherche de son smartphone. Tous les résultats renvoyaient vers la presse locale, *La Montagne*, *L'Éclair*, France 3, France Bleu, RCF pour des portraits, des interviews. Ou bien des pages Facebook à sa gloire. Pas le moindre CV. Pas de trace de Nourredine avant novembre 2018.

— Pas moyen de savoir ce qu'il foutait de sa vie avant, a pesté Martin.

— Si ça se trouve, il était en taule.

— Tu crois ?

— Ça rejoindrait ce que m'a dit l'ex flic. Le prédateur se serait arrêté de tuer pendant des années parce qu'il aurait été en prison. Il réapparaît à l'automne 2018, *bam*, deux morts…

— Putain, faut le pister !

— Ou prévenir les flics.

— Faut que t'y ailles, non ? Des fois qu'il soit en avance…

Je n'avais pas vu le temps passer. Il était 22 h 20 et, pour ainsi dire, on planquait devant le square Amadeo. C'est là que m'avait donné rendez-vous un certain DocJoe, quinquagénaire, qui refusait de montrer sa gueule sur l'appli de rencontres, éleveur de clébards après une reconversion professionnelle et bon client. Ni Roger ni Raymond, mais le profil pouvait coller.

Un froid de gueux régnait dans les rues de la ville. *Quelle idée à la con de se retrouver dehors*. Il n'y avait qu'une seule entrée au square, dans une petite rue perpendiculaire au grand boulevard circulaire de Clermont. On pouvait se hisser plutôt facilement au-dessus de la grille pour déambuler dans les allées plongées dans l'obscurité. Pas rassurant du tout, mais faisable. Je suis sorti de la voiture de Martin et j'ai entamé un tour du pâté de maisons, qui m'a rapproché du parking, dernière demeure de Gallo, ce qui achevait de poser l'ambiance. De nuit, j'imaginais encore mieux la scène : cet insaisissable prédateur garant la bagnole sur le bitume déserté, rentrant je ne sais où, les mains dans les poches, croisant peut-être des automobilistes ou des piétons qui ne faisaient pas attention à lui, sans savoir qu'il venait de tuer et de castrer un homme.

J'ai fini la balade en cinq minutes pour revenir devant l'entrée du parc. Toujours rien. Un bruissement a fait trembler les buissons. J'ai ralenti le pas. Était-ce un chat ? Un toxico qui se piquait dans la végétation ? Non, ce n'était que le vent. Pour chasser l'angoisse qui étendait ses griffes, j'ai rallumé l'application de rencontres, de nouveaux messages tombaient de nouveaux prétendants.

BG, tu fais quoi ce soir ?
Salut, tu fais quoi de beau ici ?
Hé ! Est-ce que toi aussi t'as peur de finir seul ?

Tout le temps, mec, tout le temps.

22 h 55, il n'allait plus tarder. Je poursuivais mes cent pas devant l'entrée du jardin, la voiture de Martin toujours immobilisée plus loin sur le trottoir.

Un type.

Un type s'approchait du parc. Trente mètres devant moi, il marchait d'un pas lent vers la grille d'entrée. Grand, peut-être un mètre quatre-vingt-cinq. Un long manteau noir. Crâne chauve. Difficile à estimer, mais cinquante balais semblaient un juste prix. De belles pompes vernies à ses pieds dont les talons claquaient sur le trottoir. J'ai baissé les yeux, et me suis mis à marcher pour faire comme si je ne faisais que passer. Il s'est arrêté devant l'entrée. Puis il a tourné le visage vers moi. Merde, c'est pas comme ça que ça devait se passer. Il ne m'a pas lâché des yeux, trop tard, je fonçais droit sur lui, comme le Petit Chaperon bleu dans la gueule du loup. J'ai voulu prendre un air détaché, flâneur, mais personne ne flâne à cette heure-ci, par ce temps-là. Je crevais de trouille et tentais de me raisonner : après tout, ce n'était pas ma gueule qu'il avait vue sur les photos. Mais celle d'un Américain prise dans une banque d'images.

J'ai changé de trottoir. Son corps n'a pas bougé, mais sa tête a pivoté pour me suivre. Je passais à sa hauteur. Sans oser le regarder. J'ai tourné à gauche, alors que la voiture de Martin était à droite. J'ai marché le long du boulevard. Je sentais encore le regard de l'inconnu peser sur ma nuque moite. J'ai attendu trente bonnes secondes pour enfin m'arrêter, hors de sa vue. Le souffle court. Et maintenant que faire ? Revenir sur mes pas m'aurait grillé. J'ai envoyé un message à Martin de mes doigts fébriles :

Tu vois le gars ?

Pas de réponse. Je suis resté planté sur le trottoir, il n'y avait pas âme qui vive. J'ai grelotté cinq interminables minutes. Mon téléphone a vibré, message de Martin :

Il s'en va. T'es où ?
Sur le boulevard.
Je te prends au passage, on va le suivre !

Toujours cette impression de jouer à un jeu trop dangereux pour nous. La voiture blanche de Martin a déboulé tranquillement. Ses phares m'aveuglaient, je lui ai fait un signe de la main pour l'arrêter. J'ai traversé la rue pour monter à bord, notre suspect avait dû partir dans l'autre sens. J'ai ouvert la portière.

Et merde. C'était pas Martin.

— Bonsoir.

C'était l'homme du parc. Sous le crâne chauve, un nez empâté, des yeux cernés, mais bleu vif. Style boxeur fatigué. Je me suis figé. Dans la gueule du loup.

— Heu, je…

— C'est toi, Bruce ?

Je tremblais.

— Heu, non…

— Tu allumes et t'as pas le cran d'aller jusqu'au bout ? Ou alors tu veux tendre un guet-apens aux pédés avec ton pote ?

— Non, je…

— J'ai très bien vu votre petit cirque.

— Pas du tout, je…

— Tu montes ou tu dégages ?

— Je… Je dégage.

J'ai refermé la porte. Il a démarré en trombe. La voiture de Martin, elle, n'arrivait que maintenant. Pas de bol, c'était le même modèle.

Mon co-Pied nickelé a ouvert la portière passager.

— Qu'est-ce que tu lui as dit ? C'était pas prévu que tu l'arrêtes comme ça ! On devait juste le prendre en filature !

— J'ai cru que c'était toi, putain, ai-je beuglé en prenant place.

— Ah merde !

— Putain… On est nuls ! On est nuls à chier !

— C'est bon, calme-toi.

— On fait n'importe quoi !

— Ben quoi, on vérifie. Le mec a une bagnole blanche en tout cas, ça a pas l'air d'être lui…

— Mais, de toute façon, on cherche une aiguille dans une botte de foin, toute la ville parle d'une voiture noire, tu crois pas qu'il a changé de caisse depuis ?

— Ouais, ben alors, c'est peut-être lui, j'en sais rien moi. J'ai pris des photos de la plaque en tout cas. Peut-être que si tu la soumettais aux fli…

— Il faut qu'on arrête nos conneries ! Qu'on arrête !

Je hurlais malgré moi. Martin n'a plus rien trouvé à dire. Il m'a déposé au pied de mon immeuble. Je suis descendu sans un mot en claquant la portière aussi fort que je pouvais. Au moment où j'allais atteindre le hall, je l'ai entendu m'appeler par la fenêtre.

— Hé, Simon ! Je suis peut-être un mauvais journaliste, mais je sais trouver une adresse, moi !

Je me suis retourné, sans comprendre.

— Pendant que tu te faisais ton petit plan cul, là, moi j'appelais tous les Ehpad de la ville.

— De quoi tu me parles ? Je comprends rien.

— Je l'ai trouvée !

— Mais qui bordel ?

— La mère de Marie Chanez, je l'ai trouvée. Ça t'intéresse ou pas ?

J'aurais menti en répondant non.

35

LE LENDEMAIN, dans la voiture, Martin ne tenait plus en place et grillait quelques feux au passage, lancé sur les boulevards de Clermont. Je n'essayais même plus de le raisonner. L'adrénaline m'avait contaminé, plus de raison de se refréner.

— Allez, raconte-moi, c'était comment avec la fille d'Internet ?

— Oh pff, c'était quelconque…

— Vas-y, raconte… elle était sexy ?

— Normale, quoi.

— T'as des photos ?

— Je sais pas, je crois pas.

— T'es un gros mytho, t'as forcément des photos sur le site de rencontre. T'as honte ou quoi ?

— Oh, fais pas chier, je te montrerai si ça donne quelque chose avec Mme Chanez.

— Arnaqueur.

On a trouvé la maison de retraite le long d'un boulevard aux allures industrielles, entre la litanie de garages et les cheminées Michelin en ligne d'horizon. L'édifice avait le bon goût de s'ériger en retrait, derrière une longue grille, en haut d'un jardin dont le gazon blanchissait encore. On aurait dit le décor de l'un de ces films où les fillettes d'un pensionnat vont bientôt se faire trucider par un tueur invisible.

— Faut quand même pouvoir se le payer, cet Ehpad, a jugé Martin en se garant le long du trottoir.

Le portail était ouvert aux visites, mais pas un chat ne se risquait dans ce parc et seules les lucarnes lumineuses du bâtiment témoignaient d'un peu de vie. Pile en passant sous deux sapins gigantesques, une couche de neige s'est effondrée d'une branche sur ma tête. Martin s'est marré.

— Tes fameux pressentiments se vérifient !

J'ai ri jaune. Peu importe où l'on mettait les pieds, j'avais toujours l'impression d'être observé. En franchissant les deux grandes portes d'entrée, Martin a lâché :

— Je sens qu'il y a de la meuf ici, tu vas encore pécho !

Celle de l'accueil, cheveux châtains en queue-de-cheval et lunettes, à peine trente ans, était de celles qui ne répondaient jamais à mes messages sur l'appli de rencontre. Trop belle et trop courtisée.

— Bonjour, je peux vous aider ? a-t-elle demandé, sans doute persuadée d'avoir affaire à deux frangins venant visiter leur grand-mère.

— On est venus voir Mme Chanez.

— Vous êtes de la famille ? a-t-elle répondu le sourcil froncé.

À la mention de notre qualification de journaliste, la méfiance a viré à la froideur, et quand il a fallu expliquer le pourquoi de notre venue, c'est tout juste si elle n'allait pas appeler les flics.

— Écoutez, je vais voir avec ma directrice. On sait tous ici que Mme Chanez a perdu sa fille dans des circonstances atroces, et pour elle c'est un souvenir très douloureux.

On a bien attendu un quart d'heure de plus, entre la directrice qui a pris son temps pour se pointer, la répétition des mêmes questions dans sa bouche, des mêmes réponses dans la mienne, suivies d'un conciliabule dans la chambre de Mme Chanez. Et, finalement, la mère de Marie a dit oui. Ce qui semblait grandement emmerder la patronne des lieux. Contre mauvaise fortune, elle nous a menés à la chambre 32, loin, dans le dédale de couloirs, dépassant l'espace télé où la moitié des résidents piquait du nez devant France 3. À mesure qu'on s'approchait de la porte, je craignais de plus en plus de tomber sur un légume… Et j'avais tort.

On a même compris la raison de cette longue attente : Mme Chanez s'était pomponnée pour nous recevoir. Dans cette toute petite chambre de l'Ehpad, munie d'un lit, d'un guéridon et d'une étagère, la septuagénaire nous attendait, la main discrètement appuyée sur le coin du lit pour tenir debout. Elle ne mesurait pas plus d'un mètre soixante, toute courbée, mais avait revêtu une longue jupe et un pull à manches courtes bleu marine, avec une chemisette chaude. Sur sa poitrine, un petit bijou à l'effigie d'un ange. Ses cheveux gris étaient détachés, mais ne poussaient guère plus loin qu'au-dessus de son menton. Son visage, un peu maquillé pour masquer la blancheur et les taches de vieillesse, faisait plus que les soixante-seize ans qu'elle était censée avoir selon les procès-verbaux, et si ça se trouve, la raison qui nous amenait jusqu'à elle n'y était pas étrangère.

— Bonjour messieurs. Bienvenue dans mon petit chez-moi, a-t-elle souri, la tête tremblant en permanence.

— Bonjour madame, a-t-on bredouillé.

— Alors vous êtes journalistes à *L'Éclair* ? Je le lisais jusqu'à ce que ma vue baisse. Surtout les avis d'obsèques.

Martin avait perdu de son aisance, j'ai pris la parole :

— On vous a dit pourquoi on venait vous rendre visite ?

Ses yeux se sont embués en un rien de temps.

— Ça fait trente ans que je vous attends…

Submergée par l'émotion, elle s'est assise sur le bord de son lit, on est restés contre le mur, debout comme des grandes asperges.

— Un jour que j'étais désespérée, je suis allée voir une diseuse de bonne aventure. Elle m'a dit qu'un jour, un homme viendrait me voir. Tu ne le connaîtras pas, mais il viendra t'apporter la lumière dans ton obscurité et la réponse à toutes tes questions. Elle ne m'avait pas dit qu'ils seraient deux…

Un silence s'est installé, puis, subitement, elle a émis un rire de petite fille.

— Cela étant, elle avait dit aussi qu'il serait grand et fort. Et là elle s'est bien trompée !

On a ri pour masquer notre gêne.

— Enfin, on ne prétend pas du tout apporter la vérité.

— Mais si on peut aider à la faire émerger…, m'a coupé Martin, et j'ai pris sur moi pour masquer mon agacement.

— On a appris ce qui est arrivé à votre fille et on aimerait en savoir plus.

— C'est à cause du tueur dont tout le monde parle…

— Heu, oui…

— Ici, les aides-soignantes changent de chaîne, l'air de rien, quand le journal de FR 3 en parle. Elles pensent que ça réveille de vieux souvenirs. Mais il n'y a pas besoin de les réveiller, ils sont là. Chaque jour, je pense à Marie.

J'ai sorti mon calepin.

— Ça ne vous ennuie pas de nous raconter un peu. De nous parler d'elle ?

Elle a regardé dans le coin de la pièce, en direction d'une étagère, où reposaient plusieurs photos dans leurs cadres. Sur l'une, jaunie, celle qui était probablement Marie n'avait pas plus de six ans et traînait une luge dans la neige.

— Marie était un peu fragile. Elle n'avait jamais connu son père, qui nous a abandonnées pendant ma grossesse. Je suis tombée enceinte par accident, mais je n'ai jamais regretté d'être mère. Je travaillais à Michelin, lui aussi, il a quitté la ville avant que Marie ne vienne au monde.

— Vous étiez ouvrière ? a demandé Martin.

— Oui. Oh, c'est pas ma retraite qui me paie l'Ehpad. C'est l'héritage de mes parents que je ne transmettrai jamais à mes enfants. Marie était ma seule fille.

J'ai gribouillé sur le calepin, surtout parce que je ne savais pas comment enchaîner.

— J'ai toujours réussi à m'occuper d'elle, même si c'était pas toujours évident. Mais, à l'adolescence, elle a commencé à perdre beaucoup de poids. On n'a jamais trop posé de mot sur son mal. Aujourd'hui je dirais quelque chose comme « anorexique ». Bref. On a eu quelques tensions. Elle a fait quelques fugues. Arrêté ses études de lettres…

— Vous habitiez à Clermont ?

— Oui, dans un appartement vers Michelin. Pas grand. Elle devait se sentir à l'étroit.

— Marie a fait des séjours à l'hôpital psychiatrique, non ? a demandé hardiment Martin.

— Oui, quelques-uns. Mais les médecins ne trouvaient pas ce qu'elle avait. En fin de compte, ce qui l'a sauvée, c'est de décrocher un travail qui lui plaisait.

Difficilement, mais sûrement, Mme Chanez s'est levée de son lit pour atteindre l'étagère. Elle a saisi une petite boîte, puis s'est rassise pour l'ouvrir. À l'intérieur, des photos, une lettre, des papiers divers. Sur l'un des clichés, on voyait sa fille avec ses fleurs. Pas épaisse et pâlotte, la Marie. Mais heureuse au milieu de ses bouquets, un dans chaque bras.

— C'est vous qui avez pris la photo ? ai-je demandé.

— Oui, c'est la première fois que je suis allée lui rendre visite. Ce jour-là, elle tenait la boutique toute seule, y avait pas sa patronne donc on en a profité.

Je comprenais pourquoi elle avait choisi ce cliché pour l'accompagner à l'Ehpad. Marie était devant son magasin, dans la rue du Port, et il faisait un beau soleil d'été. Elle m'a tendu le document précieux. Au dos, il était écrit la date : *30 août 1988*.

— Je vois que c'était quelques jours avant sa mort…

— Oui. C'était la première… et la dernière fois. Si j'avais pu me douter…

— Qu'est-ce que vous avez pensé quand vous avez appris sa mort ?

— J'ai pensé plein de choses… Et j'ai pensé à rien… J'avais tellement de chagrin. Mais je suppose qu'elle connaissait celui qui lui a fait ça.

— Pourquoi ?

— Elle lui a ouvert la porte, ce soir-là. C'est sûr, c'est prouvé.

— Et vous pensez qu'elle n'aurait pas ouvert à un inconnu ?

— Non, elle se serait méfiée. En revanche, elle aurait pu ouvrir à un quelqu'un de son entourage, même à contrecœur.

— Pourquoi ?

— Elle était trop gentille. Un peu faible, malheureusement. Si elle avait fait face à un prétendant un peu pressant, elle aurait sans doute ouvert la porte.

— Vous… vous avez l'air de croire que c'est justement le genre de personne qui serait venue chez elle ce soir-là.

Elle a jeté un œil par la fenêtre. À cet instant, on aurait dit une petite fille enfermée dans sa chambre et qui rêve de s'évader.

— Je me suis fait mille fois l'histoire dans ma vieille tête. Les jours qui ont précédé sa mort, elle avait l'air tracassée par quelque chose. J'ai eu l'impression qu'elle était à deux doigts de m'en parler alors qu'on déjeunait ensemble. Mais qu'elle n'a pas osé.

— Pourquoi ?

— Pour ne pas m'inquiéter peut-être. Quelqu'un dans son entourage devait lui faire peur.

— Justement. Je sais que sa patronne a parlé d'un type menaçant.

— Ah, si seulement je l'avais su avant… avant la mort de Marie.

— Vous en savez plus sur cet homme ?

— Non. La patronne de Marie s'était mise à chercher dans le quartier quelqu'un qui ressemblait à ça. Mais une silhouette de dos, qu'est-ce que vous voulez en faire ?

— Vous pensez que c'était lui l'assassin ?

Elle a réfléchi. Dans la cour, les deux grands sapins ressemblaient de plus en plus à deux gardiens des enfers à mesure que la lumière du jour se faisait la malle.

— Peut-être que oui. Une silhouette parmi d'autres. J'imagine que ce type sait se fondre dans l'ombre si on ne l'a toujours pas trouvé.

Encore cette même image qui revenait. Dans l'ombre.

— Je peux regarder la boîte, madame Chanez ?

Dedans, il y avait aussi un petit article de *L'Éclair* consacré au fleuriste à propos d'un 1er Mai, fête du muguet, et comment ça faisait les affaires du commerçant. Tiens, le Juan de l'époque avait servi la com' de la boutique. J'ai fait passer la coupure de presse à mon camarade. Il y avait également une bague bon marché et un petit pendentif en forme de trèfle à quatre feuilles. J'ai surpris le regard de la mère de Marie, humide.

— C'est tout ce qu'il me reste d'elle.

Au moment où j'allais lui rendre le précieux coffret, Martin m'a discrètement tiré par la manche. Il avait l'œil fiévreux du type qui a repéré un truc bizarre. Sans un mot, il a retourné l'article de *L'Éclair*. Au verso, il y avait des petites annonces de l'époque. En 88, il n'y avait pas de sites de rencontre et même le Minitel n'était pas encore très déployé dans le coin. En revanche, on pouvait passer des annonces. « Homme cherche femme pour histoire sérieuse. » Et sur plusieurs d'entre elles, on avait tracé des petites croix. Marie avait tracé des petites croix.

36

La salle des archives de *L'Éclair*, un hangar colonisé par les toiles d'araignée, n'était sans doute pas aussi pourrie d'amiante que l'usine d'Amisol où la mère d'Alban Lafon avait chopé un cancer, mais elle avait tout de même mauvaise réputation. Mieux valait ne pas trop s'y attarder. Les numéros du journal s'empilaient dans de grands classeurs, un par année, de 2018 à 1918, eux-mêmes rangés dans des étagères métalliques formant des allées rectilignes. Cent ans de vie locale, de faits divers, de batailles politiques, de commerces ouverts et fermés. Cent ans de la vie de Clermont-Ferrand. On avait la chance d'avoir un vrai moine-soldat en charge de ce travail gigantesque, ou plutôt une moine-soldat, Lisette, petite dame aux cheveux blancs, lunettes cul de bouteille, pas plus haute qu'un mètre cinquante. Malheureusement, le temps passant, la soixantaine arrivant sans pitié, ses problèmes de dos rendaient sa tâche de plus en plus compliquée. Difficile de ranger ces lourds classeurs au sommet des étagères, même avec son petit escabeau. Un jour, entre deux portes, elle nous avait glissé de sa voix gouailleuse : « S'ils repoussent l'âge de la retraite, j'enfile un gilet jaune. »

Aussitôt sortis de l'Ehpad, on s'est rués dans cette caverne d'Ali Baba jouxtant le siège du journal et on a dévalisé le classeur « 1988 » en le dépliant sur une table où virevoltait un nuage de poussière. On s'est mis dans la tête de Marie Chanez, avec son appart rue Jeanne-d'Arc, son boulot, ses problèmes de tête, de cœur et on l'imaginait passer des petites annonces ou regarder celles des autres, cherchant l'âme sœur avec le même espoir vain que celui qui nous serrait la gorge quand on rentrait de boîte sans conquête. On a fait défiler les pages, la lumière des néons n'était pas très généreuse.

La crainte que ce boulot d'archéologue ne nous mène nulle part s'est vite manifestée. À vrai dire, les annonceurs ne renseignaient pas tous leur nom. On trouvait bien ici ou là un « Jeune homme bonne situation cherche l'amour – contactez Pascal », mais ce n'étaient que des exceptions à la règle de l'anonymat. Ces messages étaient en fait des bouteilles à la mer lancées par des hommes, peu de femmes s'y risquaient.

— Putain de merde, s'est soudain excité Martin, à bout de patience. On cherche quoi, au juste ?

— Un nom, un prénom. Le type du Mont-Dore a dit que le détraqué avait un vieux pseudonyme, genre Roger. Avec un peu de chance, il a toujours gardé le même nom.

— Tu parles ! Une putain d'aiguille dans une putain de botte de foin.

— Pas sûr, moi aussi j'ai toujours le même pseudo…

— Ah oui, c'est quoi ?

— Apollon auvergnat.

— Pfff, t'es con.

— C'est pour te faire rire.

— Ça me fait surtout chier ! Il faudrait retrouver cette putain de fleuriste, il faudrait retrouver le gardien du lac Pavin. Il faudrait retrouver tout le monde…

— Si on était flics, oui.

— Oh, y en a ras le cul de tes leçons !

De colère, il a jeté le grand classeur par terre, le bruit de l'impact a résonné dans ce hangar : *plac*.

— Fais gaffe, quand même, c'est le boulot de Lisette…

Il a fait quelques pas pour s'éloigner et a expiré un grand coup pour rejeter toute sa frustration. J'ai ramassé le lourd cahier, en me disant que Lisette était plus costaude que je ne le croyais, pour le remettre à plat sur le bureau. À force, les mots, les lignes, les annonces se mélangeaient sous mes yeux fatigués. Le mal de tête rôdait encore. J'ai fait une pause pour aller prendre l'air à la seule fenêtre qui éclairait timidement cette grande pièce. Dehors, j'ai reconnu l'alcoolo qui s'était pissé dessus au bistrot d'en face, pendant notre entretien avec Nourredine. Il rentrait prendre un verre dans ce même troquet, il titubait déjà. J'ai passé un moment à bloquer sur ce décor immuable.

— Martin…

Ce décor qui n'avait pas bougé depuis des décennies.

— Martin…

— Ouais… Quoi ?

— À l'époque, les mecs qui passaient des petites annonces venaient directement au bureau…

— Ouais, c'est ce que nous avait raconté Caubin. C'est même lui qui était en charge de les retranscrire.

— Je viens d'avoir une putain d'idée.

Il a arrêté de bouder et m'a lancé un regard plein d'interrogation et d'espoir aussi.

— Imagine ce type en train de donner sa petite annonce. Comment il a pu trouver son pseudo ?

— Ben… J'en sais rien, moi. Comment t'as trouvé « Apollon », toi ?

Il voyait bien que mes yeux s'étaient fixés à un endroit précis. Il m'a rejoint à la fenêtre pour contempler le même panorama : ce vieux bistrot qui payait pas de mine. Chez Roland.

— C'est pas Roger. C'est peut-être bien Roland.

— Non, tu crois que…

— Mais si Martin, si… Le mec se cherche un pseudo, il trouve l'inspiration autour de lui, et voilà !

On s'est fait face, un peu ahuris, un peu fatigués. Puis on s'est précipités vers nos archives. On a mis dix minutes à trouver la bonne annonce.

« Jeune homme musclé et sérieux cherche jeune femme pour rencontre et plus si affinités. Contactez Roland au 42 16 34 42. »

— Putain de merde, Simon, a soufflé Martin, fasciné.

— Ouais.

— T'aurais pas un bottin de 88 sous la main, par hasard ?

37

Je n'avais pas de bottin de 1988, mais j'estimais disposer de suffisamment d'informations nouvelles pour adresser un signe à l'enquêteur privé. En fin d'après-midi, on s'est retrouvés tous les deux dans les allées du jardin Lecoq. Il faisait froid et on n'était pas nombreux à marcher dans ce joli parc central. Gorge profonde m'attendait assis sur un banc donnant sur un petit étang où nageaient des canards. Il s'était emmitouflé dans un grand manteau anthracite et avait recouvert sa tête d'un haut-de-forme élégant, à l'ancienne. Ce type aurait pu vivre à une autre époque.

— Alors… Vous avez trouvé quelque chose ?

Élégant, oui, mais pas une formule de politesse. L'affaire lui tenait à cœur, j'aurais même parié qu'elle l'obsédait la nuit.

— Je crois, oui…

J'ai déroulé le fil : le Minitel d'Alban Lafon, les petites annonces de Marie Chanez, et même l'appli de rencontre de Cathy. Tout convergeait vers ce Roland. Paul Lelièvre, à qui j'avais passé un coup de fil, en était scié : « Bordel, c'était ça le prénom ! Roland ! » Valzey n'en perdait pas une miette et ne me quittait pas des yeux. De temps à autre, un nuage de condensation s'échappait de sa bouche. Quand j'ai terminé, il a jeté un œil vers le seul canard noir de la bande, devant nous.

— Vous êtes un bon journaliste.

— Ben… Heu… Merci…

— Comment on a fait pour pas voir cette putain de piste…

— Vous n'aviez jamais entendu parler de ce collègue d'Alban au Mont-Dore ?

— Non, mais bon, on avait pas l'enquête au départ, ça a été vite classé. Le père d'Alban a fait ça dans son coin.

— Ça s'explique, du coup.

— Mouais. Les enquêtes qui donnent rien à la fin sont souvent des enquêtes qui partent mal.

— Mais, à part ça, vous y comprenez quelque chose, vous ?

— Je trouve votre piste foutrement intéressante.

— Après, c'est peut-être juste une coïncidence.

— J'y crois pas aux coïncidences.

Il s'est passé encore quelques minutes de silence, un couple d'amoureux se bécotait sur un banc en face. Il a sorti une cigarette électronique de sa poche et il a tiré dessus, en émettant ce petit cliquetis métallique.

— Vous voulez de la coïncidence, Simon ? Je vais vous en donner. Ce type à la voiture noire n'apparaît sur aucune fichue bande de vidéoprotection. Il kidnappe la petite Coline. Il n'y a aucune vidéosurveillance à cet endroit. Il flingue le prof. Aucune vidéosurveillance. Il garc la bagnole sur le parking. Il se débrouille pour rester hors du champ de la caméra. Et ça, fallait le savoir…

— Par l'intermédiaire de Nicolas Marchand ?

— Ouais, Marchand l'aura renseigné. Mais ce mec s'y connaît en vidéosurveillance. Et dans vidéosurveillance, il y a…

— Surveillance ?

— Je vois parfaitement un type travaillant ou ayant travaillé dans la sécurité. Surtout quand on pense à la description du type qui était venu emmerder Marie Chanez à sa boutique. Ou à celle que vous a faite ce M. Lelièvre à Mont-Dore. Cheveux ras, bombers, berger allemand. On dirait la description d'un vigile.

— Nourr…

— Pardon ?

J'hésitais à prononcer le nom du Gilet jaune. Oh, puis merde, je pouvais temporiser, ce type était en contact avec les flics, je pouvais gratter un peu de mon côté avant de lui filer le nom du seul mec travaillant dans la sécurité que je connaissais.

— Non… Non, rien…

— Vous croyez toujours que c'est une coïncidence ?

— Non, ça tient debout, effectivement.

Il y avait quelque chose de noir dans son regard, comme une colère couvée depuis longtemps, la rage d'avoir échoué peut-être, une étrange passion. Un clou dans le cœur, disait-il.

— Vous avez eu des résultats d'ADN ?

— Ça donne rien.

J'ai hésité, comme si j'avais peur de casser son château de sable.

— Et si c'était pas le même tueur ?

— Entre Marie, Alban, Gallo et la petite Coline, vous voulez dire ?

— Oui.

— Sur ma vie, je vous dis que c'est le même tueur, a-t-il répondu en me fusillant du regard comme si j'avais insulté le Prophète.

Devant nous, le canard noir a commencé à chercher des noises à un autre volatile. Il lui donnait des coups de bec, prenant rapidement le dessus, et l'autre fuyait plus qu'il ne se débattait.

— Il se fait tard, je dois vous laisser, Simon. Merci sincèrement pour votre travail.

Il s'est relevé pour partir, j'allais vraiment finir par croire que je l'avais offensé. Puis il s'est immobilisé et s'est tourné vers moi.

— Dites... Ça me gêne un peu de vous demander ça, mais... Vous n'avez pas de problème avec l'alcool ?

Le coup par surprise.

— Pourquoi vous me posez cette question ?

— Non, c'est juste qu'on m'a dit que vous étiez arrivé sur la scène du crime du prof en sentant un peu l'alcool.

— C'est faux, j'avais juste pris un verre avant.

— Oui, bien sûr. Pardonnez-moi, je sais les ravages que peut faire l'alcool, j'ai commis un excès de zèle.

Je suis resté un instant tout seul sur le banc. En face, le couple se bécotait encore. Salopards.

38

Ils s'étaient donné rencard sur la place de Jaude, devant l'entrée du centre commercial du même nom. Objectif : bloquer l'accès au temple local de la consommation, exceptionnellement ouvert en ce dimanche d'avant les vacances. Les CRS étaient déployés en nombre au pied de la grande roue, d'ailleurs immobilisée pour l'occasion. La situation pouvait déraper à tout moment : casse de vitrine, pavés balancés à la gueule des flics ou altercation avec des chalands venus boucler leurs courses de Noël et qui se retrouvaient furieux devant un barrage de Gilets jaunes. J'étais de perm' et Juan aussi. On s'était postés de l'autre côté de la roue, notant sur nos calepins tout ce qui pouvait survenir sous nos yeux.

Il était 14 heures pétantes quand Juan m'a soufflé d'une voix un peu fébrile :

— Tiens, regarde qui voilà…

Nourredine a rejoint le groupe de trente personnes postées devant l'entrée, sans un regard pour les quelques clients égarés qui piétinaient comme s'il y avait encore un espoir de faire leurs emplettes. Le vigile de boîte de nuit a fait la bise à d'autres quinquagénaires sans s'aventurer plus loin. Comme si cette équipée n'était pas homogène, mais constituée de plusieurs chapelles. Et que leurs représentants se regardaient en chiens de faïence.

— Si je pouvais l'éviter, ça serait pas plus mal, a ajouté Juan.

Il s'est écoulé un petit quart d'heure avant qu'une première engueulade n'éclate entre le cordon de protestataires et un client à l'allure d'homme pressé, visage buriné. De là où on était, on pouvait vaguement comprendre la teneur de l'échange.

— Vous avez pas le droit de m'empêcher de faire mes cadeaux de Noël !

En face, on lui répondait :

— Monsieur, vous allez pas en mourir.

Ça commençait à s'empoigner, et le commandant des CRS n'en perdait pas une miette, prêt à intervenir. Nourredine restait en retrait. Finalement, une femme d'une soixantaine d'années s'est interposée :

— Monsieur, ça sert à rien de s'énerver, si à la fin du mois, vous avez du mal à payer une glace à votre gosse, alors on est dans la même galère !

Le type n'avait pas l'air convaincu, mais seul face au surnombre, il a fini par tourner les talons.

Il ne s'est plus rien passé jusqu'à ce qu'un jeune mec, foulard aux couleurs de la Palestine sur la tête et lunettes de soleil sur le nez, commence à s'avancer vers les CRS, en criant des insultes et en tendant les bras pour les provoquer.

On sentait les plus vieux du bataillon noir et jaune pas très chauds, mais un, puis deux, puis trois larrons de son gabarit l'ont imité. Les CRS restaient droits comme des matraques. Brusquement, une pierre a volé vers le bouclier d'un flic mobile. Une onde de nervosité a parcouru la rangée bleue.

Une autre pierre est venue cogner à leurs pieds. Ça venait de l'escalator aérien qui menait à l'étage supérieur du centre commercial. Un type encagoulé jouait les snipers. Ça discutait chez les CRS, comment intervenir et le coincer.

J'ai pivoté vers le groupe de bloqueurs : Nourredine avait disparu. Peut-être sentait-il que ça allait chauffer sévère. Une odeur de cramé s'est soudain propagée. Comme dans un western, les types en noir se cachaient derrière les murs et ne surgissaient que pour lancer des projectiles. Nouvel affront. Cette fois, ce n'était plus une pierre, mais un cocktail Molotov. En réponse, un tir de lacrymo a fusé en direction des ombres brunes. La fumée âcre n'a pas tardé à s'insinuer dans nos yeux et nos narines. Juan s'est mis à tousser, puis s'est résolu à reculer. Profitant du tumulte créé, et tandis que les familles de badauds avaient déserté la place de Jaude, les CRS en ont profité pour charger. Comme des chevaux au galop, la masse casquée s'est ruée vers les fauteurs de trouble. Aussitôt, les silhouettes camouflées ont détalé vers la petite rue d'Assas, où sans doute ils trouveraient à se planquer. Le spectacle était terminé.

— Bon ça ira comme ça…, a conclu Juan en filant vers la rue du 11-Novembre. (C'était la direction du journal et je l'ai suivi.) Quelle bande de cons, quand même, a-t-il pesté en marchant d'un pas pressé. Les gens veulent juste faire leurs courses de Noël avec leurs gosses.

— C'est vrai que ça sert à rien.

— Ah, tu vois ! Même toi, tu finis par le dire.

— Je fais la différence entre les types sur les ronds-points à visage découvert et ceux-là.

— Y a des fils qui se touchent, hein, regarde notre copain Nourredine…

C'était pas le moment de lui parler des faux-semblants et des soupçons qui entouraient son meilleur ennemi. Et même si j'avais voulu lui en toucher un mot, il ne me laissait pas en placer une.

— Ils ont qu'à voter aux élections s'ils sont pas contents et qu'ils arrêtent de nous emm…

Un bruit de casse, de verre brisé et des cris ont jailli. Ça venait de la rue piétonne. Plus on s'approchait, plus on commençait à comprendre. Des passants s'immobilisaient au milieu de la voie, regardant tous avec surprise un spectacle encore invisible pour nous à cet instant. Certains d'entre eux protestaient : « Hé, ça va pas, espèce de malades ! »

Notre pas s'est ralenti, par méfiance, mais irrémédiablement, on se dirigeait au plus près de l'action. Le bruit d'une vitre qui explose. Quelques pas de plus : au milieu de la rue, trois anonymes recouverts de noir de la tête aux pieds – cagoule, parka, treillis, Doc – vandalisaient les devantures de tous les magasins sur leur passage, avec une attirance plus prononcée pour les banques. Deux d'entre eux frappaient comme des sourds à coups de pied-de-biche, tandis qu'un autre surveillait les abords. Pas tellement les riverains, à qui il adressait des signes agressifs de la main qui voulaient dire : « Dégagez ! », mais plutôt les flics dont l'arrivée devait être imminente.

— Mais c'est pas vrai ! s'est étouffé Juan. (Son visage a viré au rouge, il a accéléré le pas et a sorti son téléphone de sa poche :) À mon tour de filmer, putain, a-t-il encore cinglé, en oubliant ma présence.

La casse se poursuivait, au loin, on entendait les pleurs d'un enfant que son père expatriait loin pour le préserver de cette irruption inhabituelle à Clermont. Le trio s'attaquait à sa cinquième boutique.

— Tu le crois, ça ? Hein, tu crois ce que tu vois, là ? m'a interpellé Juan, scandalisé.

Mais alors qu'il me regardait pour vérifier mon approbation, le cerbère de la bande a fondu en un éclair vers mon collègue.

— Baisse ça, enculé, baisse ça tout de suite !

Pris par surprise, Juan s'est exécuté, malgré lui. Ce molosse obscur le dépassait d'une tête et de vingt kilos minimum. Fini la réprobation, Juan s'est mis à trembler et bredouiller :

— C'est bon, c'est bon…

Les deux yeux qui émergeaient de la cagoule l'ont fixé d'un rouge brûlant. Je me suis aperçu que lui aussi était armé d'un pied-de-biche, et que son poing le serrait très fort à cet instant. Ça n'a pas non plus échappé à Juan. Le face-à-face ne durait que depuis une poignée de secondes, mais ça semblait déjà sans fin.

— Qu'est-ce que tu fais…, a encore bafouillé Juan.

Brusquement, l'inconnu a levé son bras comme pour le frapper avec son arme. Juan a crié de peur et a placé ses mains devant sa tête, maigre protection. Machinalement, j'ai crié aussi en direction de la brute épaisse :

— Hé !

Ça a suffi à immobiliser le type dont le regard noir a pivoté dans ma direction. Quatre-vingt-dix kilos de haine. Je connaissais ses yeux. Il m'a fixé un instant avant de revenir à sa cible la plus proche. Toujours pas calmé, il a levé son pied-de-biche en l'air pour prendre de l'élan. D'ici une seconde, la tête de Juan allait être fracassée. J'ai crié à nouveau. Mais cette fois, un nom est sorti de ma gorge :

— Nourredine !

Il s'est pétrifié, m'a adressé encore un regard, beaucoup moins menaçant cette fois. Derrière nous, j'ai à peine perçu le bruit de course des CRS qui se précipitaient dans l'artère pour intervenir. Est-ce leur arrivée, ou est-ce parce que je l'avais nommé ? En tout cas, l'encagoulé s'est enfui dans l'autre sens.

Je me suis approché de Juan. Livide comme un cadavre, il s'est accroupi pour ramasser son téléphone qui avait chuté dans le trouble. Il tremblait de tous ses membres.

— Ça va ?

— Tu… tu crois que c'était Nourredine ?

En étais-je certain à cent pour cent ? Je mentirais en l'affirmant. Disons soixante-dix pour cent.

Je n'ai pas eu le temps de formuler cette probabilité, la main de Juan s'est rattrapée à mon épaule. Il tombait dans les pommes.

— Attends, viens.

Je l'ai conduit doucement jusqu'à la porte cochère la plus proche. Il s'est assis.

— Je vois tout noir, a-t-il péniblement soufflé.

Aussi noir qu'il était blanc.

— Tu veux de l'eau ? Tu veux que j'aille chercher de l'eau ?

— Faut que je reprenne mes esprits.

Ses tremblements ne cessaient pas, bien au contraire. J'aurais sans doute été dans le même état à sa place.

— Tenez, j'ai une bouteille d'eau pleine, je m'en suis pas servie.

C'était une voix féminine, presque timide, qui venait de sortir d'une mâchoire serrée. J'ai tourné la tête : une toute petite femme de quarante-cinq ans environ, cheveux courts, lunettes, proposait son aide. Elle portait un gilet jaune sur un K-Way beige. Juan l'a regardée avec une certaine méfiance avant de se radoucir.

— J'veux bien, merci, a-t-il soufflé en attrapant la bouteille.

Si elle n'avait pas été aussi près de nous, j'aurais bien glissé une blague à l'oreille de Juan pour détendre l'atmosphère. Du style : tu vois, ils sont pas si méchants. Mais la dame n'avait pas l'air rigolote, en réalité. Je lui ai souri. Échec total. Juan a liquidé la moitié de la bouteille avant de la tendre vers son Auvergnate.

— Non non, gardez-la.

Juan lui a souri pour la remercier, sans plus de succès. En fait, elle ne bougeait pas d'un pouce. Et ça commençait à devenir bizarre.

— Merci madame, s'est cru obligé d'ajouter Juan.

Bêtement, je me suis mis à sourire encore, des fois qu'il faille atteindre un certain seuil pour qu'elle s'estime suffisamment remerciée. Mais non, elle restait plantée là.

— Il est pas très reconnaissant, ce Nourredine…

Ça venait de siffler de sa mâchoire fermée, comme une munition de Flash-Ball.

— Pardon ? ai-je dit.

— Non seulement il vous a bien baisés en faisant la une du journal, mais en plus il était à deux doigts de vous exploser le crâne.

Aucun de nous deux ne comprenait ce qui se passait. Elle a embrayé :

— Moi, je savais que c'était un escroc… Qu'il avait pas de femme, pas de gosse, pas de bouches à nourrir, le Nourredine.

— Ah oui ?

— Il vous aurait suffi de vous renseigner. On est assez nombreux à crever la dalle pour ne pas se faire voler nos combats par ce genre de types. On veut pas de chef, vous comprenez ?

J'avais l'impression de divaguer dans la quatrième dimension, mais malgré son émoi, c'est Juan qui s'est montré plus vif.

— C'est vous ?

Je ne comprenais toujours pas.

— C'est vous…, a répété Juan. L'inconnue qui nous a écrit sur Facebook les messages du genre « Tu t'es bien fait avoir »… Camille, c'est vous ?

— Ah ben voyez, z'êtes pas si cons, finalement…

Et elle est partie. D'un petit pas sec et pressé, comme sa diction. Un mystère venait de s'éclaircir.

39

Le lendemain, j'ai fait un tour au tribunal pour couvrir les comparutions immédiates de Gilets jaunes : deux casseurs étaient jugés pour les incidents du centre-ville. J'ai pensé que Nourredine pouvait faire partie du lot, mais en arrivant sur place, à 14 heures, je ne l'ai pas vu dans le box des prévenus. Deux types baissaient les yeux devant l'assistance ; l'un de vingt ans, l'autre de quarante, l'un étudiant, l'autre artisan plaquiste. L'étudiant jouait les naïfs en affirmant qu'il n'était pas présent, que les flics qui l'avaient interpellé avaient dû le confondre avec un autre et je ne suis pas certain que son petit sourire en coin plaisait beaucoup à la présidente. L'autre était beaucoup moins antipathique, il ne niait rien, racontait qu'il en avait plein le cul, que le jour où sa mère avait dû se nourrir à la soupe populaire, ça l'avait fait péter les plombs, qu'au départ, il voulait juste manifester, mais que grisé par l'émeute en cours, il s'était laissé entraîner, et oui, il avait bien envoyé un pavé en direction d'un flic, mais il le regrettait au plus profond de lui.

Il y a eu un moment de flottement au cours duquel l'avocat de l'étudiant a soulevé un point de droit très technique pour annuler la procédure, j'ai décroché et je me suis mis à tapoter sur mon clavier de téléphone, alternant entre le site de rencontre et les groupes Facebook de Gilets jaunes. La psychose sur la voiture noire générait maintenant des variantes. Un anonyme affirmait qu'il avait repéré l'étrange manège d'une voiture, mais blanche cette fois, rôder autour de l'école rue Saint-Simon. Je me suis dit : tiens, c'est bien l'école dont nous avait parlé une témoin qu'on n'avait pas vraiment crue à l'époque. J'ai regardé l'heure, il était pas loin de 16 h 30, l'heure de la sortie des classes. C'était tentant d'y faire un tour.

J'ai traversé la place de Jaude, longé l'avenue Julien. Une voiture de flic m'a dépassé, sirène hurlante. Je n'avais plus qu'à tourner à l'angle, juste devant ce petit troquet qui ne payait pas de mine. Avant que l'école n'apparaisse dans mon champ de vision, des cris ont d'abord résonné. C'était confus, des voix d'hommes grondaient : « Chopez-le ! Chopez-le ! » et des voix féminines : « Non, mais ça va pas, lâchez-le, ça suffit ! »

Le parking de l'école s'était métamorphosé en ring géant. Une dizaine de pères et de mères de famille, visage rouge et veines du cou gonflées, hurlaient en direction d'un plus petit groupe. Deux policiers essayaient de les calmer, mais la petite foule criait : « C'est lui, le détraqué ! Il repère des gosses ! Il arrête pas de tourner autour de l'école, coffrez-le ! »

En face, j'ai reconnu Lucie. Normal, c'était l'école de sa gosse. Elle s'était accroupie avec deux autres femmes auprès d'un homme à terre, tout aussi blêmes que ceux d'en face étaient groseille. Je me suis approché pour mieux voir. Je connaissais le blessé.

Assis sur un bout de trottoir, Martin se trouvait en état de choc. Son manteau avait été arraché, des griffures ensanglantaient son visage.

— Martin… Qu'est-ce qui se passe ?

Simultanément, Lucie et mon camarade ont levé les yeux, surpris, vers moi.

— Simon ? Vous vous connaissez ? a demandé Lucie.

Mon complice n'était pas seulement sous le choc, il avait honte. La petite Melinda se tenait à l'écart, pétrifiée. Plus loin, d'autres mômes pleuraient devant ce spectacle violent qu'ils ne comprenaient pas. Un flic s'est approché de Martin.

— Monsieur… C'est vrai ce qu'ils disent ? Vous rôdiez ?

— Mais pas du tout, je suis journaliste ! Ils sont complètement tarés.

— On peut voir votre carte de presse ?

Une autre bagnole de flic est arrivée en renfort, avec deux hommes à bord pour contenir la grappe de nerveux. L'agent a continué à questionner Martin, histoire de voir ce qu'il avait derrière la tête. Il a noté son identité sur son calepin et relevé sa plaque d'immatriculation. Sa bagnole blanche était stationnée vingt mètres devant. Lucie non plus ne comprenait pas grand-chose, mais elle n'osait rien demander tant que le flic était encore là. Il a conseillé à Martin de filer maintenant et de ne plus revenir, « même si vous avez rien à vous reprocher, ça vaut mieux pour vous ». Il l'a escorté jusqu'à sa voiture, tandis qu'un ou deux types criaient encore : « C'est ça, casse-toi, sale pervers ! » et encore un autre : « Si on te revoit, on te coupe la bite ! »

J'ai suivi Martin.

— Tu veux que je conduise ?

— Ouaip, je veux bien, je vois pas clair, là…

Lucie nous a suivis en tenant la main de sa gamine.

— Simon, tu m'expliques ?

— Viens avec nous. Je vais tout te raconter.

Brûlant de savoir, elle s'est assise à l'arrière.

— Dépose-nous chez moi, a-t-elle sèchement ordonné.

C'était à deux pas, j'ai obéi. Arrivée au pied de son immeuble, elle a semblé hésiter, plus méfiante qu'en colère.

— Ben montez avec ton pote en sang, il va pas rester comme ça…

— Je veux pas déranger, hein, a dit Martin.

— Montez. Puisque je vous le propose.

Après avoir prié Melinda d'aller jouer dans sa chambre, elle nous a fait asseoir dans son salon, qui n'avait pas bougé depuis la dernière fois, et toujours ce bruit de trafic automobile qui perforait son double vitrage vieillot. Elle a disparu trente secondes, est revenue avec du désinfectant et des pansements. Elle s'est attelée à réparer mon partenaire pendant que je patientais à côté. L'antiseptique brûlait les plaies de Martin, dents serrées et yeux humides, éraflures plus sévères que je ne l'avais cru, lacérant son visage de l'œil jusqu'à la joue.

— Ils t'ont pas loupé, ai-je commenté.

— Ouais.

— C'est arrivé comment ?

— Ben… Je… je me suis garé devant l'école, je suis sorti de la bagnole… J'ai vu ces gens parler entre eux et me dévisager. Je sais pas. Ils se sont engrenés d'un coup, ils regardaient des trucs sur leur téléphone portable. Et ils ont foncé droit sur moi.

— Quelqu'un a dû prendre en photo ta bagnole pour la mettre sur Facebook, façon *Wanted*.

— Mais, pourquoi ils auraient fait ça ? a demandé Lucie.

Silence de mort (ou presque, si on excluait le bruit des bagnoles dehors).

— Parce que…

Martin n'y arrivait pas. Mais il a fini par se jeter à l'eau d'une voix honteuse, presque pleureuse.

— Parce que c'était pas la première fois que je venais…

— Quoi ? Tu es en train de me dire qu'ils ont raison, que t'es un gros pervers qui traîne devant les écoles pour mater les enfants ?

— Mais non, pas du tout ! s'est défendu Martin. C'est… C'est toi que je voulais voir.

Lucie en a oublié ses accessoires d'infirmière et s'est redressée d'un bond.

— Moi ?

Puis elle a percuté.

— Oh non, j'y crois pas, c'est encore vos conneries après l'histoire de la piscine, c'est ça ?

On avait honte tous les deux. Martin s'est fermé. Je me suis résolu à défendre notre honneur.

— Attends, Lucie… Bon, d'abord, moi, je savais pas que Martin avait pris cette initiative de son côté. Mais c'est vrai qu'on voulait te parler.

— Mais me parler de quoi, putain ? Moi, j'ai rien à voir avec ces histoires horribles et surtout, surtout, je refuse que vous mêliez Melinda à tout ça, vous allez la traumatiser !

— Juste un truc, Melinda, heu, Lucie, juste un truc et après, promis, on arrête ?

— Quoi ? Quel truc, putain ?

— À la piscine… À la piscine, ils nous ont dit que le jour où Melinda s'est enfermée dans une cabine de vestiaire, quelqu'un avait volé une serviette de bain à l'effigie de Minnie. Et Melinda répète « Minnie », « Minnie » quand elle a ses angoisses nocturnes. C'est toi qui me l'as raconté. Tu savais pas à quoi ça correspondait, avoue que la coïncidence est bizarre, non ?

Je m'attendais à une nouvelle veste, mais Lucie a paru sérieusement troublée. Au lieu de monter la voix, elle s'est figée. Puis elle a articulé quelques mots :

— Melinda ne veut plus aller à la piscine…

Martin a relevé les yeux vers elle, intrigué.

— Toutes les nuits, elle vient dormir dans mon lit et elle pleure, elle dit des mots que je ne comprends pas...

— Quel genre, « Minnie » ?

— Des fois oui, et puis des fois... Enfin, je... je sais pas, je...

— C'est depuis la piscine, non ? C'est bien depuis ça ?

— Peut-être, je sais plus exactement...

— Qu'est-ce qu'elle dit d'autre ? a demandé Martin, retrouvant son ardeur.

— Eh bien, l'autre jour, au centre commercial, j'ai proposé qu'elle fasse une photo avec le Père Noël, mais elle s'est mise à pleurer, pleurer, pleurer, j'ai eu du mal à la calmer. Et quand on est rentrés, elle m'a juste dit : « Il avait un gros ventre comme le bonhomme... »

— Le bonhomme ?

— Oui. J'ai pas pu savoir de qui elle parlait...

Un ange est passé, mais en faisant un bruit de bagnole démarrant au feu vert.

— S'il y a un prédateur, on pense qu'il repère ses cibles bien avant de frapper, a poursuivi Martin. Ou de tenter de frapper. Est-ce que tu te souviens d'un type bizarre à la piscine ?

— Je ne sais plus. Des hommes seuls à la piscine, y en a quelques-uns...

— Personne qui t'ait regardée bizarrement ? Ou qui ait regardé bizarrement Melinda ?

— Y a bien... Y a bien ce type, là, un peu gros qui restait dans la piscine sans vraiment nager.

— Un type un peu gros ? Genre quel âge ?

— La cinquantaine, je dirais.

— Tu saurais le reconnaître ?

— Je crois bien. Je l'avais remarqué, parce que je me suis aperçue qu'il nageait jamais. C'est peut-être lui, mais c'est peut-être un autre aussi, moi, je surveille ma gosse quand je vais à la piscine, je passe pas tout le monde au crible.

J'ai hésité parce que ça faisait vraiment flic. Mais tant pis, au point où on en était. J'ai sorti mon téléphone et brandi une photo de Nourredine, celle de l'interview qu'il avait donnée à *L'Éclair*.

— Est-ce que c'était lui ?

Lucie a regardé attentivement la photo.

— Non, non, c'est pas lui.

J'ai rangé mon téléphone, déçu. Mais Martin a embrayé en saisissant son appareil photo. Il a chargé un cliché de l'avant-veille.

— Et lui ?

C'était le type de la rencontre Internet fixée au square Amadeo. Ce filou de Martin avait réussi à le prendre en photo depuis sa planque.

— Non, il était pas chauve.

On n'a plus rien dit, on avait tous une bonne raison d'être assommés.

— Excuse-moi, Lucie, est-ce que je peux finir de me désinfecter ? a timidement demandé Martin, voyant qu'elle avait encore le flacon entre les mains.

— Pardon, je termine.

Tandis qu'elle achevait le nettoyage de la dernière plaie, il a tenté sa chance :

— Et si on montrait les photos à Melinda ?

— Non, je vous l'interdis. Vous allez la traumatiser, je vous dis.

— OK. Pardon.

Une fois la tâche terminée, Lucie s'est assise sur une chaise à côté de moi en poussant un long soupir.

— J'ai besoin d'un verre.

Comme elle le proposait, on l'a imitée. Une bouteille de rouge à 17 heures, pourquoi pas. Et tandis que Melinda jouait sagement dans sa chambre, on s'est mis à discuter de l'affaire, en reprenant presque tous les éléments. Elle n'en perdait pas une miette. J'avoue, je luttais un peu contre Martin pour garder la parole et capter tout son intérêt. Depuis ma première rencontre avec elle, je ne l'avais jamais trouvée aussi belle et j'avais envie de briller à ses yeux.

Lucie passait de la fascination à la terreur, et la première aurait sans doute pris le pas sur la seconde si sa propre fille ne figurait pas parmi les cibles possibles de l'homme à la voiture noire. Une fois le récit terminé, elle a cogité. Puis elle a dit :

— Mais en fait... quatre-vingt-quinze pour cent de ce que vous me racontez, c'est totalement une vue de l'esprit ?

— Comment ça ?

— Mais enfin, vous n'avez aucune preuve ! Si ça se trouve, le pompiste, là, avait entendu parler des mutilations de Miguel Gallo par le bouche-à-oreille. Si ça se trouve, il s'est vraiment suicidé parce qu'il n'en pouvait plus de se faire traiter de pédophile. Si ça se trouve, Alban retrouvé mort il y a vingt ans n'a pas vraiment été mutilé sexuellement. Si ça se trouve il y a plusieurs tueurs et pas un seul. Et si ça se trouve... ma fille n'a absolument rien à voir là-dedans.

Ça nous a laissés comme deux ronds de flan. Toutes nos théories venaient d'être pulvérisées.

— Ouais... Si ça se trouve..., a conclu Martin, hébété.

Se pouvait-il qu'on ait imaginé un récit en collant bout à bout des choses qui n'avaient rien à voir ? Se pouvait-il qu'on ait imaginé un prédateur incroyablement retors, trop retors peut-être pour être vrai ? Comme si elle voulait nous consoler, Lucie s'est crue obligée d'ajouter :

— Mais si ça se trouve… vous avez raison…

— Ben… merci.

— Cela dit, je suis désolée, je ne vous laisserai pas montrer de photos à ma fille.

— Je comprends, pas de problème, ai-je conclu.

Quelques moteurs ont encore rugi sur le boulevard avant que Martin ne retente sa chance.

— En revanche, tu pourrais peut-être nous aider autrement…

— Ah oui ? Et comment ?

— En fait… on écume les sites de rencontre avec un faux profil pour trouver un éventuel prédateur sexuel. Peut-être que tu pourrais essayer aussi ?

— Quoi ? Vous voulez que je risque ma vie après avoir risqué celle de ma fille ?

— Non, pas du tout. Ce serait juste pour voir. Tu pourrais même utiliser une fausse photo, si tu veux…

L'idée semblait rapidement faire son chemin, passé le premier réflexe d'autodéfense.

— Une fausse photo…

— Ouais. Ce serait moins dangereux. Et comme ça, si tu repères un profil bizarre, tu fixes un rendez-vous et hop, nous, on y va, t'as pas besoin de te déplacer.

— Attendez, vous en avez pas marre de vous casser les dents, les gars ?

— Si, quand même, on en a un peu marre, suis-je intervenu, et d'ailleurs Martin, on avait dit qu'on arrêterait.

— Je proposais ça comme ça, moi…

Des pleurs étouffés sont montés de la chambre de Melinda. Équivoques au départ, on aurait pu penser qu'elle jouait, mais très clairs au bout de quelques secondes. Lucie s'est précipitée à son chevet, en faisant tomber son verre de vin au passage. On a épongé en silence, le temps qu'elle parvienne à la réconforter. On entendait à peine la mère de famille chuchoter : « Il faut plus que tu aies peur, ma chérie, tout ça, c'est dans ta tête… » C'était laborieux.

Puis elle est revenue d'un pas traînant parmi nous et son visage avait fané de fatigue.

— Si je trouve le salopard qui l'a terrifiée comme ça, je crois que je pourrais le tuer de mes mains !

On finissait de ramasser les minuscules débris de verre sur le parquet.

— Je suis d'accord pour vous aider.

40

Les jours suivants, on s'est tous activés sur les sites de rencontre, on a même multiplié les comptes. J'alternais vingt discussions par jour, mais, progressivement, certains profils identiques revenaient. Clermont n'était pas une mine inépuisable de célibataires. Le mardi soir, Lucie avait réussi à ferrer un quinquagénaire qui racontait avoir quitté Clermont dans les années 1990 avant de revenir là il y a peu. On s'était dit que le type était « digne d'intérêt », que cette expatriation pouvait expliquer pourquoi le tueur n'avait pas sévi depuis si longtemps. Mais, premier hic, le type avait donné rendez-vous place de la Poterne, près de la cathédrale de Clermont, et c'était un lieu surveillé par les caméras. Il ne s'appelait pas Roland non plus. Par acquit de conscience, on s'y était malgré tout pointés et on n'avait vu qu'un mec de soixante ans, pas plus haut qu'un mètre soixante et trapu, bien différent de sa photo de profil – de fait, on avait aussi pensé qu'il avait mythonné sur sa vie à l'étranger pour faire plus exotique –, et on l'avait rayé de la liste des suspects.

Le lendemain soir, c'est Martin qui pensait avoir ferré un gros poisson. Un homme de cinquante-trois ans avait entamé la conversation avec lui. Il disait être vigile au stade Michelin, et sa conversation n'avait pas tardé à prendre une connotation très sexuelle. Jouant avec le feu, Martin avait laissé croire qu'il était amateur de sado-masochisme, le type lui avait répondu des mots bizarres du genre : « J'adore ça, le problème, c'est que je sais pas m'arrêter. » Rendez-vous avait été donné le soir même, justement devant le stade Michelin, mais à minuit. À minuit dix est arrivé un type à bord d'une voiture noire et, planqués dans la bagnole de Martin qui stationnait trente mètres plus loin, on s'est dit que ça commençait à sentir bon. Ou mauvais, ça dépend. Le conducteur est sorti, il avait bien une cinquantaine d'années, il n'était pas chauve, plutôt gros. Comme on ne savait pas comment aller plus loin dans l'investigation, on l'a laissé poireauter vingt minutes avant qu'il ne se décide à partir. On l'a suivi, aussi discrètement que possible. Il ne vivait pas dans les hauteurs, mais au cœur du quartier Montferrand, dans une maison de ville un peu pourave, toute fissurée, avec un vieux vélo rouillé devant le perron. Martin a pris quelques photos, puis il y est revenu le lendemain et il a découvert que monsieur avait une double vie, puisqu'il avait femme et enfants. Il a réussi à noter le nom sur la boîte aux lettres, a trouvé sur Internet qu'il était effectivement vigile à Michelin. Comme on trouve beaucoup de choses sur la Toile, il a aussi exhumé son CV et s'est aperçu qu'il ne vivait pas à Clermont au moment des meurtres de Marie Chanez et d'Alban, mais à La Réunion.

— Merde, a dit Martin en bouffant son sandwich triangle devant son ordi. Ça collait bien, pourtant…

Comme Rondeux me foutait la pression pour pondre un nouvel article sur le tueur à la voiture noire, j'ai profité d'une tournée des faits div' pour faire le pied de grue devant la porte du commissaire. Il a fini par accepter de me recevoir, enfin, disons, de me parler entre deux portes.

— J'ai pas le temps, m'sieur Magny. J'ai du boulot. Pour les infos, voyez avec le procureur, c'est lui qui communique.

— Le parquet ne dit plus rien.

— Ben il doit y avoir une raison, a-t-il balayé en parcourant le long couloir qui menait vers la sortie du siège de la PJ.

— Je sais que la petite Coline n'a pas été violée…

Le commissaire a semblé surpris. Mais pas tant que ça.

— Ah, c'est le parquet qui vous l'a dit ?

— Peut-être.

— Ben faites-en ce que vous voulez, monsieur Magny, vous verrez bien.

— Vous pourriez pas me le confirmer ?

— Pour que vous l'écriviez ? Et puis quoi encore ! Dans une enquête, moins le public en sait, mieux on avance.

— Vous pouvez pas juste me dire si vous avancez ?

J'avais l'impression de lui courir après dans le couloir et je me sentais faible.

— Je vous le dis : on avance.

— Pourquoi on a l'impression qu'il est insaisissable ce tueur ?

— Y a pas de tueur insaisissable, y a que des enquêtes ratées…

— Comme l'étaient les enquêtes de Marie Chanez et d'Alban Lafon ?

— Ah… On vous a parlé de ces deux-là aussi ?

— Peut-être.

— Alors, dans ce cas, je sais qui est votre source, monsieur Magny…

— Heu, je…

— Un ancien flic, obsédé par l'affaire, qui n'a pas supporté de la louper. Ce serait pas ça, votre source ?

— Secret des sources.

— Dites-moi, monsieur Magny, est-ce que votre source secrète vous a dit pourquoi on lui avait retiré l'enquête sur Marie Chanez à l'époque ?

— On lui a retiré l'enquête ?

— Le monsieur avait oublié de préciser qu'il avait un lien avec la victime. Qu'il l'avait rencontrée lors d'un séjour en hôpital psy après avoir fait une sévère dépression. Il vous l'a dit, ça ?

— Je...

— Et, bien sûr, il vous a pas dit que le fait d'avoir « oublié » de mentionner ce lien avait fait de lui un suspect à l'époque ?

— Je... Non... Non, il me l'a pas dit.

— Comme quoi... Chacun a ses secrets, monsieur Magny. Bonne journée.

Il m'a laissé en plan sur le parvis du commissariat. J'avais l'impression qu'il neigeait, mais non. Ça devait être ce sentiment de m'être fait balader qui me donnait froid.

41

— Salut. Il me semble qu'on s'est déjà vus.
— Salut. Ah oui ? Désolée, ça me dit rien. Où ça ?
— C'est pas ma vraie photo.
— Ah bon ? Tu te caches ?
— J'aime la discrétion.
— Marié ?
— Non.
— En concubinage ?
— Non, seul.
— Depuis longtemps ?
— Depuis la mort de ma femme. Il y a six mois.
— Je suis vraiment désolée.
— Le cancer.
— Saloperie de maladie.
— Et toi, seule depuis longtemps ?
— Quelques mois.
— Qu'est-ce que tu recherches ici ?
Pas de prise de tête, pas de plans sur la comète. Et toi ?
— J'adore tes cheveux.
— Merci. Mais tu réponds pas vraiment à mes questions.
— J'aime pas les questions.
— Ça t'empêche pas d'en poser.
— Petite maline.

— Dis-moi au moins où on s'est déjà vus ?
— La piscine.
— Quelle piscine ?
— Chamalières.
— C'est vrai. J'y vais chaque semaine. Et toi ?
— De temps en temps.
— J'étais seule quand tu m'as vue à la piscine ?
— Non. Il y avait une petite fille avec toi.
— C'est possible.
— C'est ta fille ?
— Oui. Et toi, tu as des enfants ?
— Non.
— D'accord. Tu n'en voulais pas ?
— J'aime pas trop les questions, je t'ai dit.
— Si tu veux qu'on se rencontre, il va falloir être un peu plus chaleureux...
— Je peux être très chaleureux.
— Prouve-le.
— Plus facile à prouver en vrai que derrière un écran.
— C'est une proposition ?
— Qu'est-ce que t'en dis ?
— Faut voir. Tu es sur Clermont ?
— Pas loin, oui.
— C'est quoi tes repaires à Clermont ?
— J'en ai pas vraiment. Je m'adapte.
— Et où aimerais-tu qu'on se rencontre si on se rencontre ?
— On peut se retrouver place Michel-de-l'Hospital, par exemple.
— Mais y a pas de bar sur cette place, y a rien, là.
— Y a des bars pas loin. On peut se retrouver là et y aller ensemble.
— Pourquoi pas directement dans le bar ?
— J'aime pas attendre tout seul à une table. Je préfère attendre dans ma voiture.
— D'accord, d'accord... C'est quoi ta voiture ? Que je la reconnaisse ?
— Dis-moi la tienne.
— J'ai une Clio rouge.
— D'accord. Je te reconnaîtrai.

— Et toi ?

— Je te ferai des appels de phares.

— Que de mystères…

— Et tu n'as encore rien vu.

Tandis qu'elle remaquillait ses yeux devant la glace de sa salle de bains, Lucie me parlait avec une forme d'excitation. Elle se prenait au jeu. Je revoyais dans sa fébrilité les expressions de Martin.

— Bravo Lucie, c'est un putain de bon client ce… C'est quoi son pseudo ?

— Arnold. C'est exactement ce que je me suis dit… La piscine ! J'ai bien fait de mettre ma vraie photo.

— Pourri comme pseudo, Arnold. Ça fait vieil acteur autrichien.

— J'aurais trop voulu venir planquer avec toi ce soir.

— Peut-être qu'on peut décaler à demain soir. On serait bien tous les deux à planquer, ai-je proposé.

— Ben non, demain soir, je pars chez mes parents avec Melinda.

Mon sous-entendu tombait à plat.

— Tu vas y aller avec Martin ?

— Je vais lui en parler.

— Mais qu'est-ce que vous ferez si c'est lui ?

— On le suivra discrètement jusque chez lui.

— Ne vous faites pas gauler !

— Si t'as plus de nouvelles de moi, tu sauras pourquoi…

— Tu seras mort en héros.

— Tu me regretteras ?

— Pff, t'es con…

Pas moyen d'avoir le moindre signe d'attachement. Dire qu'il y a quelques jours, on s'embrassait. Qu'est-ce qui avait merdé ? Elle passait d'une pièce à l'autre, et je la suivais comme un petit chien.

— Il est sympa, Martin.

— Oui, il est… foufou.

— Vous vous entendez bien ?

— Bien sûr… Pourquoi ?

— Non, non, pour rien…

— Tu fais quoi pour le Nouvel An ?

— Je sais pas encore. J'irai peut-être chez des copines. Et toi ?

— J'en sais rien. Si je suis encore vivant, tu veux pas qu'on fasse un truc ensemble ?

Lucie m'a regardé avec un sourire terrible, un sourire qui voulait dire : t'es gentil, mais arrête de te bercer d'illusions.

— Simon…

— Quoi ?

— Ben non…

— Je comprends pas pourquoi.

— C'est comme ça… L'attirance, ça s'explique pas.

Elle m'aurait giflé, ça m'aurait fait moins mal.

— J'avais pourtant l'impression qu'il y avait attirance quand on a dîné chez toi.

— Il s'est pas passé grand-chose, non ?

— On était fatigués…

— Non, Simon. C'est pas un hasard. Dis, je veux pas te foutre dehors, mais je dois filer…

— OK. Ben… à bientôt, alors…

— Tiens-moi au courant. Et soyez prudents.

Je me suis demandé, en passant la porte, si je ne préférais pas me faire trucider sur la banquette arrière d'une voiture noire, finalement.

— Joyeux Noël, Lucie.

— Joyeux Noël, Simon.

En arrivant au journal, j'avais l'impression d'être un zombie sur roulettes. Comme dans les films d'horreur, pour m'arrêter, il fallait tirer dans la tête. Le cœur, lui, était déjà en miettes.

— T'as pas l'air au top, a remarqué Martin en calfeutrant son appareil photo dans sa sacoche.

— Un peu crevé…

— Ouais, ça commence à tirer. Plus que trois jours et c'est Noël.

— T'as le temps pour un café ?

Autour d'un gobelet dans l'espace détente, j'ai détaillé les messages de Lucie et de son inconnu. Rendez-vous était fixé place Michel-de-L'Hospital, le soir même, à 23 heures.

— Tardif comme rencard, a observé Martin. Ça colle avec les horaires des crimes…

— J'ai pensé à un truc. Le détective privé disait qu'un tueur pouvait s'arrêter de tuer s'il trouvait un équilibre dans sa vie. Et recommencer s'il perdait cet équilibre. Et là, on a un type veuf depuis six mois.

— C'est vrai que ça pourrait coller…

Martin a sorti son téléphone, sans que je comprenne pourquoi.

— Place Michel-de-L'Hospital, t'as dit ?

Puis il m'a montré l'écran de son appareil, connecté au site de gauchistes qui recensait la vidéosurveillance à Clermont.

— Regarde… Pas de caméra place Michel-de-L'Hospital.

— Bordel. Tu viens avec moi ?

— Je peux pas, mec, j'adorerais…

— Ben quoi ? Tu vois une meuf ?

— Non. Je suis sur une piste…

— Ben raconte, fais pas ton mystérieux.

— Je peux pas, mais… bientôt, je te raconterai tout.

J'ai trouvé ça ingrat et j'ai élevé la voix.

— Mais putain, moi, je te dis tout et toi tu fais des cachotteries. Ça rime à quoi ?

— Bon OK, je te dis tout. J'ai pas trouvé d'annuaire de 1988, mais j'ai trouvé l'exploitant du café de la plage du lac Pavin en 92.

— T'as cherché dans ton coin…

— Ben ouais, ça a pas trop mal marché jusque-là, non ? C'est moi qui ai trouvé la mère de Marie Chanez, je te rappelle…

— OK, bravo champion !

— Je vais le voir ce soir. Peut-être qu'il saura des choses. Si je me libère avant, je te dis et on y va ensemble.

— Tu peux pas déplacer le rendez-vous à demain ?

— Non, demain, il va voir ses petits-enfants. N'oublie pas que c'est les vacances, mec.

— OK, OK.

— Je dois filer.

D'une seule gorgée, il a vidé son gobelet de café. Avant de disparaître dans le couloir, il s'est retourné. Comme si une idée lui avait traversé l'esprit, le genre d'idée qui vous colle un voile d'angoisse devant les yeux.

— Tu crois toujours qu'on cherche les embrouilles ?

— Plus que jamais, ouais.

— Ben… sois prudent.

— Toi aussi.

Par la fenêtre, la lumière du jour cédait sa place aux décors lumineux de Noël, aux guirlandes et aux néons bleutés. Des flocons à peine plus visibles que des gouttes de pluie battaient la rue. Dans mon ventre, une boule de stress commençait à enfler. Je pensais au rendez-vous en regagnant l'open space de la rédaction. Derrière moi, Juan snobait le spectacle extérieur et s'appliquait à finir son article. Est-ce que je pouvais lui proposer de m'accompagner à la planque ? Depuis l'incident avec Nourredine, il était taiseux, fuyant. L'humiliation se lisait encore sur ses traits gris. Nos regards se sont croisés, le sien était interrogatif, le mien sans doute tourmenté. Il n'a pas cherché plus loin. J'ai fait quelques pas vers mon ordinateur et, en passant à sa hauteur, j'ai laissé traîner l'œil sur ses travaux. J'ai tout de suite reconnu le format sur son écran : un micro-trottoir, le genre d'article dont il avait l'habitude. La question posée aux Clermontois interviewés était : « Irez-vous au ski aux vacances de Noël ? »

Savait-il que je savais à présent ? C'est en cherchant une photo bidon sur une banque d'images américaine pour me camoufler sur les sites de rencontre que j'avais compris. Ses micros-trottoirs étaient illustrés par le même genre de tronches. Des types avec une gueule à inviter leurs voisins au barbecue. Des Américains trop propres sur eux, des gens souriants, sans jamais d'arrière-plan en fond. Pas un volcan, pas une cathédrale. Tout était lissé. Ce bon vieux Juan bidonnait ses interviews de rue.

Mais, ce soir, j'avais quelqu'un d'autre à démasquer, un plus gros poisson. Et, à vrai dire, là, affairé sur sa fraude, il me faisait plutôt de la peine. Pas sûr que je me sois senti plus en sécurité avec lui à mes côtés. J'ai déambulé dans le couloir. Une partie de la rédaction s'était déjà taillée en vacances. Les locaux se vidaient, je pouvais presque entendre mes pas résonner dans le silence sur ce lino stratifié.

— Tu erres comme une âme en peine ?

C'était la voix du patron. La porte de son bureau était ouverte et dans l'encadrement, dix mètres plus loin, je l'apercevais enfiler son chaud manteau gris et son chandail bleu qui devait coûter une blinde.

— Je cherche l'inspiration.

— Ah… Tu bosses sur quoi ?

— Non, je plaisante. J'erre.

— Pas de nouvelles sur les meurtres ?

— Non, rien pour l'instant.

— Quelle histoire ! J'aurai vécu ça avant de partir…

Je me suis approché sur le seuil. Une vieille une de *L'Éclair* parue à l'occasion du centenaire du journal avait été transformée en poster sur le mur derrière son bureau et affichait le nombre « 100 » en bleu, aux couleurs du logo, superposé sur un volcan auvergnat. Autour, quelques bibelots offerts au cours de ses antiques reportages, une caricature de lui, avec un énorme pif, croqué par un dessinateur local, une photo de ses gosses et de son petit-fils, et des dossiers plutôt bien rangés, ce qui n'était pas toujours le cas.

— Parce que vous partez ?

— Tel que tu me vois, en vacances, oui, mais d'ici quelques mois…

— Me dites pas que vous avez l'âge de la retraite ?

— Ah ah, mon brave Simon, pas la peine de me cirer les pompes ! Je suis bientôt plus là.

— À quelle échéance ?

— Avant l'été, autant dire demain. Le temps de traiter quelques affaires courantes et de laisser la maison en pas trop mauvais état.

— Ben merde, alors… ça me fait tout drôle.

— C'est la vie, Simon. Personne n'est irremplaçable. Et puis toutes ces histoires, là…

Il a désigné, du menton, le mur en face, on aurait dit qu'il parlait d'un fantôme.

— Ces histoires ?

— Oh tu sais bien, Caubin, tout ça. Je suis d'une autre époque, moi. Je suis de l'époque du papier, des apéros du bouclage, des bandes de mecs et des restos du midi qui s'éternisent… J'ai à peine le temps de passer au dessert que y a déjà dix articles qui sont tombés sur le site, j'arrive plus à suivre.

— Vous exagérez… Vous avez des nouvelles de Caubin ?

— Il va pas fort, je crois…

— Vous pensez que c'est injuste ?

— Oh, c'est pas ce que je dis. Tu sais, la justice n'a pas grand-chose à voir là-dedans. C'est toujours une question de pouvoir. Quand t'es plus de ton temps, t'es rayé de la carte et c'est jamais avec délicatesse.

En le voyant agrafer le dernier bouton de son long manteau et saisir son chapeau accroché au portemanteau, j'avais l'impression qu'il allait me dire adieu.

— Crois-moi, je serai pas triste d'être à la retraite. Je m'emmerderai sans doute un peu des fois, tout au plus je serai maussade, mais je serai pas triste. Je profiterai de mes petits-enfants. Ça rattrapera pas le temps perdu, mais ce sera déjà ça…

— Le temps perdu… au journal ?

— T'as une femme, toi ?

— Non. Je suis seul.

— Ah…

Il a fait une moue qui se voulait sans doute consolatrice, mais en fermant la porte de son bureau, il s'est repris.

— Célibataire ou pas, on est tous mariés avec ce boulot, non ? Si t'avais une femme, je suis sûr que tu rentrerais pas plus tôt. Si tu savais le nombre de mecs que j'ai vus devenir alcoolos ici. Et je te parle pas des types qui sont morts d'un cancer du poumon six mois après leur départ en retraite. Au final, on fait le bilan, on a quelques articles dont on est fier, quelques scoops tout au plus, mais, au bout du compte, on est toujours tout seul, non ?

J'ai souri, bêtement.

— Vous savez mettre l'ambiance, chef…

— Ah ah… Allez Simon… joyeux Noël !

— Joyeux Noël, chef.

— Ça tient bien, hein ? a observé Albert au moment où les portes du journal se sont ouvertes pour me laisser sortir.

— Ouais… Et toi, qu'est-ce que tu fais pour Noël ?

Il avait l'air surpris que je m'aventure sur ce terrain personnel. L'une des seules fois où c'était arrivé avant, il m'avait parlé des raclées que lui mettait son père quand il était gosse, façon de dire : au moins, on apprenait la discipline contrairement aux branleurs d'aujourd'hui.

— Ben je… Rien. Soirée téloche.

— T'as pas d'enfants, toi ?

— Nan.

— T'es marié ?

— Je… je l'étais.

Visiblement, ça l'emmerdait de parler d'autre chose que la météo. J'ai laissé tomber. Et effectivement, dehors, « ça tenait bien », le gris des trottoirs disparaissait de plus en plus sous le blanc épais. J'ai pris le tram, un peu plus vide que d'habitude, pour rentrer chez moi, mais, allez savoir pourquoi, je suis descendu avant, à l'arrêt Hôtel-de-Ville. J'avais toujours cette boule au ventre qui gonflait, comme les flocons, et j'ai marché jusqu'à la place de la Victoire, d'abord, au milieu des guirlandes blanches, bleues, rouges. J'ai levé les yeux pour les voir s'étendre comme des filets lancés au-dessus du marché, la neige hypnotisait, des multitudes de lumières scintillant dans le ciel entier, sans aucune limite. Le spectacle me faisait tourner la tête. Y avait combien de temps que j'avais pas dormi une nuit correcte ? J'ai pris cette petite rue, derrière la place de la Victoire, là où j'avais vu ou cru voir ce chien-loup. Là où habitait le détective privé. Une lumière jaune, à l'ancienne, s'échappait de sa fenêtre comme un feu de cheminée d'une vieille chaumière dans un de ces contes de Noël qui va mal finir. Et si c'était lui ? Et si, tapi dans l'obscurité d'une porte cochère, j'allais le surprendre en train de sortir de sa tanière pour aller au rendez-vous de Lucie ? Je suis resté au pied de son immeuble, plus perdu qu'hésitant, et comme j'avais froid, j'ai fini par reprendre le chemin de mon appartement en traversant ces places et ces rues saturées de lumières, où chaque passant croisé, bras chargé de cadeaux ou pas, semblait se dépêcher de rentrer se réchauffer à la maison. Bientôt, toute cette atmosphère disparaîtrait en un claquement de doigts, le 25 décembre en toute fin de journée, on serait déjà projetés ailleurs, vers le réveillon, vers la nouvelle année et cet immense sapin planté sur la place de Jaude, cette grande roue avec vue sur la ligne de crête des volcans, ces centaines de mètres de guirlandes seraient démodés. Sans pitié.

Arrivé chez moi, j'ai ressenti le besoin d'appeler ma mère pour prendre des nouvelles, elle se réjouissait de me voir bientôt rentrer pour les fêtes, c'était prévu dans deux jours. Et ça ferait du bien à mon père : il ruminait sa rancœur après s'être finalement fâché avec ses copains Gilets jaunes. Ils ne partageaient pas toutes ses vues sur l'État profond qui nous gouvernait, selon lui. Du coup, il s'enfermait dans sa pièce à secrets pour continuer sa collection de coupures de presse sur les ovnis.

J'ai avalé en quatrième vitesse une conserve de petit salé, et trouvant le temps long avant d'aller au rendez-vous, je me suis permis de siffler une bière. Pas que pour combler l'ennui, d'ailleurs, surtout pour atténuer un peu ma trouille. Pour un peu, j'aurais adoré que Lucie m'appelle et me dise : « Le gars a annulé, la neige bloque les routes » – et ça aurait paru logique, d'ailleurs. Mais l'appel n'est pas venu. Ni celui de Martin. J'étais tout seul comme un con, et il était bientôt l'heure. À 22 heures, j'ai enfilé mon manteau, j'ai éteint la télé qui diffusait une émission d'humoristes pas drôles, j'ai vérifié la charge de ma batterie de téléphone (vingt et un pour cent, c'était juste, surtout avec le froid, mais ça irait sûrement). Puis j'ai fermé la porte derrière moi et j'ai grimpé dans ma voiture.

Je me suis garé directement sur la place Michel-de-L'Hospital. Au centre, il y avait un petit bout de parc, rectangulaire, bordé par les arbres où trônait une statue antiquisante. Tout autour, rien que des fenêtres éteintes, des bureaux, une banque, un garage, quelques logements. Avant d'ouvrir ma portière, j'ai observé les autres bagnoles stationnées le long du trottoir. Aucun tacot noir. J'ai fait semblant de flâner pour détailler chaque pare-brise, discerner une silhouette à l'intérieur. Rien, personne a priori. Certaines vitres étaient déjà recouvertes de neige. En longeant la grille du petit parc, j'ai levé les yeux vers les habitations pour savoir si quelqu'un m'entendrait crier, au cas où. Mais pas une seule ombre ne se dessinait dans ces lucarnes.

Pour tuer le temps, j'ai pris la rue montante, pavée, à gauche, pour laisser le parc derrière moi. La voie se rétrécissait, encastrée entre les immeubles décatis aux carreaux sales et poussiéreux, dont vous ne savez jamais s'ils sont habités ou abandonnés. Derrière moi, quelqu'un sifflotait. Je me suis retourné : venant d'une ruelle adjacente, un gros type aux cheveux en bataille marchait très doucement. Et me dévisageait. J'ai pressé le pas en m'engageant dans une autre ruelle aux allures de coupe-gorge. Le sifflotement continuait. Un coup d'œil en arrière : il me suivait. Il aurait bien une tête à coincer quelqu'un à l'abri des regards. J'ai accéléré encore, cette foutue venelle était en fait interminable. Et ce sifflet désinvolte insupporta… *Plaf.*

Je me suis étalé par terre. Effrayé, j'ai tourné la tête pour voir s'il était prêt à me découper en morceaux. Il a disparu dans une porte cochère. J'aurais juré qu'il souriait en me voyant à terre… Je me suis relevé et j'ai pris une meilleure décision : retourner patienter dans ma voiture.

22 h 35. J'ai allumé la radio pour me tenir compagnie, mais pas trop fort pour rester vigilant aux bruits alentour. Au bout d'une minute, la neige recouvrait tout le pare-brise. Un coup d'essuie-glace. La poudre a laissé place au même décor : le parc déserté, les voitures vides. À la radio, le flash info dévoilait les suites de l'enquête sur un mec de la sécurité du président, qui s'était fait passer pour un CRS, drôle d'époque. J'ai examiné mon téléphone, le thermomètre extérieur avait déjà fait chuter la batterie à quatorze pour cent. Ça fondait à vue d'œil.

22 h 42. Un 4 × 4 noir est passé à ma hauteur, pas eu le temps d'apercevoir le conducteur, mais il ne s'est pas arrêté. J'ai vérifié les nouveaux messages sur le site de rencontre. Un type me proposait de passer Noël avec lui parce qu'il se sentait seul. À la radio, on diffusait une chanson de RnB dont je ne comprenais rien aux paroles, c'était pourtant en français.

22 h 55. La boule au creux de mon ventre avait colonisé tout mon corps. Je n'étais plus que cette boule. Enfermé derrière la neige qui recouvrait toutes mes vitres, j'ai remis un coup d'essuie-glace. Toujours rien. Ça m'a fait penser aux fois où, quand j'étais petit, je demandais à mes parents de rester avec moi dans la voiture au Lavomatic, pendant que les énormes rouleaux bleus nous avalaient dans un grondement de monstre. Ça me fascinait autant que ça m'impressionnait d'être englouti comme ça. Au fond, je n'ai pas changé, j'ai toujours cherché cette étrange excitation liée à la peur. Sauf que, ce soir, la peur prenait le pas sur l'excitation.

22 h 58. Il n'allait plus tarder. S'il venait vraiment. Je n'entendais que l'infime impact des flocons sur la vitre. Ça n'arrêtait pas de tomber. C'est sûr, si ce con vivait bien dans les hauteurs du secteur, sa foutue bagnole noire serait bloquée. *Tiing*. Un message s'affichait sur mon téléphone, posé sur le

siège passager. Lucie. La batterie avait encore baissé : onze pour cent.

Il vient de m'écrire pour me dire qu'il était déjà là. Où es-tu ?

Comme un coup de jus en plein cœur. Je n'entendais plus la radio, plus la neige, plus rien. Il était tout près de moi. Le manteau blanc masquait le panorama. D'une main tremblante, j'ai activé l'essuie-glace. Le balai a libéré l'espace. À l'angle de la rue, le long du trottoir, une voiture blanche était là. À trente mètres de moi. Il avait dû arriver par l'autre côté. C'était une berline relativement longue, un modèle de chez Volkswagen. Pas d'une première fraîcheur, à vue d'œil, elle avait bien roulé depuis quinze ans, sinon plus. D'ici, je n'entrevoyais qu'une silhouette masculine au volant. Mais pas plus. Était-ce lui ?

Sans le quitter des yeux, j'ai répondu à Lucie :

Je crois que je le vois…

J'ai coupé la radio. La neige redoublait. Bientôt, le pare-brise serait à nouveau encombré.

Nouveau SMS. J'étais si effrayé que je craignais que l'autre ne perçoive le son d'où il était.

Alors il a quelle tête ???

La batterie de mon téléphone est tombée à six pour cent. D'un coup. Répondre ou économiser ? Mes doigts ont vrombi sur mon écran.

Dis-lui que tu viendras pas.

Ça y est, ma vitre était immaculée. Nouvelle vibration.

OK !

Je ne voyais plus rien. Je n'osais plus bouger. Ma main s'est approchée de la manette. Surprendrait-il le mouvement des essuie-glace ? J'ai guetté le moindre bruit. J'étais aveugle, je n'avais plus que mon ouïe. Silence blanc. Puis le bruit d'un moteur qui démarre. J'en ai profité pour balayer la neige. La voiture blanche manœuvrait pour quitter sa place. C'était bien lui. Que faire à présent ? C'était trop bête de reculer. J'ai mis le contact et j'ai avancé, sur la pointe des pneus. J'ai roulé lentement, l'œil rivé sur les lueurs de ses phares. Il s'est engagé sur le boulevard Trudaine. J'ai suivi, à distance raisonnable. C'était comme s'il n'y avait plus que nous dans ces rues désertées.

On atteignait la place Delille, où les clodos habituels qui s'engueulaient en buvant leur 8.6 avaient foutu le camp. Feu rouge. Il prenait de l'avance, en tournant à gauche, rue Montlosier. J'hésitais à cramer le sémaphore. Je l'ai cramé. Il roulait vite. Nerveusement. À croire que le « lapin » posé par Lucie l'avait énervé. Rue Fontgiève. Des bars émettaient çà et là des signes de vie, quelques clients buvaient une bière de Noël, mais la météo avait incité la majeure partie des noctambules à hiberner. Il fonçait. Feu rouge, grillé. J'attendais qu'il disparaisse de mon horizon pour l'imiter. Avenue Bergougnan, on s'approchait de la sortie de la ville. J'ai espacé encore la distance entre nous. Avenue du Puy-de-Dôme. On quittait Clermont, en direction des hauteurs. Et accessoirement, la route serait bientôt de moins en moins praticable. J'avançais, comme un automate, mais plus les kilomètres défilaient, plus je pensais : il va me griller, il va forcément me griller. On dépassait les stations-service et l'itinéraire se transformait en lacet. Il fonçait avec une assurance folle, sans la moindre peur de déraper. Peut-être avait-il des pneus neige. Pas moi. J'ai ralenti au virage suivant pour éviter de me retrouver dans le décor. Il me distançait, j'allais bientôt le perdre de vue. Dans la ligne droite, j'ai accéléré. Nouveau virage. L'arrière de ma voiture n'a pas suivi l'avant. Un crissement affreux sur l'asphalte blanchi. Merde. La sortie de route était proche. In extremis, j'ai ramené l'engin dans le droit chemin. Le type était loin, mais j'étais vivant. J'ai poursuivi. On s'approchait de Saint-Ours. C'est ce bled qu'il avait mentionné auprès de la gamine, Fatou. Il l'avait fait aussi auprès de cette témoin qu'on avait rencontrée. Il avait semé des petits cailloux. Au bout, la pointe brillante du puy de Dôme. Puis les premières maisons du village. Mais plus de berline, j'avais perdu trop de temps. J'ai passé une vitesse. S'était-il déjà garé quelque part ? Avait-il pris un chemin de traverse ? Le patelin endormi défilait à travers les points blancs hypnotiques. J'ai filé tout droit.

Au virage suivant, ça y est, une berline blanche revenait dans mon champ de vision. Il n'y avait plus un rai de lumière public par ici. Il avait allumé ses pleins phares, j'étais trop près pour déclencher les miens. Trop loin pour profiter des siens. Il avait réduit son allure, était-ce pour précipiter notre rencontre ? J'ai laissé passer du champ en traversant Saint-Ours pour pouvoir activer mes feux au maximum. Mais, de loin, je discernais encore son halo. Il a bifurqué à droite. Je n'avais jamais mis les pieds dans ce coin. On s'enfonçait dans la campagne. Les maisons, plutôt coquettes dans le bourg, se raréfiaient. La voie se rétrécissait. La neige s'épaississait. Un nouveau grondement sous la carrosserie, annonciateur d'un dérapage, a crispé mes doigts, cramponnés au volant, comme à une corde pendue au-dessus d'un précipice. Il m'emmenait au fond de la cambrousse, là où plus personne ne vivait.

Nouveau message de Lucie. J'ai balayé l'écran et j'ai senti mon cœur s'emballer en lisant le contenu.

ARNOLD = ANAGRAMME DE ROLAND !!!

C'était bien lui. Et c'était un piège, maintenant, j'en étais sûr. La voie s'est encore rétrécie. Plus possible d'effectuer un demi-tour. Dans la gueule du loup, Simon. À travers les champs, je voyais la forme blanche filer sous le voile épais. Puis ces lueurs lointaines se sont immobilisées. Et se sont évanouies. J'ai stoppé ma course. Il venait de se garer, quelque part au loin, sur ce chemin sinueux. Était-il arrivé à domicile ? Il fallait avancer pour vérifier. Mais, dans ce coin paumé, difficile de passer en voiture comme si de rien n'était. D'un autre côté, s'il n'avait pas repéré ma présence jusque-là, c'est qu'il était sévèrement miro. J'imaginais la suite du chemin et chaque hypothèse était un cauchemar. M'attendait-il à bord de sa voiture pour me barrer la route ? Me prendrait-il en chasse ? Tant pis. Il fallait maintenant en avoir le cœur net. J'allais sûrement me pisser dessus, mais personne ne le saurait jamais. J'ai roulé encore, le crissement des pneus sur la route glissante revenait régulièrement, de plus en plus fort. Un virage. Autour, les pâturages enneigés me donnaient l'impression d'errer seul sur une planète lointaine, perdue dans le cosmos. Tout ce rien. Un virage supplémentaire, et là, une petite maison. Simple, endormie, avec un petit portique. Pas âme qui vive a priori. J'ai ralenti. Au fond de la cour, la voiture était là. Plongée dans l'obscurité. Vide, semblait-il. Un détail clochait.

Fausse route, je m'étais trompé de lièvre, ce n'était pas une Volkswagen, mais une BMW, merde de merde. Pas la peine d'aller plus loin, j'ai fait demi-tour en me maudissant.

À quel moment avais-je perdu sa trace pour suivre le mauvais coche ? Sans doute à hauteur de l'entrée de Saint-Ours, le reste du temps on avait pas croisé un chat. J'ai parcouru la route en sens inverse. C'était foutu. En avalant les virages dans l'autre sens, je rassemblais les quelques indices glanés. Une marque de voiture, une couleur. Je ne repartais pas totalement bredouille, mais tout de même, c'était rageant. Et cette fichue neige tombait comme jamais. C'était lui, c'était forcément lui, tout collait, le modèle de la voiture, l'anagramme, le sect…

Je roulais trop vite. Je suis parti dans le décor. Un énorme bruit de choc. Une douleur dans la nuque. Et mon cœur à l'arrêt, ou presque. Je venais d'emplâtrer la clôture d'un pré. La bagnole dans le fossé. Bloqué, dans la solitude totale de la nuit. Je n'avais pas une égratignure, mais c'est comme si j'étais à l'article de la mort, tellement j'étais terrifié. J'ai vaguement regardé autour de moi. Rien, que de la neige, que des champs, que des arbres. Rien, personne. J'ai avisé mon téléphone sur le siège passager. Éteint, plus de batterie. Seul au monde. Est-ce que j'allais crever ici ? J'ai commencé à pleurer. Pas des pleurs pour m'apitoyer sur moi-même, non, des hoquets de larmes, une crise d'angoisse absolue. Je me suis collé une gifle. J'ai ouvert la boîte à gants et j'en ai extirpé le gilet de sécurité, que j'ai enfilé, on n'est jamais trop prudent. Puis j'ai ouvert la portière. J'ai grimpé sur le talus. À vue d'œil, le village de Saint-Ours était plus proche que la maison du type suivi par erreur. J'ai filé vers Saint-Ours. Pas marché non, mais couru. La couche blanche sur la voie m'éclairait le chemin. Au bout de quarante mètres, j'ai trébuché et me suis blessé à la main en voulant me réceptionner. Mais je n'avais pas vraiment mal, ni froid. J'avais peur. Il fallait arriver au village. Il fallait en sortir vivant. J'ai couru, ça me semblait interminable. Je ne pouvais pas m'empêcher de penser au chien-loup. Ou au loup. Je l'imaginais rôder tout autour, tapi dans un champ, prêt à bondir. J'accélérais, mes pas étouffés par la couche de neige, et mon souffle haletant. Par moments, j'aurais juré entendre des grognements.

C'est dans ta tête, depuis le début, ce chien-loup est dans ta tête, tu dors pas assez, me suis-je presque convaincu. Combien de temps ma course a-t-elle duré ? Dix minutes peut-être ? Peut-être moins, je ne sais pas, je n'avais plus le sens des réalités. Je suis tombé une nouvelle fois. Sur le genou droit. Ça devait saigner sous mon pauvre jean. Mais pas le temps de se plaindre, vite se relever, des fois que les grognements ne soient pas que dans ma tête. J'ai couru encore. Et enfin, les premiers bâtiments. D'abord un corps de ferme, aux airs de vaisseau fantôme, immergé dans la nuit. Plus loin, deux maisons séparées par une cour dans laquelle une brouette et une machine antique avec deux grandes roues dépassaient sous la neige. À quelle porte frapper ? Aucune idée, on aurait dit qu'il n'y avait personne. J'ai commencé par la première, en tapant doucement, puis de plus en plus fort. Pas de réponse. J'ai fait demi-tour, je commençais à ressentir la douleur au niveau de mon genou, et plus encore le froid. Deuxième porte, pas davantage de réponse. Je sentais de moins en moins mes doigts. J'ai abandonné ces bicoques d'un autre âge pour me rapprocher de Saint-Ours. D'autres maisons, un peu moins branlantes, parsemaient la rue. Et c'est là que j'ai remarqué une voiture familière.

Non, pas la Volkswagen, mais une Renault floquée du logo bleu de *L'Éclair*. Un collègue habitait le coin. Sauvé ! Je devais forcément le connaître, il allait m'aider. J'en aurais chialé, tellement je me suis senti soulagé. La neige qui tombait dru recouvrait déjà largement les vitres de la bagnole, mais le moteur semblait encore chaud. J'ai levé les yeux vers la baraque dressée devant le véhicule : c'était une maison en pierre, sur un étage, qui aurait eu besoin d'un rafraîchissement approfondi. L'endroit semblait assoupi, aucune lumière aux fenêtres côté ruelle. Je me suis approché : des traces de pas apparaissaient devant la voiture et s'éloignaient en longeant la maison vers un jardin ou une cour à l'arrière. Je les ai suivies. Elles s'enfonçaient dans l'obscurité. Derrière la maison, un modeste bout de jardin accueillait un vieux banc en plastique comme on en trouve dans les magasins de jardinage. À côté, un caddie rouillé. En passant devant, j'ai remarqué le logo du magasin sur le monnayeur : *Radar*. Le nom d'une enseigne de supermarché disparue alors que j'avais à peine cinq ans, à la louche. Drôle de magot. Plus loin, dans l'obscurité, une petite croix plantée dans le jardin. Comme la stèle d'un animal. Je suis revenu aux pas dans la neige, ils menaient jusqu'à la porte d'un box. Entrouverte. Je me suis arrêté, la gorge sèche. Comme si l'étrangeté de la situation me sautait à présent au visage. Mais qu'est-ce que je foutais là ? J'ai poussé la porte dans un grincement crescendo et j'ai demandé timidement :

— Est-ce qu'il y a quelqu'…

J'ai pas pu finir ma phrase. Elle était là. Planquée. Comme si elle m'attendait. Je vous jure que mon cœur s'est arrêté de battre.

La Volkswagen blanche. Le moteur encore chaud irradiait ce petit abri. Était-ce une nouvelle méprise ? Non, c'était bien la voiture que j'avais poursuivie, j'en aurais mis ma main à couper. C'était comme si le logo de *L'Éclair* m'avait guidé là, au bon endroit.

Deux possibilités s'offraient à moi. Soit je me barrais en courant, à la recherche de secours dans ce village zombie. Soit je jetais un œil. Il faut croire que le froid et l'accident m'avaient bousillé le cerveau parce que j'ai pris la seconde option. J'ai avancé à tâtons, en laissant la porte ouverte derrière moi. Ma main droite se cramponnait au mur. J'ai heurté une petite étagère métallique remplie de bric-à-brac. Des outils sont tombés en provoquant un concert strident. Dans la pénombre, j'ai reconnu la forme d'une petite lampe torche, que j'ai saisie et allumée. Le décor se dévoilait dans le halo jaune : autour de la voiture, un vrai bordel. Des outils, des objets, des vieilles fringues s'amoncelaient au sol ou dégueulés par des étagères bancales. On aurait dit une brocante pour pauvres. Pourquoi ce type gardait toutes ces frusques ?

Un jour, j'avais entendu une émission à la télé parler d'une pathologie, je crois que c'était le « syndrome de Diogène ». Elle s'applique à ces gens qui ne jettent rien et qui gardent tout, jusqu'à ce que leur logement soit noyé sous les dégueulasseries. On devait avoir affaire à ce genre de profil. J'ai baladé la lampe torche à l'intérieur de la Volkswagen. L'intérieur tranchait totalement avec ce décor. C'était propre, et même nickel. Que du cuir, pas une tache, pas un grain de poussière, le volant brillait, pas le moindre mégot dans le cendrier, pas le moindre papelard sur le tapis, même pas un flocon de neige. Impressionnant. J'ai buté contre un pot de peinture vide, regarde devant toi, Simon. C'était un pot de peinture blanche. Le puzzle prenait forme. Sûr que si j'avais gratté la carrosserie, c'est une voiture noire que j'aurais trouvée…

Devant moi, une étagère pleine de fringues, encore, un bleu de travail, des vieilles Dr. Martens, une paire de baskets dernier cri aussi, une écharpe.

Une écharpe jaune poussin. On en voyait pas si souvent des comme ça.

— *Merde ! J'ai oublié mon écharpe !*

— *Ton écharpe jaune poussin ? C'est pas croyable, tu la paumes tout le temps alors qu'on la repère à dix bornes…*

Ça m'est revenu comme un flash. Le jour où Martin avait perdu son écharpe. On était remontés au bureau pour la chercher, sans succès d'ailleurs, mais on avait entendu l'appel radio des flics qui annonçait la découverte du corps de Gallo.

Est-ce que c'était l'écharpe de Martin ? Elle avait pris la poussière, mais ça y ressemblait franchement. Des bruits de pas à l'étage. Juste au-dessus de moi, quelqu'un marchait. Il y avait quelqu'un dans cette bicoque. Un pas lourd. Soudain, le grincement d'une porte et l'éclat d'une lumière dans l'escalier au fond de ce box. Ça venait ici. J'ai coupé la lampe torche. Et j'ai jeté mon gilet jaune le plus loin possible vers la sortie. Par réflexe, je me suis accroupi derrière la voiture. Le pas massif et lent descendait marche après marche. J'ai avisé la porte entrouverte donnant sur le jardin. Trop loin, trop tard, « il » me repérerait aussitôt. Sans plus réfléchir, je me suis mis à plat ventre. Sous la voiture. Je me suis faufilé en priant pour qu'il n'entende rien du bruissement de mon anorak contre la carrosserie. Avec un peu de chance, sa lourde démarche couvrirait le mouvement. J'ai plaqué ma joue et mon oreille gauche contre le sol gelé et la sensation de froid a été si terrible, comme si mon tympan éclatait, que j'ai failli hurler. L'instinct de survie m'en a empêché. Mes yeux écarquillés scrutaient la dernière marche de l'escalier de bois. Ça arrivait. Des chaussures de ville noires sur lesquelles tombait un pantalon en tissu de la même couleur. Pas luxueux tout ça, plutôt bon marché. Quelque chose me disait que le type n'était pas jeune. J'ai aussi repéré dans un coin trois plaques d'immatriculation entassées contre le mur. Idéal pour brouiller les pistes.

J'ai eu un nouveau flash.

— *La fille des RH dit qu'elle a retrouvé son blouson dans un drôle d'état cet automne… C'était en septembre dernier, c'était pas vieux ça !*

— *Ça veut dire quoi : un drôle d'état ?*

— *Y avait un liquide un peu… gluant dessus, si vous voyez ce que je veux dire…*

— *Tu déconnes ?*

Pourquoi est-ce que j'ai repensé à cette scène subitement ? Aucune idée. Mais il devait y avoir un sens qui m'échappait. Le type a marché le long de la voiture. D'abord dans un sens. Puis dans l'autre. Très lentement. Il avait dû entendre le raffut des babioles tombées au sol, il devait se demander ce qu'il y avait. Il respirait fort. Moi, j'étais en apnée, une oreille et la moitié des dents en moins, ravagées par le béton glacé. Pourvu que ça ne dure pas trop longtemps. La porte entrouverte du box a attiré son attention, il a filé dans cette direction. Impossible de tourner la tête pour le suivre, j'étais condamné à fixer la dernière marche de ce putain d'escalier. Ses pas se sont éloignés. Sans doute qu'il venait de remarquer le gilet jaune par terre. Une giclée de sang glacé a brusquement parcouru tout mon corps. Il allait repérer les traces de pas dans la neige, les miennes, et il allait les suivre. Il allait découvrir qu'elles menaient jusque sous la caisse, j'étais fini, terminé, j'allais mourir dans les griffes du prédateur.

Boum.

Un bruit de chute, ça venait d'en haut. Puis des bruits de pas pressés. Tiens, il y avait une autre personne à l'étage. Mais ça semblait le surprendre autant que moi. Il a fait demi-tour et a gravi, beaucoup plus vite cette fois qu'à l'aller, l'escalier en bois.

J'ai entendu ses pas à lui, lourds, à nouveau au-dessus. C'était maintenant ou jamais. Je me suis hissé hors de ce piège, fébrilement, en me cognant la tête contre la carlingue. Je me suis relevé et précipité vers la sortie, vers ce petit bout de jardin. Du sang a coulé dans mon champ de vision, je m'étais ouvert l'arcade sous cette bagnole. Je boitais aussi légèrement. Ça m'a empêché de courir, mais je me suis dépêché autant que j'ai pu. J'ai longé le mur en pierre qui m'a paru interminable, puis j'ai enfin atteint cette ruelle blanchie, avec la voiture de *L'Éclair* garée sur le côté. Il fallait que je sache qui c'était. D'ici, je me sentais moins à sa merci. J'aurais pu partir appeler du secours, hurler à la porte de la prochaine maison, mais j'ai voulu savoir. Je me suis posté devant la vitre passager et j'ai essuyé la neige avec mon bras pour regarder à l'intérieur. À la recherche d'un indice. À l'avant, je n'ai rien vu.

C'est à ce moment-là qu'une autre scène m'est revenue en mémoire. C'était le soir où j'avais croisé Caubin, tout amaigri, dans ce bar lounge de la place de Jaude.

— *Ils sont allés jusqu'à me reprocher de me branler sur le manteau d'une fille… Mais j'ai jamais fait ça, moi ! En plus, la période où c'est arrivé, j'étais en vacances au Japon. Merde, quoi !*

Si c'était pas Caubin, le pervers sexuel… c'était qui ?

Derrière moi, la porte de la maison s'est mise à grincer. Le loup sortait de sa tanière.

— Simon ? Qu'est-ce que tu fous là ?

Je connaissais cette voix. La lumière allumée du seuil s'est reflétée dans la vitre à présent dégagée. Et avec elle une silhouette, large, épaisse, pas aussi costaude qu'elle n'avait dû l'être par le passé, certes empâtée par le poids des années, pourtant oui, c'était bien lui.

42

— Salut Albert, ai-je dit en me retournant.

Le vigile de *L'Éclair* se tenait dans l'encadrement de sa porte. Il portait encore la tenue, sobre et noire, de sa fonction. Il arrivait directement du journal.

La configuration des lieux lui permettait de me dominer, lui perché au sommet de l'escalier, moi ratatiné dans la ruelle. Mais ce n'est pas un air de chasseur qui l'animait à cet instant. Plutôt celui de l'incompréhension.

— Ben alors ça, si je m'attendais à te voir…, a-t-il marmonné.

— J'ai eu… un accident de voiture pas loin.

Il a descendu une marche.

— Un accident ? Mais qu'est-ce que tu foutais dans le coin ?

Est-ce qu'il jouait la comédie ? Peut-être. Mais ça m'incitait à la jouer aussi.

— J'ai une copine qui habite pas loin.

— Ah bon ? Et qu'est-ce qui est arrivé à ta bagnole ?

— Dans… dans le fossé. Là-bas sur la petite route, j'ai dérapé sur la neige, et j'ai fini dans le fossé.

Il était ahuri comme si je lui avais récité un poème en araméen. Ce que je racontais devait lui paraître absurde, et en un sens, ça l'était. Il a descendu deux marches supplémentaires.

— Mais… elle a pas l'air abîmée, pourtant, ta bagnole…

Là, c'est moi qui n'ai plus rien compris.

— Comment tu peux le savoir ? Je l'ai laissée là-bas.

Il s'apprêtait à descendre une marche de plus, mais la perplexité devenait si forte sur son visage que ça l'a bloqué sur place.

— Mais si ta bagnole est dans un fossé… À qui est la bagnole derrière toi ?

Un silence de plomb s'est invité entre nous. Je me suis retourné vers la voiture de service.

— C'est pas la tienne ?

— Ben non, Simon… Je suis agent d'accueil, moi, j'ai pas de voiture de fonction.

Machinalement, j'ai posé mon avant-bras sur la vitre arrière et j'ai frotté pour discerner le moindre indice. Il m'est apparu aussitôt. Un appareil photo reposait sur la banquette. Et pas n'importe lequel : celui de Martin. Encore plus identifiable que son écharpe.

Nouvelle giclée de sang dans mes veines. Je me suis retourné vers Albert, dont le visage était désormais fermé, mais le regard fixé sur moi. J'ai bégayé :

— Martin… Martin est ici ?

Pas de réponse de sa part. Je repensais aux pas dans la neige, au bruit à l'étage au-dessus. Oui, Martin était prisonnier de cette maison.

— Martin est ici ? ai-je répété, plus fort, plus agressif.

— Mais à quoi vous jouez, là ? Vous me faites une blague ou quoi ?

— T'as enfermé Martin chez toi ?

Pas d'autre réponse. Son regard virait au noir. Cette fois, c'est moi qui ai fait un pas vers lui.

— Qu'est-ce que tu lui as fait ?

Un bruit de vaisselle cassée a retenti depuis la maison. J'ai sursauté, et Albert aussi. Il s'est retourné.

— À quoi vous jouez bande de petits cons ? a-t-il ragé.

Albert m'a ignoré pour s'engouffrer dans sa baraque, je me suis approché à distance raisonnable. Un pas, puis un autre. J'imaginais soudain Martin nu et ligoté dans une chambre, mais peut-être avait-il rompu ses liens. J'ai gravi la volée de marches. Et j'ai sursauté à nouveau quand un fracas de verre brisé, et des cris, deux cris, deux voix mêlées ont résonné. Avant d'entrer, j'ai aperçu une bûche traîner contre le mur, je l'ai attrapée comme seule arme. Sur le seuil, j'ai appelé :

— Martin !

Sans réponse, j'ai hésité une seconde, puis me suis engagé dans le couloir. J'ai entendu une voix essoufflée et enragée :

— Bouge pas, bouge pas, fils de pute…

Ça venait de la droite, j'ai tourné, c'était la cuisine. Et là, contre la gazinière, Albert était à terre, le regard blanc d'effroi. Martin se tenait debout face à lui en le menaçant avec un couteau de cuisine. Il était blême comme un fantôme, les cheveux hirsutes. Il s'est retourné en un éclair.

— Putain, Simon. T'es vivant ! a-t-il lâché avant de revenir à sa cible, qu'il tenait en respect.

— Martin… Qu'est-ce qui se passe ici ?

— Ce qui se passe… ce qui se passe…

Sa voix était méconnaissable, elle s'échappait par spasmes entre ses dents serrées. Il n'était plus qu'une boule de nerfs.

— Ce qui se passe, je vais te le dire ! Albert est un putain de pédophile et un putain de tueur ! Pas vrai, enculé ?

— Mais qu'est-ce que vous racontez, les mecs ? Vous êtes devenus fous ?

Albert pleurait et tremblait. Si on m'avait dit qu'on se retrouverait comme ça un jour…

— Vous savez quoi, les mecs ? a poursuivi Martin. Je suis allé voir le type qui tenait le bar au lac Pavin en 92 ! Figurez-vous qu'il avait gardé tous les papiers, tous les dossiers de son rade. Alors j'en ai profité pour regarder le nom des salariés, en 88. Et là, surprise ! Qui vois-je, comme gardien ?

Martin a serré les dents encore plus fort, la fureur déformait ses traits et sa lame frôlait le visage du propriétaire des lieux.

— Hein ? Qui vois-je, gros fils de pute ? Albert !

— Mais de quoi vous parlez, putain, a gémi le quinquagénaire. Laissez-moi tranquille…

— Le lac Pavin ? Ça te dit rien ?

Il implorait Martin du regard.

— Mais si… Si, j'ai travaillé là-bas.

— Oh, ça alors ! Et Alban Lafon, tu le connaissais ?

— Je sais pas qui c'est…

— Ah ah, sans blague ! Un petit mec retrouvé trucidé là où t'étais chargé de la sécurité.

— Non, je vous jure, je sais pas de quoi vous me parlez…

Qu'est-ce que ça faisait bizarre de voir notre gros Albert pleurer comme un gosse. J'aurais voulu fondre plutôt que d'assister à ça.

— C'est pas toi qui l'as flingué ? Hein ?

— Mais j'ai flingué personne, moi. Vous me faites marcher ou quoi ?

— Et quatre ans plus tôt, Marie Chanez… Hein, c'est pas toi non plus ?

— Mais putain, de quoi vous me parlez ?

— Marie Chanez qui faisait les petites annonces… Hein, t'y étais pas dans les petites annonces, toi ?

— Je sais pas qui c'est, Marie Chanez…

— T'étais pas vigile en 88 aussi avec ton bombers et ton crâne rasé ?

Il a bredouillé, hésité. Puis, entre deux sanglots :

— Si…

— Ah ah, tu vois !

Martin se sentait victorieux, et ses yeux injectés de sang s'écarquillaient de jouissance.

— Roland, c'est pas toi ? C'est pas toi qui les as butés ?

— J'ai buté personne ! J'AI BUTÉ PERSONNE !

Il criait maintenant et j'ai vu qu'une trace de pisse s'était répandue sur son pantalon noir. Martin a continué sans perdre son fil :

— Ben voyons ! Et plus près de nous, maintenant, sale fils de pute, putain d'enculé de gros porc… Miguel Gallo, c'est pas toi peut-être ?

— Je sais pas de qui vous me parlez, JE SAIS PAS DE QUI VOUS ME PARLEZ !

— Il faisait des rencontres par Internet, comme toi ! On l'a vu parler avec un mec déguisé en femme dans une voiture noire…

— J'ai pas de voiture noire, j'ai une voiture blanche !

— Tu l'as repeinte, j'en suis sûr ! Y a encore les pots de peinture dans ton garage ! Raconte-nous comment ça s'est passé, hein ?! Il t'a vu, avec ta perruque, il était déçu, il a voulu se casser et tu l'as étranglé… Hein, c'est ça ?

— Vous êtes des malades ! Vous êtes des malades !

— C'est toi le malade, espèce de sac à merde ! Et la petite Coline, hein ? Toujours une putain de voiture noire. Toujours à 23 heures, après tes horaires de boulot. Pas besoin de site de rencontre pour attraper une gosse, hein !

— Mais les gars, merde, les gars, c'est moi, c'est Albert… On prenait l'apéro ensemble, putain, c'est moi !

— Et la petite Melinda à la piscine ? Pourquoi t'es pas allé au bout ? T'étais avec elle dans la cabine et t'as vu que Simon était dans le coin, t'as eu peur qu'il te voie, c'est ça, gros porc ?

— J'ai fait de mal à personne…

De le voir comme ça, réduit en serpillière dans le sol de sa cuisine, j'ai commencé à douter. Et Martin n'était plus vraiment Martin. J'ai voulu parler, mais seul un filet de voix est sorti de ma gorge :

— Martin… Et si… Et si on se trompait ?

Mais il n'entendait rien.

— Ouais, on prenait des verres avec toi, enculé de ta race, mais on pouvait pas savoir. C'est pas écrit sur ta sale gueule que t'es un dégénéré !

Albert ne pouvait plus prononcer un mot, il pleurait, il gémissait même, comme s'il était redevenu un gosse. De la morve coulait de son nez et son front n'était plus qu'une éponge dégoulinant de sueur.

— Et ce soir, hein ? T'avais pas rendez-vous avec une fille, place Michel-de-L'Hospital… Hein ?

— Si… Si… J'avais rendez-vous.

— Ah, t'es donc bien inscrit sur Internet, sac à merde !

— Je… Ma femme est morte y a six mois et je me suis inscrit pour me changer les idées.

— Ben tiens, y a six mois !

Je repensais à ce que disait l'enquêteur privé. Un tueur en série peut cesser de sévir quand il a trouvé son équilibre personnel. Et recommencer à frapper quand l'équilibre est rompu.

— Et depuis que t'as plus ta femme, tu chasses dans les rues de la ville, hein, enculé… Et qu'est-ce qu'on va trouver dans ton bordel, en bas, hein ? La culotte de la petite Coline ? Hein, dis-nous, Albert le pervers.

— Mais laissez-moi, laissez-moi, je vous en supplie…

Martin a rapproché encore un peu plus la lame du visage d'Albert. Je tremblais de tous mes membres. On aurait dit qu'il allait le scalper. C'en était trop pour moi.

— Martin… Arrête tes conneries maintenant. Si c'est lui, on a qu'à appeler les flics.

Enfin, il semblait atterrir.

— Ouais… Ouais, on va appeler les flics… Tu vas te faire enculer en prison jusqu'à la fin de ta vie, espèce de fils de pute !

— Martin, arrête, maintenant.

— Ben quoi, c'est bon ? Vas-y, appelle les flics !

— J'ai plus de téléphone…

Martin a baissé son couteau. Comme s'il réalisait soudainement que le type privé de dignité à ses pieds n'avait plus grand-chose de dangereux. Qu'il n'était plus nécessaire de le menacer.

— OK… OK… J'appelle les flics.

En saisissant son appareil dans sa poche, il alternait les coups d'œil à Albert et dans ma direction.

— J'appelle les flics, a-t-il répété d'une voix plus basse, comme un écho automatique.

Albert sanglotait, la tête contre le meuble de sa cuisinière, son gros corps affalé sur le sol comme un phoque en train de crever sur une plage.

— Bon heu… Qu'est-ce qu'on leur dit aux flics ? m'a demandé Martin, soudain désorienté.

— Que… Qu'on pense qu'il est le tueur à la voiture noire.

— Ouais… Ouais…

— Qu'est-ce que tu veux qu'on dise d'autre ?

— Je sais pas. Ils vont peut-être trouver ça bizarre, là…

— Qu'on menace un type avec un couteau ? Ben ouais. Franchement, ouais…

Je ressentais un vertige, d'autant plus qu'un même malaise semblait contaminer progressivement Martin. Son regard de détresse me disait une chose : est-ce qu'on est pas en train de se tromper ? Et si ce faisceau d'indices n'était qu'un ensemble malheureux de coïncidences ? La réaction de Lucie me revenait en tête. Et si ces meurtres n'avaient rien à voir les uns avec les autres ? Et si Albert n'était pas un assassin ?

— Et si t'appelais ta copine procureure, plutôt ?

— Non, c'est pas son rôle, enfin je sais pas…

— Non, parce que si on tombe sur des flics qu'on connaît pas…

— Mais qu'est-ce que tu veux qu'on foute maintenant ?

— Je sais pas, je…

Martin a basculé sur moi, brusquement.

— Putain, je suis en train de tomber dans les pommes…

— C'est pas le moment, Martin !

— C'est lui, hein ? Dis-moi que c'est lui le tueur…

— Je…

— Dis-moi que c'est lui le tueur, putain…

Il commençait à pleurer, à son tour. Je n'arrivais plus à réfléchir, tout s'embrouillait, la terre semblait s'ouvrir sous nos pieds.

— Viens, on va fouiller dans son box, on va forcément trouver des choses.

— Martin, on n'est pas flics, c'est pas notre boulot.

— Mais qu'est-ce qu'on fout là, alors ?

— Martin…

On n'a pas vu le coup venir. À peine entendu le bruit d'un tiroir qu'on ouvre. Quand j'ai tourné les yeux, c'était déjà trop tard. Albert a saisi un couteau tranchant. Il l'a plaqué contre son cou et s'est ouvert la carotide. Du sang a giclé sur le mur de la cuisine, j'avais jamais vu un truc pareil. Un vrai geyser. Comme dans ce film d'horreur que j'avais vu avec Lucie. Il y en avait partout. À présent, c'était à notre tour d'avoir l'air de deux gosses. Criant et tremblant de tous nos membres, dans une nuit totale, tandis que dehors la neige continuait à tomber.

Épilogue

Lucie a tiré la fermeture Éclair du sac jusqu'au bout. J'ai pensé qu'elle n'y arriverait pas ou que la fermeture éclaterait, tellement il était bondé. Puis elle a appelé sa fille dans la chambre d'à côté :

— Melinda, t'es prête mon cœur ? On y va, là !

La petite voix de la fillette a résonné dans la pièce voisine :

— Oui.

Un oui appliqué et sage qui voulait faire plaisir à sa maman.

— C'est bien, mon cœur.

Puis elle s'est tournée vers moi, en souriant.

— Y a plus qu'à charger la voiture !

Avec la luge de la petite et nos gros anoraks, on était pas trop de deux adultes pour tout trimballer.

Lucie m'avait proposé ce week-end à la neige pour me changer les idées. Je devais reprendre le boulot d'ici huit jours, après un mois d'arrêt maladie. Le médecin avait été moins généreux à mon endroit qu'avec Martin qui, peut-être, ne reviendrait jamais au journal. On s'échangeait des messages de temps en temps, laconiques, où il en disait le moins possible sur son état. Je devinais cependant qu'il était encore resté bloqué dans la cuisine d'Albert. Et peut-être même qu'il n'en ressortirait jamais.

J'ai repris les somnifères. Les cauchemars hachaient toujours mes nuits. Leur « scénario » variait, mais les mêmes éléments revenaient. Un coup, c'était une fuite d'eau dans ma salle de bains. Un autre, une fuite de carburant dans la voiture de service. Mais chaque fois, le liquide s'échappait, non pas goutte à goutte, mais dans un immense geyser qui m'éclaboussait les mains, le visage, le corps tout entier. Et chaque fois, j'avais beau frotter, frotter, ça ne partait jamais.

On a réussi à faire rentrer nos bagages dans le coffre.

— Je conduis, mais tu conduiras au retour d'accord ? m'a proposé Lucie en me laissant le siège passager.

À l'arrière, la petite calait contre elle son lapin en peluche, quatrième invité du week-end. Elle aussi faisait encore des cauchemars, m'avait confié Lucie, mais de moins en moins.

— Comme quoi, y a de l'espoir, avait-elle ajouté, sans me regarder dans les yeux.

La voiture a tracé sa route sur le boulevard circulaire de Clermont, puis on a quitté la ville, direction « Super Besse ». Il y avait une éternité que je n'avais pas fait de ski, mais Lucie m'avait promis qu'on irait doucement, à mon rythme, le principal, c'était de s'amuser, de se détendre. Et, au pire, « on resterait en bas des pistes, à boire du vin chaud ». Ça ne me déplaisait pas. J'avais moins picolé ce dernier mois, après tout. Je pouvais me le permettre sans craindre d'être un alcoolo. Ou disons que j'avais encore un peu de répit.

C'est un petit nouveau au journal qui a écrit l'article résumant l'issue de l'affaire. Avec le départ prochain de Rondeux, et son gros salaire de chef, ils ont pu recruter un journaliste qui ne demandait pas trop cher. Je sais juste qu'il avait œuvré dans un autre canard régional, du côté de Grenoble ou Besançon, je ne sais plus. J'imagine que ma pote Caroline lui a mâché le travail en synthétisant le dossier. Comme j'étais tenu à l'écart de l'histoire, et qu'il ne me serait pas venu à l'esprit de la solliciter, elle ou le commissaire, j'ai tout appris par « voie de presse », comme on dit.

Les flics n'ont rien trouvé de compromettant dans la maison d'Albert. Il y avait pourtant un paquet de fringues dans son box, mais rien, strictement rien qui ait appartenu à la petite Coline, à Miguel Gallo, à Alban ou Marie Chanez. Même pas une serviette à l'effigie de Minnie. Rien que des frusques qu'il ramassait çà et là, pour les entasser. On avait simplement déduit qu'il aimait mettre des uniformes, des fringues, d'homme ou de femme, quand il allait à ses rendez-vous, c'est tout. Et il n'y avait pas de mal à ça. Et s'il y avait beaucoup plus de photos de sa mère accrochées partout aux murs de sa chambre que de sa femme, une petite dame emportée par le cancer, c'était troublant, mais pas au point d'affirmer qu'il avait un bon gros complexe d'Œdipe pas réglé dans sa tête.

Sa voiture n'a rien donné non plus. L'intérieur était récuré nickel, pas un cheveu, pas une trace. Il devait en passer du temps, à la laver. C'en était même suspect, mais ça ne prouvait rien. Idem pour la peinture blanche : les flics avaient gratté et, surprise, sous la première couche, la carrosserie était noire.

L'ADN sur la scène de crime de Marie Chanez pouvait correspondre au sien. Pouvait seulement, il était incomplet. Devant une cour d'assises, son avocat aurait peut-être pu lui sauver la mise. En revanche, il y a un autre corps sur lequel on a retrouvé son profil génétique : celui de Flocon. Et s'il avait caressé ce chat, ce n'était pas chez moi, mais chez Nicolas Marchand. Ils se connaissaient, probablement par le biais des rencontres Internet. C'était une certitude. À peu près la seule certitude.

Est-ce que ce pauvre hère de la Gauthière avait menacé de le balancer ? Est-ce qu'Albert lui avait reproché de ne pas avoir « brûlé » la voiture de Gallo comme prévu ? J'ai tendance à privilégier cette seconde hypothèse. Ce Marchand n'était qu'une victime.

Dans leur enquête, les flics ont aussi retrouvé un migrant égyptien échoué à Clermont qui avait passé une nuit avec Albert contre un peu d'argent. Quand la séduction ne marchait pas, il y avait l'argent. Quand l'argent ne marchait pas non plus, il y avait cette petite corde qu'Albert gardait toujours dans sa boîte à gants, à côté du flacon d'éther. Et si les adultes résistaient trop, il y avait les enfants. Toute une vie à assouvir ses pulsions, sans faire de bruit, en passant d'un boulot à l'autre, toujours dans l'ombre, toujours camouflé. On ne suspectait pas que le gardien du lac Pavin pouvait aussi en être le rôdeur. On ne suspectait pas que le gars chargé de la sécurité nous mette en danger. Rien ne prouvera jamais ce scénario, mais c'est celui que je préfère retenir.

Ça ne faisait pas vingt minutes qu'on roulait et la petite Melinda s'était déjà endormie. En le constatant à travers le rétroviseur, Lucie a souri. Elle a baissé un peu l'autoradio qui diffusait une chanson d'amour, un truc en anglais assez doux qui disait quelque chose comme « *When a man loves a woman* ». Ça fait roman à l'eau de rose, je me suis dit. Presque un peu gênant. Je vous vois venir : vous vous demandez si Lucie a finalement cédé à mes modestes charmes. Pas du tout. C'est que de l'amitié. Juste un week-end au ski pour me changer les idées. Mais on peut toujours rêver.

Quand un article est passé dans *L'Éclair* pour dire qu'un sérieux suspect avait été retrouvé mort, suicidé dans sa cuisine, j'ai pris des nouvelles de Martin.

Tu as lu le journal du jour ?

Il a mis une heure à me répondre et il a juste écrit :

Ouaip.

C'est tout. « Ouaip. » Faut croire que même si on avait vu juste, on se sentait mal à l'aise. Je dirais même : sales. Comme si cette saloperie de geyser continuait à nous éclabousser. Vous avez beau frotter, il en reste toujours une trace.

PARUS DANS
LA BÊTE NOIRE

NOÉMIE ADENIS
Le Loup des ardents (Grand Prix des Enquêteurs 2021)

KATERINA AUTET
La Chute de la maison Whyte (Grand Prix des Enquêteurs 2020. Prix littéraire de la Renaissance française 2020)
Les Deux Morts de Charity Quinn

CÉDRIC BANNEL
Baad (Prix du Meilleur polar des lecteurs *Points* 2017)
Kaboul Express
L'Espion français

JACQUES-OLIVIER BOSCO
Brutale
Coupable

RHYS BOWEN
Son Espionne royale
Tome 1, *Son Espionne royale mène l'enquête*
Tome 2, *Son Espionne royale et le mystère bavarois*
Tome 3, *Son Espionne royale et la partie de chasse*
Tome 4, *Son Espionne royale et la fiancée de Transylvanie*
Tome 5, *Son Espionne royale et le collier de la reine*
Tome 6, *Son Espionne royale et les douze crimes de Noël*
Tome 7, *Son Espionne royale et l'héritier australien*
Tome 8, *Son Espionne royale et la reine des cœurs*
Tome 9, *Son Espionne royale et les conspirations du palais*
Tome 10, *Son Espionne royale et le baron irlandais*

FRANCK CALDERON, HERVÉ DE MORAS
Là où rien ne meurt

JULIA CHAPMAN
Les Détectives du Yorkshire
Tome 1, *Rendez-vous avec le crime*
Tome 2, *Rendez-vous avec le mal*
Tome 3, *Rendez-vous avec le mystère*
Tome 4, *Rendez-vous avec le poison*
Tome 5, *Rendez-vous avec le danger*
Tome 6, *Rendez-vous avec la ruse*

Tome 7, *Rendez-vous avec la menace*
Tome 8, *Rendez-vous avec le Diable*

KAREN CLEVELAND
Toute la vérité

DANIEL COLE
Ragdoll
Tome 1, *Ragdoll* (Prix Griffe noire du polar de l'année 2017)
Tome 2, *L'Appât* (Prix Bête noire des libraires 2018)
Tome 3, *Les Loups*
Pietà

COLLECTIF, sous la direction de Lisette Lombé, Elvira Masson, Fabrice Rose et Delphine de Vigan
Histoires de femmes – Les Ondes

SANDRONE DAZIERI
Tu tueras le Père
Tu tueras l'Ange
Tu tueras le Roi
La Danse du gorille

LARA DEARMAN
La Griffe du diable
L'Île au ciel noir

INGRID DESJOURS
Les Fauves
La Prunelle de ses yeux

CLAIRE FAVAN
Serre-moi fort (Prix Griffe noire du meilleur polar français 2016)
Dompteur d'anges
Inexorable

REBECCA FLEET
L'Échange
La Seconde Épouse

DOMINIQUE FORMA
Coups de vieux

OLIVIER GALLIEN
Dans la neige ardente (Prix Bête noire des libraires 2022)

AMY GENTRY
Les Filles des autres
De si bonnes amies

MARIA GRUND
La Fille-renard

PATRICE GUIRAO
Le Bûcher de Moorea
Les Disparus de Pukatapu
Rivage obscur

L. S. HILTON
Maestra
Domina
Ultima

INGAR JOHNSRUD
Les Adeptes
Les Survivants

ELIZABETH KEY
Sept mensonges

MATHIEU LECERF
La Part du démon (Prix Bête noire des libraires 2021 ; Prix Nouvelles Voix du polar 2022, roman français)
Au royaume des cris

SARA LÖVESTAM
Chacun sa vérité (Grand Prix de littérature policière 2017, domaine étranger. Prix Nouvelles Voix du polar 2018, roman étranger)
Ça ne coûte rien de demander
Libre comme l'air
Là où se trouve le cœur

FABIO MITCHELLI
Une forêt obscure
Le Tueur au miroir
Le Loup dans la bergerie (Prix Méditerranée Polar 2021)

NADINE MONFILS
Les folles enquêtes de Magritte et Georgette
Nom d'une pipe !
À Knokke-le-Zoute !
Les Fantômes de Bruges
Liège en eaux troubles

NICOLE NEUBAUER
Sous son toit

VINCENT ORTIS
Pour seul refuge (Grand Prix des Enquêteurs 2019)
Patiente

GIN PHILLIPS
Le Zoo (Prix Transfuge du meilleur polar étranger 2017)

ANTOINE RENAND
L'Empathie (Prix des lecteurs Gouttes de Sang d'Encre 2019. Prix Nouvelles Voix du polar 2020, roman français)
Fermer les yeux
S'adapter ou mourir

FABRICE ROSE
Tel père, telle fille (Prix Bête noire des libraires 2020)
Le Plan

RYDAHL & KAZINSKI
La Mort d'une sirène

ROMAIN SLOCOMBE
La Trilogie des collabos
L'Affaire Léon Sadorski (Prix Libr'à Nous 2017, catégorie polar)
L'Étoile jaune de l'inspecteur Sadorski
Sadorski et l'Ange du péché
La Trilogie de la guerre civile
La Gestapo Sadorski
L'inspecteur Sadorski libère Paris
J'étais le collabo Sadorski

THIBAUT SOLANO
Les Noyés du Clain
Les Dévorés

DOMINIQUE SYLVAIN
Panique en Armorique

CLÉMENTINE THIEBAULT
En votre intime conviction – Les Ondes

DATO TOURACHVILI
Génération denim – Les Ondes

ILARIA TUTI
Sur le toit de l'enfer (Prix Bête noire des libraires 2019. Prix Nouvelles Voix du polar 2020, roman étranger)
La Nymphe endormie
À la lumière de la nuit
Fille de cendre

HARRIET TYCE
Blood Orange

DAMIEN ET SIBYLLE VÉRON
Tiphaine où es-tu ? – Les Ondes

ADRIENNE WEICK
La Septième diabolique (Grand Prix des Enquêteurs 2022)

ANNETTE WIENERS
Cœur de lapin

Retrouvez

LA BÊTE NOIRE

sur Facebook, Twitter et Instagram

Composition et mise en pages
Nord Compo à Villeneuve-d'Ascq

CET OUVRAGE
A ÉTÉ ACHEVÉ D'IMPRIMER
SUR ROTO-PAGE
PAR L'IMPRIMERIE FLOCH
À MAYENNE EN JANVIER 2023

N° d'édition : 64812/01 – N° d'impression : 101674
Imprimé en France